古典詩歌研究彙刊

第九輯

龔鵬程 主編

第 5 冊

六朝小賦研究

譚澎蘭 著

國家圖書館出版品預行編目資料

六朝小賦研究／譚澎蘭 著 — 初版 — 新北市：花木蘭文化出
版社，2010〔民99〕
目 2+186 面；17×24 公分
（古典詩歌研究彙刊 第九輯：第5冊）
ISBN 978-986-254-523-2（精裝）
1. 賦 2. 六朝文學
820.91 100001460

ISBN-978-986-254-523-2

9 789862 545232

古典詩歌研究彙刊
第九輯 第五冊 ISBN：978-986-254-523-2

六朝小賦研究

作 者 譚澎蘭
主 編 龔鵬程
總 編 輯 杜潔祥
出 版 花木蘭文化出版社
發 行 所 花木蘭文化出版社
發 行 人 高小娟
聯絡地址 新北市永和區中正路五九五號七樓之三
電話：02-2923-1455／傳眞：02-2923-1452
網 址 http://www.huamulan.tw 信箱 sut81518@ms59.hinet.net
印 刷 普羅文化出版廣告事業
初 版 2011 年 3 月
定 價 第九輯 20 冊（精裝）新台幣 28,000 元

六朝小賦研究

譚澎蘭　著

作者簡介

譚澎蘭，1959 年生於台灣台南市。中國文化大學中文研究所碩士，高雄師範大學國文研究所博士。目前為空軍軍官學校通識教育中心副教授。

提　　要

　　小賦一詞，蓋指短篇辭賦而言。自楚騷以降，辭賦之學大體不離政治觀照與社會關懷之反映。六朝賦家由於時代導引，復融合屈宋荀漢以來，各家賦體之特色，推陳出新，成就六朝小賦感時傷懷之情志內涵與騁辭詠物之寫物技巧。

　　本文主要由六朝小賦如何得以後出轉精之勢，成其一代文學之演進過程，展開探討。政治之隱憂，遂使賦篇情志內涵瀰漫傷感哀怨之氣氛，時命不遇之詠歎、出世戀世之矛盾、道德理想之感諷與悵惘淒楚之情懷，凡此構成六朝賦壇情志歌詠之主調。加以唯美主義方興，賦篇逐漸脫離政教實用之附庸地位，以純粹美學立場，專注於寫物技巧之發揮，舉凡謀篇上之虛擬名號、態度上之巧言切狀、句法上之裁對調句、辭采上之音色相宣，成就多樣的六朝小賦唯美風情。是以嶄新面貌崛起於六朝賦壇之小賦，在文學自覺方興之時代，自有其承先啟後之歷史地位。

目

次

前　言

　　文學作品所貴，在於時代風格之表現。雖則焦循有一代所勝之說，觀堂有後不如前之語，然文學創作本身，即爲追尋創造之活動過程，詩由古詩發展至律絕，詞由小令發展至長調，與夫賦由兩漢閎衍巨製至六朝清麗短篇，均乃自然之演進，雖非同代之作，亦各具文學風貌，豈狹隘之文體觀所可局限。

　　六朝賦篇乃承楚辭騷體、荀卿短賦與兩漢古賦而來，至其汲取精華，後出轉精之勢，使小賦體製益趨完整，技巧愈呈豐潤，成就其一代文學之形式。復以文學觀念之演進與思想配合，賦篇始脫離政教實用之附庸地位，得以純粹美學立場，發抒作者之心聲。純正文學觀念既已建立，賦家地位亦經肯定，君主不再視辭賦爲遊戲之作，文學集團亦風起雲湧，文壇創作蔚然蓬勃矣。

　　至於社會背景之政治隱憂，造成時代文學之特殊風味，使賦篇情志內涵瀰漫傷感哀怨之氣氛，時命不遇之詠歎、出世戀世之矛盾、道德理想之感諷、與悵惘淒楚之情懷，構成六朝賦壇情志歌詠之主調。在社會風氣影響下，賦家遠離實際人生，除個人心志之發抒外，不及社會大眾情懷之反映，加以唯美主義方興，賦家心力紛紛投注於寫物技巧之發揮，謀篇上之虛擬名號、態度上之巧言切狀、句法上之裁對調句、辭采上之音色相宣，成爲六朝小賦形式上之最大成就。好之者

以爲唯美風情至此昌顯，惡之者以爲無關風雅，鄙爲淫侈，觀點有異，評價殊途，然亦不失其獨立存在之價值也。

本文主在探討六朝小賦文學生命之延續，在於作者創作態度之不斷更新，兼融時代特色，遂成其一代之文學。是以嶄新面貌崛起於六朝賦壇之小賦，於中國文學史上，堪稱爲一代之瓌寶也。本文係民國七十三年之碩士論文，茲編之成，多蒙王師熙元多方啓發與悉心指導，裁成之德，謹此申敍謝忱。然以篇帙浩繁，取舍之間，疏漏難免，尚祈博雅君子，不吝賜教。

第一章 六朝小賦之歷史源承

　　賦於中國文學史上，始則與詩合流，繼而異軌殊途，各自闢出一片璀璨園地，降及六朝，雖受新體五言詩之影響，頗有詩化傾向，然特質已定，外在影響乃益添賦學生命活力。至於何以清麗幅短之小賦得以於六朝大放異彩，其形式架構與前代辭賦起承轉合關係之究竟，是為本章探述之重點。

第一節　楚辭騷體之開展

　　楚辭，或稱「騷」，或稱「辭」。名雖定於劉向，實為楚國韻文之代表作品，漢人將其視之為賦，故又有騷賦、辭賦之名。欲詳其制，宜先究其體，茲論之如下。

一、詩騷賦三體關係之探討

　　詩、騷之別，歷代治賦論文者，咸謂楚辭源於《詩經》，〈漢志〉云：「古者諸侯大夫交接鄰國，以微言相感，當揖讓之時，必稱詩以諭其志，……春秋之後，周道浸壞，聘問歌詠不行於列國，學詩之士，逸在布衣，而賢人失志之賦作矣。」非但說明詩、騷之源承，亦指出騷體產生之動機與性質，陸時雍、嚴羽等亦採相同看法，〔註1〕胡應麟

〔註 1〕語見陸時雍《楚辭疏》與嚴羽《滄浪詩話》。

《詩藪》更明言「離騷，風雅之衍」，是彼等皆以楚辭乃直承《詩經》而來，至於詳細源承之述，朱子《楚辭集注》曾依六義性質，分別析釋：「楚人之詞，其寓情草木，託意男女，以極遊觀之適者，變風之流也，其敍事陳情，感今懷古，以不忘乎君臣之義者，變雅之類也，其語祀神歌舞之盛，則幾乎頌，其為賦則如騷經首章之云也；比則香草惡物之類也；興則託物興辭，初不取義，如九歌沅芷澧蘭，以興思公子而未敢言之屬也。」亦有學者由《詩經》、楚辭構造上探討彼此之相關性；〔註2〕或由作者基本意圖上探討「心之憂矣，我歌且謠」之心態，並於表現自我、契合人生之作品中，尋求內在承續之關係，以聯結詩、騷之精神源流。〔註3〕皮錫瑞《詩經通釋》則依春秋時代楚史引經之例，謂楚辭「實兼有國風小雅之遺」。是楚辭乃「傳詩經的統」（游天恩《楚辭概論》），繼《詩經》遺緒所形成之文學主流。

賦之一體，劉勰謂其「受命於詩人，拓宇於楚辭」（《文心·詮賦》），是詩騷賦三者關係，有一定之源承脈絡可尋。而「賦」義，由實象之財稅兵馬斂積，引申至抽象之言語敷陳表現後，〔註4〕抽象意念總括「賦」義而不見他義，是以朱子《詩集傳》曰：「賦者，敷陳其事，直言之也。」楚辭雖亦稱之為「辭」，然先秦「辭」義多偏於「言語」（《禮記·曲禮疏》）辭令之表現，與賦義本合。朱自清云：「賦雖從辭出，卻是先起的名字，在未採用『辭』的名字以前，本包括『辭』而言，所以渾言稱『賦』，或稱『辭賦』」（朱自清《古典文學論文集》）。

騷、賦二體，大同小異，本不易分。由形式上論，詩騷賦皆屬押韻之文，詩句雖長短參差，其體乃以四言為主；騷句則變化靈活，六字句為其特殊句法，然四言、五言、七言亦占極大份量；賦之字句亦不拘，整體視之，則頗融合詩騷特色，是以王力云：「總的來

〔註2〕如游天恩《楚辭概論》第一篇第二章，劉大杰《中國文學發展史》第四章中，均就兮、只、也三字與句式結構方式，敍述詩、騷之關係。

〔註3〕參考彭毅先生〈屈原作品中隱喻和象徵的探討〉一文。

〔註4〕有關「賦」字詳細演變過程，請參閱曹淑娟著《論漢賦之寫物言志傳統》第一章第一節「賦體之取義」。

說，賦與騷的差別是不大的，至於所謂騷體賦（如賈誼〈弔屈原賦〉），形式上更與楚辭沒有分別，如果專從形式上看，賦與騷甚至可以認爲同一類文體」（《古代漢語》），王師熙元亦曰：「漢賦便是直接脫胎於楚辭的」。〔註5〕唯由內容論，騷著重楚辭「幽憂窮蹙、怨慕淒涼」〔註6〕之情感特質，與漢賦「鋪采摛文，體物寫志」特色有別矣。〔註7〕

二、辭章表現之技巧

（一）章句形式

1. 兮字之運用

　　楚辭章句特色，首先即句法上「兮」字之運用。楚辭中大量使用「兮」字，一方面可調節音律，藉以舒緩語氣，一方面可增加句法之變化，使形式新穎多變；至於用法，雖有學者分爲三型，〔註8〕然一般常用且影響深遠者有二：

　　（1）兮字置於句中。如〈九歌・東君〉：

〔註5〕見〈楚辭對後世文學的影響〉一文。《創新周刊》第 169 期。

〔註6〕見朱熹《楚辭後語目錄敍》。另班固〈離騷序〉云：「敍情怨，則伊鬱而易感，述離居，則愴怏而難懷。」亦與朱熹意同。

〔註7〕日本學者小尾郊一論此，將賦歸爲敍事系統，辭（騷）歸於抒情系統，然六朝賦中此二類均佔份量，是辭賦合一亦必然矣。《中國文學概論》，頁 128。至於以「騷」爲楚辭代稱者，後世頗有爭議，《四庫全書總目敍》「楚辭類」云：「哀屈宋諸賦，定名楚辭，以『辨騷』標目，考史邊稱『屈原放逐，乃著離騷』，蓋舉其最著一篇，九歌以下均襲騷名，則非事實矣。」其以騷當爲屈作〈離騷〉之專名，蓋陷於專名之累。李曰剛先生則附以較廣之涵蓋面，指出「後世論文之士……皆視楚辭爲獨立文體，而目之爲『離騷賦』，亦以其外貌雖與一般賦無甚差異，而其實質則限於傷感的一面，不與一般賦同調耳。」《中國文學流變史（二）辭賦編》，頁 6。大體論之，屈宋之作可謂之騷，賈誼、淮南小山、東方朔等之騷作，均仿屈宋，爲總體行文方便，仍依時代暫歸於「漢賦」之疇。

〔註8〕小尾郊一將「兮」字使用型態分爲三種，除句中、奇數句末外，尚有偶字句終一型，賈誼〈弔屈原賦〉部分可歸此類，其說與游天恩《楚辭概論》所述雷同，可參考游書，頁 76。

> 緪瑟兮交鼓，簫鐘兮瑤簴，鳴龥兮吹竽，思靈保兮賢姱，
> 翾飛兮翠曾，展詩兮會舞，應律兮合節，靈之來兮蔽日。

六朝繼之者，如沈約〈愍衰草賦〉：

> 昔時兮春日，昔日兮春風，銜華兮佩實，垂綠兮散紅，嚴
> 陬兮海岸，冰多兮霰積。

（2）兮字置於奇數句末。如〈離騷〉：

> 日月忽其不淹兮，春與秋其代序，惟草木之零落兮，恐美
> 人之遲暮，不撫壯而棄穢兮，何不改乎此度，乘騏驥以馳
> 騁兮，來吾道夫先路。

六朝效之者，如王粲〈登樓賦〉：

> 步棲遲以徙倚兮，白日忽其將匿，風蕭瑟而並興兮，天慘
> 慘而無色，獸狂顧以求群兮，鳥相鳴而舉翼，原野闃其無
> 人兮，征夫行而未息。

2. 口語運用

　　楚辭善於運用與吸收楚國民間方言口語，形成語言上之特殊風格，宋黃伯恩〈翼騷序〉云：「屈宋諸騷，皆書楚語，作楚聲，紀楚地，名楚物，故謂之楚辭。若些、只、羌、誶、蹇、紛、侘傺者，楚語也。悲壯頓挫，或韻或否者，楚聲也；沅、湘、江、澧、修門、夏首者，楚地也；蘭、茝、荃、藥、蕙、若、芷、蘅者，楚物也。」（陳振孫《直齋書錄解題》引）劉大杰亦指出搴、馮、靈、呬、闉、娃等字爲楚語，後之學者屢有闡敘，此種風格影響漢賦者，乃瑋字詞彙之運用。〔註9〕

3. 序亂之運用

　　至於章法上始、中、末之結構，即相當於詩體起承轉合之層次。「始」

〔註9〕簡宗梧先生〈對漢賦若干疵議之商榷〉文中指出「早期漢賦的瑋字
　　　　詞彙，應該是當時活生生的口語，是通暢而貼切的雅言語彙。」「楚
　　　　辭是漢賦的近源，漢賦既承其流緒，在辭彙上也多有所承，楚辭多
　　　　楚語，漢賦亦承其收納口語語彙的方法。」《漢賦源流與價值之商
　　　　榷》，頁147。李殿魁師亦以漢賦艱澀之因，乃古今語言有所隔閡，
　　　　愈是白話愈不易懂，子曰：「言之不文，行之不遠」正此理也。參見
　　　　〈辭賦的流變〉，《中國文學講話（一）概說之部》。另萬曼〈司馬相
　　　　如賦論〉亦有述及，可供參考，見《國文月刊》第56期。

如同全篇之序，或敘創製緣起，或述全篇旨意；「中」即正文重心所在；「末」指附於正文後之結論或感想，其表現形式多以重曰、亂曰、少歌或倡等字句示之。〔註10〕後世襲之者益加多變，《復小齋詩話》云：「賦後有亂、有誶、有訊、有謠、有理、有重、有辭、有頌、有歌、有詩。唐顧逋翁〈茶賦〉有雅，裴晉公〈鑄劍戟爲農器賦〉有系，唐無名氏〈蜀都賦〉有箴，宋薛士隆〈本生賦〉有反，明蕭子鵬〈鼎硯賦〉有贊，沈朝煥〈把膝賦〉有吟」。琳瑯滿目，可見其運用之廣泛。序之表現方式較不明顯，或藉辭意分之，如張正體將〈離騷〉首二十四句歸爲序類即是；〔註11〕或以文體別之，如〈卜居〉首尾散行，中間爲對仗，首之散行，即屬序之性質；〔註12〕至於特別註明序之體者，必待後漢之世，王芑孫曰：「自序之作，始于東京」（〈讀賦卮言序例〉），六朝沿用頗廣，然六朝賦有以駢文成序者，與漢賦序用散文略有差異。總之，序、亂雖爲楚辭章法之一，却非必要，或序亂兼俱，或有序無亂，或有亂無序，或二者俱無，章法活潑，無定制也。

4. 問答之運用

問答體賦自《楚辭》〈卜居〉、〈漁父〉，始有明顯之對答形式，其後宋玉亦有敘事類對答體賦之作，如〈風賦〉之「楚襄王游于蘭臺之宮，宋玉、景差侍。」乃三人對答；〈高唐〉、〈神女賦〉「楚襄王與宋玉遊于雲夢之臺（浦）」，乃藉二人對答，鋪衍賦篇。漢賦假設賓主對答之篇，亦往往採敘事方式開展鋪敘，是以何焯評〈子虛賦〉引祝氏之說曰：

〔註10〕游天恩《楚辭概論》云：「屈原諸篇大半都有『亂辭』、『少歌』或『倡』幾種尾聲。」王逸曰：「亂，理也，所以發理辭指，總撮其要也。」《楚辭章句》洪興祖補注曰：「凡作篇章既成，撮其大要以爲亂辭也，離騷有亂有重，亂者總理一賦之終，重者情志未中，更作賦也。」對於篇末尾聲之義涵，敘述明確。另張長弓釋「亂」，將亂分爲三義敘述。參見《國文月刊》第47期。
〔註11〕見〈楚辭體製結構之辨識〉一文，《古典文學》第五集，頁4。
〔註12〕〈卜居〉篇末之散行並非「亂」體，至於〈子虛〉、〈上林〉結尾之散行，往往寄發議論，託詞諷諭，頗近似「亂」，是篇末之散行性質不可一概而論。

> 賦之問答體，其源自卜居、漁父篇來，厥後宋玉輩述之，
> 至漢而盛，此兩都及二京、三都等作皆然。

六朝問答體賦亦與之息息相關，如庾信〈竹杖賦〉是也。唐、宋之際，餘波猶存（如蘇軾〈前赤壁賦〉），可見楚辭章法影響之深遠。

（二）文辭技巧

1. 音韻之重視與反響

聲韻之功用在使字句合音悅耳，自然有致。《詩經》中已有聯綿、疊字之用，楚辭更閎其體，大量使用之結果，音調格外婉轉達情，如〈離騷〉中：

> 聯綿字有：零落、純粹、鬱邑、侘傺、陸離、繽紛、嬋媛、歔欷、
> 　　　　　逍遙、相羊、周流、猶豫、翱翔、委蛇、薜荔、鳳皇
> 　　　　　等。

> 疊字有：謇謇、冉冉、纏纏、岌岌、菲菲、申申、浪浪、忽忽、
> 　　　　　曼曼、總總、曖曖、剡剡、啾啾、翼翼、婉婉等。

聯綿、疊字與音調關係密切，其中零落、純粹、鬱邑、侘傺、陸離。歔欷、猶豫、委蛇屬雙聲，繽紛、逍遙、相羊、周流、薜荔屬疊韻。後世辭賦家每喜以聯綿、疊字、雙聲、疊韻入賦，如相如〈上林賦〉「沟湧彭湃，澤弗宓汩，偪側泌瀄，橫流逆折，轉騰潎冽，滂濞沆溉，穹隆雲橈，宛潬膠盩，踰波趨浥，莅莅下瀨，批嚴衝擁，奔揚滯沛，臨坻注壑，瀺灂霣墜，沈沈隱隱，砰磅訇礚，潏潏淈淈，湁潗鼎沸……」連用許多雙聲、疊韻、聯綿、疊字，多少受了楚辭之啟發。

2. 文辭之駢麗與影響

鈴木虎雄《賦史大要・序》云：「中國文章中極侈麗者，有四六文，欲知四六文，必解一般駢文，欲知一般駢文，必解漢賦，欲知漢賦，必解楚騷。」駢偶對句，先秦偶現，然不失單純質樸色調；直至《楚辭》，駢辭麗語，累篇皆是，如〈離騷〉中「製芰荷以為衣兮，集芙蓉以為裳。」此言對也。「呂望之鼓刀兮，遭周文而得舉，寧戚之謳歌兮，齊桓聞以該輔。」此事對兼隔句對也。「畦留夷與揭車兮，

雜杜衡與芳芷。」此當句對也，又「忳鬱邑余佗傺兮」爲雙聲對，「聊逍遙以相羊兮」爲叠韻對。六朝麗辭窮究之駢偶句法，楚辭早已導其先路，爲唯美文學之俶始矣。

　　此外楚辭著重修辭與意象之經營，使作品充滿奇豔飄逸色彩，如〈離騷〉中「矯菌桂以紉蕙兮，索胡繩之纚纚」，「揚雲霓之晻藹兮，鳴玉鸞之啾啾」，〈涉江〉中「帶長鋏之陸離兮，冠切雲之崔嵬」，「被明月兮佩寶璐」，「駕青虬兮驂白螭」等，屈原以此種華美清整之駢偶儷句，贏得唯美宗師之封號，推崇之辭，率皆由此立論。如班固〈離騷贊序〉：

　　　　宏博雅麗，爲辭賦宗，後世莫不斟酌其英華，則象其從容。

《文心雕龍・辨騷篇》亦云：

　　　　觀其骨鯁所樹，肌膚所附，雖取鎔經意，本自鑄偉辭。故騷經九章，朗麗以哀志；九歌九辯，綺靡以傷情；遠遊天問，瓌詭而惠巧；招魂招隱，耀豔而深華；卜居標放言之致；漁父寄獨往之才。故能氣往轢古，辭來切今，驚采絕豔，難與並能矣。

對屈原詞意之富奧雄健，詞采之新穎驚豔，王逸更推崇備至，以爲「自終歿以來，名儒博達之士，著造辭賦，莫不擬則其儀表，祖式其模範，取其要妙，竊其華藻。」此後，辭賦益趨藻飾之途，六朝唯美風氣尤烈，精神雖變，本質實肇於此。

3. 譬喻之運用與衍變

　　《詩經》以賦比興之言辭技巧，完成風雅頌之文學體裁，成爲楚辭語式規模之重要途徑。楚辭運用比興之法，引類設喻，以鳥獸草木蟲魚之物象，比諸人世之事類，善惡黑白，迥然自明，王逸〈離騷章句序〉云：

　　　　離騷之文，依詩取興，引類譬喻，故善鳥香草以配忠貞；惡禽臭物以比讒佞；靈修美人以媲於君；虙妃佚女以譬賢臣；虬龍鸞鳳以託君子；飄風雲霓以爲小人。

是〈離騷〉一篇，幾全由隱喻手法架構而成，彭毅先生將這些隱喻素

材歸爲植物、動物、自然現象、人物、器物、歷史神化與其它等七類，
〔註13〕其中植物類表徵「善」者即有江蘺、芷（茝）、蘭、木蘭、宿
莽、椒、桂、蕙、荃、留夷、揭車、杜衡、菊、薜荔、胡繩、芰荷、
芙蓉、扶桑、若木、瓊枝、蔓茅等二十一種，對象既多，文辭自然顯
現豐富而新奇之意念，此種擬人化之象徵手法，屢爲後世詩歌所採，
亦爲辭賦描繪題材另闢蹊徑。

　　屈原更利用一連串事件之組合，勾畫出完整情節，表現意在言外
之主題，技巧超妙，變化曲折，透過象徵手法，既不失忠婉之節，亦
無妨揮灑之勢，如〈離騷〉之「陟陞皇之赫戲兮，忽臨睨夫舊鄉，僕
夫悲余馬懷兮，蜷局顧而不行。」藉著過程之推進，隱指「雖信美而
非吾土」之忠愛情操，無怪朱子評曰：「所謂仁之至，義之盡也。」
（《山帶閣注楚辭》引）

　　屈作於自傷自釋中，心繫朝廷，反覆曲折中仍冀君一悟，其義正
合《詩・關雎序箋》所云：「風化風刺，皆謂譬喻，不直言也。」是
以歷來論騷者，咸附以諷喻之意，〈太史公自序〉云：「作辭以風諫，
連類以爭義，離騷有之」，班固〈離騷贊序〉謂其「上陳堯舜禹湯文
王之法，下言羿澆桀紂之失，以風懷王，……又作九章，賦以風諫，
卒不見納。」王逸〈楚辭章句序〉亦以〈離騷〉乃「上以諷諫，下以
自慰」，宋玉〈風賦〉中藉大王之雄風與庶人之雌風，將君王豪奢生
活與庶民困苦生活兩相對照，以諷君王，亦不離此旨，是以何廣棪遂
直言「楚辭長於諷諭」，〔註14〕諷諭逐漸由抒懷表志之附屬功能，躍
爲文學創作之主要目的，引導文學方向，成爲漢賦主流。

三、情志思想之發達

　　除却形式上技巧之多變形成特殊風貌外，個人言志文學之成功展

〔註13〕同註3。
〔註14〕語出何廣棪先生《漢賦與楚文學之關係》一書，頁8。另吳天任於《楚
　　　辭文學的特質》中以爲《楚辭》中無論使用敷陳或譬喻，均以達到
　　　諷諫爲目標。此種說法或有達文學本性，附之以爲參考。

現，爲楚辭思想上之最大特色。風氣所至，非但後世辭賦因襲發展，各
體文學亦無不相沿成習，蔚爲文學主流。究其根源，《詩經》中已有此
種思想，〈邶風・柏舟〉述小人當朝，仁者不遇，發出「憂心悄悄，慍
于群小，覯閔既多，受侮不少」之牢騷，與〈離騷〉中「眾皆競進以貪
婪兮，憑不厭乎求索，羌內恕己以量人兮，各興心而嫉妒。」有異曲同
工之妙。至於〈柏舟〉「靜言思之，不能奮飛」之忠貞情懷，與屈原「豈
余身之憚殃」、「雖九死其猶未悔」之以身殉國精神，差堪比擬。此外如
〈小雅・正月〉，非但爲民眾對神權思想之反應，作者發抒失望與怨懟
之感情，更爲文學價值所在。然《詩經》由於「溫柔敦厚」之文學特色，
情感表達含蓄，且非成於一時一地一人，是以作者個人影像不夠明顯。
〔註15〕《楚辭》中，屈、宋二家系列作品，呈現之主題表徵一致，雖一
爲失意之貴族政治家，溢於篇章者，乃憂國憂民之耿耿忠貞；一爲窮愁
潦倒之庶士文人，發於文辭者，爲懷才不遇之自悲自嘆，亦無損於彼此
意識之貫通。且其篇章所述，不論爲忠憤之傷、悲惻之感、愁苦之思、
豪逸之情，無不文筆鬱勃，情感奔放，浪漫激情，略無掩飾，〔註16〕
個人思想貫穿全篇，自我意識突顯。胡雲翼《中國文學史》曾詳細描述
屈原於作品中，所傳達之個人情志之盡興，其言曰：

> 作者描寫的範疇是無邊無際的，宇宙的一切都是他抒寫的
> 活資料，他毫無拘束地在想像界馳騁著自己的情思，自由
> 放肆的表現『自我』，一點也不隱諱，我們看他在離騷裏
> 面所表現的個性是多麼活潑：忽喜、忽怒、忽悲、忽笑、
> 忽而要遠遊，忽而要見上帝，忽而要戀愛，忽而要問卜，
> 忽而望故鄉，忽而要自殺，這完全是赤子的真情之流露，

〔註15〕彭毅先生於《屈原作品中隱喻和象徵的探討》中指出「因爲詩經是
　　　　一些代表作品的總集，而絕大多數不知道作者爲誰，因此看起來作
　　　　者個人影像似乎不夠明顯。」頁 294。
〔註16〕惟〈九章〉中，抽思、思美人、橘頌、哀郢、涉江、懷沙六篇，李
　　　　日剛先生以其「文章朴素，浪漫主義成分較少。」按此六篇雖不乏
　　　　浪漫想像之情與華麗駢辭，然整體結構與〈離騷〉、〈天問〉諸篇相
　　　　較，朴質之筆確佔多數。《中國流變史（二）》，頁 41。

　　故描寫異常真切動人。

宋玉〈九辯〉，透過蕭殺秋景之渲染技巧與細膩描寫，襯托出作者之感慨與不平。是以楚辭於複雜意象、華麗詞彙中，仍不失為性情之作；悲怨筆調中，仍可見出人性光輝者，即在其出於一片赤子真情也。

　　漢初賦家於現世挫折中，作品傾向楚辭浪漫傷感情調，劉向校書，以賈誼〈惜誓〉、淮南小山〈招隱士〉、東方朔〈七諫〉、嚴忌〈哀時命〉、王褒〈九懷〉及己作之〈九歎〉，繫於屈宋景差之後，共為《楚辭》十六卷。王逸又益以己作〈九思〉與班固二序（〈離騷序〉及〈離騷贊序〉）合為十七卷，〔註17〕作風雖步趨屈宋，却不免無病呻吟之譏者，〔註18〕非真性情也。當時由於儒家擅場，抒情浪漫文學以無用見棄，個人情志文學不得正其位，迨及六朝，傳統實用觀念之束縛既解，方得重振其勢，爾後詩、詞、戲曲、小說無不循此邁進，與民間文學之「真」合流，同向「善、美」之境效力。

第二節　荀卿短賦之發揚

　　以賦名篇者，始於荀卿五賦。《文心・詮賦篇》曰：「荀況禮智……爰錫名號，與詩畫境」。〈漢志〉載其賦篇以為「荀卿賦十篇」，除〈禮〉、〈知〉、〈雲〉、〈蠶〉、〈箴〉五賦外，賦篇後所附〈佹詩〉兩首及〈成相〉三篇，亦屬賦類，〔註19〕篇數雖少，於賦學發展過程而言，却為

〔註17〕　此說乃參考《四庫全書總目》於王逸〈楚辭章句敘〉所云。

〔註18〕　朱熹《楚辭辨證》云：「七諫、九懷、九歎、九思，雖為騷體，然其詞氣平緩，意不深切，如無所疾痛而強為呻吟者。」

〔註19〕　荀卿賦篇之數，眾說紛紜，楊倞注以為成功在相，故作〈成相〉三章，杜國庠亦分為三篇，李曰剛先生與之同，另加五賦及〈佹詩〉二首，合為十篇。另有一派將〈成相〉分為五篇者，劉大杰屬之，張長弓亦以〈成相〉當分五章，何廣棪先生則以〈成相〉五篇，附以五賦及〈佹詩〉一篇，合為十一。〈佹詩〉一篇之分，清王先謙已然，《荀子集解》云：「荀子有賦篇、成相篇，成相亦賦之流也。賦篇有禮、知、雲、蠶、箴五賦，又有佹詩一篇，凡六篇，成相篇，……五篇，合賦篇之六篇，

重要一環，茲由內容與形式分別觀之。

一、內容之詠物說理

　　摯虞《文章流別論》曰：「前世爲賦者，有孫卿、屈原，尚頗有古詩之義」，蓋屈、荀賦篇雖「咸有惻隱古詩之義」（班固《詩賦略》），然「屈原言情，孫卿效物」，〔註20〕屈子重情感之表達與意境之經營，荀卿主教化之功效與事理之闡述，二人之創作動機與內容特色判若涇渭，然於影響後世之程度論之，却不分高下。劉師培指出，《漢書·藝文志》析賦爲四類，〔註21〕屈原屬寫懷，荀卿則爲闡理，闡理者「即所謂分析事物以形容其精微者也」（《劉申叔先生遺書（二）·論文雜記》），蓋荀卿之賦，「即小驗大，析理至精，察理至明」（〈論文雜記〉），〈禮〉、〈知〉二賦本先王之旨，寫物效情，宣揚政教，以爲有「知」則「行爲動靜待之而後適⋯⋯，百姓待之而後寧，天下待之而後平」（〈知賦〉），有「禮」則「匹夫隆之則爲聖人，諸侯隆之則一四海」（〈禮賦〉），藉抽象之物性予以功能上之鋪敍。〈雲〉、〈蠶〉、〈箴〉三篇，則藉具體實物直接說理，如〈雲賦〉：

> 有物於此，居則周靜致下，動則縶高以鉅，圓者中規，方者中矩；大參天地，德厚堯舜；精微乎毫毛，而大盈乎大寓，忽乎其極之遠也，攭兮其相逐而反也，卬卬兮天下之咸蹇也。德厚而不捐，五采備而成文；往來惛憊，通于大神，出入甚極，莫知其門；天下失之則滅，得之則存，弟子不敏，此之願陳。君子設辭，請測意之。曰：此夫大而不塞者與？充盈大宇而不窕，入郤穴而不偪者與？行遠疾

實十有一篇。」本文贊同〈成相篇〉乃模擬歌謠之詞作說，故從李先生之分。
〔註20〕見章太炎《國故論衡·辨詩篇》。
〔註21〕《漢書·藝文志·詩賦略》將賦分爲四類：一曰屈原以下二十家賦，二曰陸賈以下二十一家賦，三曰孫卿以下二十五家賦，四曰雜賦十二家。章炳麟《國故論衡·辨詩篇》更詳申各類指出「七略次賦爲四家：一曰屈原賦，二曰陸賈賦，三曰孫卿賦，四曰雜賦。屈原言情，孫卿效物，陸賈賦⋯⋯縱橫之變也。」

速而不可託訊者與？往來惛憊而不可爲固塞者與？暴至殺
傷而不憶忌者與？功被天下而不私置者與？託地而遊宇，
友風而子雨；冬日作寒，夏日作暑，廣大精神，請歸之雲。

先狀其動靜之態、變化之形、巨實之體、精微之質，末比諸君子之德，
「可參贊天地而無私，施惠下民而無所被」，﹝註22﹞思想由狀物逞遊
終歸於理智，充滿倫理教化意味。

屈原〈橘頌〉以橘樹爲高尚人格之表徵，依橘樹之外狀、特性比
擬君子，加以歌頌。荀卿五賦則由實用觀點表彰其價值所在，較屈作
擬人化手法更爲直接，亦更偏重事物之實際功效。然全篇泰半篇幅均
爲以物爲對象之抒發，稍一不愼，極易忽略其篇末點題之特色及重心
主旨，是以楊倞注賦，於篇目下特識曰：「所賦之事，皆生人所切而
時多不知，故特明之」。可見出荀子爲賦之態度。楊倞注五賦，即循
此則以立論，五賦注云：

〈禮賦〉──言禮之功用甚大，時人莫知，故荀卿假爲隱語問於
　　　　　先王，先王因重演其義而告之。

〈知賦〉──此論君子之智明、小人之智不然也。

〈雲賦〉──雲所以潤萬物，人莫之知，故於此以見明也。

〈蠶賦〉──蠶之功用主大，時人鮮知其本，詩曰：「婦無公事，
　　　　　休其蠶織」。戰國時此俗尤甚，故荀卿感而賦之。

〈箴賦〉──末世皆不修婦功，故託辭於箴，明其爲萬物微，而
　　　　　用主重，以譏當世也。

針對世俗之弊，提出針砭之方，乃《荀子》一書宗旨之所在，五賦如
是，〈佹詩〉、〈成相〉自不例外。

〈佹詩〉開首「天下不治，請陳佹詩」，已道出荀子創作動機，主
旨自不外合先王之聖道，欲禮義之大行。〈成相篇〉乃「雜論君臣治亂
之事，以自見其意」（楊倞注），三篇均以「請成相」起首，內容則環繞
「觀往事，以自戒」之主題，例舉歷代治亂之迹，論及世之衰、禍、愚、

───────────────────────────

﹝註22﹞參見楊鴻銘先生《荀子文論研究》，第三章〈荀子文學體裁析辨〉。

墨之由，進而提出積極治政之五方，〔註23〕終以「臣謹脩、君制變、公察善思論不亂，以治天下，後世法之成律貫」爲結，全篇惟中篇抒寫「不遇」自傷之情感頗富詩意外，〔註24〕餘皆側重對國君之箴規辭語，朱師轍以爲「荀卿用其調以言治亂而諷當世」。〔註25〕蓋〈佹詩〉、〈成相〉之內涵，全爲諷諭說理精神之表現，表現方式與五賦之間接說理有別，〈佹詩〉直接敘述，表現不滿情緒，蘊含諷刺之意，〈成相篇〉則配合民間歌謠，作詞以譴時政，提出治世方針，乃將嚴肅之政治教化植基於通俗樂曲節奏中，形式整齊又富變化，期化人心於無形。

此後詠物說理之風漸開，東漢張衡〈髑髏賦〉，藉髑髏之名言理，全襲荀賦精神，詠物喻意之作與純然詠物之篇行於兩漢，遍及六朝，荀卿啓之也。

二、形式之簡短曲折

荀賦形式上予後代最大之影響可別爲二：

（一）辭簡篇短

荀子乃一有理想、抱負之文學家，爲了因應動亂時代之需，其學術立論率皆出於政治動機，文章詩賦僅爲宣揚政治理念之手段，是以文辭在精不在多，重達意不重夸飾，〈非十二子篇〉曾明示其文辭態度「多言而類，聖人也；少言而法，君子也；多言無法而流湎，然雖辯，小人也。」爲避免說理內容乏味單調，篇幅自不宜迤邐冗沓，而以緊湊清晰取勝，爲避免讀者炫於辭章華麗外貌，忽略內在教化價值，行文自然寡

〔註23〕《荀子》楊倞注：「論爲君子之道有五，甚簡約明白，謂臣下職一也，君法明二也，刑稱道三也，言有節四也，上通利至莫敢恣五也」，治政之方即此。

〔註24〕杜國庠先生於〈論荀子的成相篇〉中指出，〈成相〉中篇，「因爲敘述『君臣治亂之事』（楊倞語），也抒寫著生『不遇世』『我獨自美』的情感，故在三篇中最富有詩意。」

〔註25〕出自杜國庠〈朱師轍（少濱）先生答著者論成相篇很像鳳陽花鼓書〉，《杜國庠文集》。

麗辭朵飾，而以平淺雅正爲宗，雖與屈賦同爲百世不遷之宗，然蹊徑有別，王芑孫《讀賦卮言・導源篇》所云「相如之徒，敷典摛文，乃从荀法，賈傅以下，湛思渺慮，具有屈心」，則言有未周矣。

　　荀賦雖以清淺樸質取勝，寫作技巧之純熟，頗能彌補質過乎文之失，遂使賦篇邁向清麗之境。

　　五賦皆以敘事語氣起首，〈禮賦〉之「爰有大物……」，〈雲賦〉之「皇天隆物，以示下民……」，〈雲〉、〈蠶〉、〈箴〉三賦均爲「有物於此」，語氣一貫而協調，中段以「臣愚不識」爲轉捩（僅〈雲賦〉以「君子設辭」爲例外），其間幾盡皆採整齊之四言句式以敘物言性，後半篇則句法參差，四至十三言均採以入賦，藉以表達設問釋疑之繁複語義與變化。

　　〈佹詩〉二首，共五十九句，四言句即占五十三，形式上頗有《詩經》之遺風，第一首四十五句中，尚含小歌七句，小歌者，猶如《楚辭》之「亂」，是可謂融合詩騷特色之作矣。

　　〈成相〉三篇，句法結構更富變化，篇首以「請成相」開端，其間普遍運用三字句，使篇章形式活潑曲折，內容自成段落。如上篇前半使用世之殃、主之孽、世之災、世之衰、世之禍、世之愚，後半用治之經、治之志、治之道等相同句法，使文辭間自成聯繫，主旨判然分明，讀來益覺波瀾重叠，峯巒迴復，使枯燥之內容生動許多。〔註26〕中篇三字句則有與上句句尾形義相迴之情形，如「……蒙揜耳目塞門戶。門戶塞，大迷惑，……比周欺上惡正直。正直惡，心無度，……反覆言語生詐態。人之態，不如備，……下斂黨與上蔽匿。上壅蔽，失輔執，……」等。至於三字句法連續二次，乃刻意安排，使句尾押韻，藉由音韻之鏗鏘和諧，以加強印象，如下篇「守其職，足衣食，……君法明，論有常，……君法儀，楚不爲，……刑稱陳，守其銀，……聽之經，明其請，……上通利，隱逸至，……君教出，行有律」。其中職與食押韻，明與常押韻，……可見荀賦篇幅雖短，辭句雖質，卻藉句型、聲韻各方面之奇巧運用，使

_____

〔註26〕此說乃參考杜國庠〈論荀子的成相篇〉一文。

嚴肅之說教脫離枯燥窠臼，吟詠興味，收效宏鉅。

荀賦既以篇短著稱，現存篇章中，五賦字數少者一三二字，多者二一三字，〈佹詩〉二首各為二〇二字與五十六字，〈成相篇〉多者雖達五二八字，少者亦僅二八八字，是荀子於尚用要求下，產生此種短篇賦體，經過兩漢消沉期，至六朝乃大放異采，蔚為賦篇主要體式矣。

（二）問答謎隱

五賦狀物雖自成一系，表現手法則一，均採問答體式，以暗示迂迴方法，道出主題。屈原〈漁父〉、〈卜居〉，宋玉〈高唐〉、〈神女〉、〈風賦〉、〈對楚王問〉等亦曾採問答形式入篇，然內容情節平鋪直敘，與荀賦之曲折變化有別。五賦先鋪敘描繪物狀，繼之以「臣愚不識」或「弟子不敏」設問，答語亦不直接揭題，乃以層層疑問，步步逼進方式推展，末附小詩以暗示，終至戛然而止，一語破題，表達頗似隱語風格。〔註27〕劉麟生以為荀卿諸賦，「詠物而近於隱語」（《中國文學概論》）正此之謂也。

隱語之用，前代已繁，《史記》云：「齊威王喜隱，淳于髡說之以隱」，《新序》有載「齊宣王發隱書而讀之」，以此得知齊宣王時即有隱書之現，〈漢志〉著錄隱書十八篇，可略窺先秦盛行之一般。至論隱書之性質為何，《漢書》顏師古注引劉向《別錄》以為「隱書者，疑其言以相問，對者以慮思之，可以無不諭」，此正荀卿賦篇問答謎隱之所本。蓋隱語與謎語，名異質同，《齊東野語》云：「古之所謂廋辭，即今之隱語，而俗所謂謎。」至於謎之所以運用為文學表達形式之一，則不得不歸於戰國遊士好用隱語之風，荀卿緣地利之便，受其影響亦屬必然。〔註28〕

〔註27〕Helmut Wilhel 於〈學者的挫折感：論『賦』的一種型式〉一文註中提到荀子賦篇結尾的詩，相當於其他賦中的「亂」。劉紉尼譯，《中國思想與制度論集》，頁415。

〔註28〕戰國遊士好以隱語說君，此風尤盛於齊楚兩國，荀卿曾遊學於齊，三為祭酒，又宦遊於楚，家居蘭陵，與齊楚關係既深，游國恩遂言「受當時隱語家淳于髡等人影響乃可斷言。」《楚辭論文集》，頁220。

《文心・詮賦篇》云：「苟結隱語，事數自環」，正指五賦表現手法之特別。蓋荀賦問答體已開問答諧隱風氣之先，〈雲賦〉中「君子設辭，請測意之」，已明顯見其猜謎本質。至於隱謎創作動機及性質，《文心・諧隱篇》云：

> 君子嘲隱，化為謎語，謎也者，廻互其辭，使昏謎也，或體目文字，或圖象品物，纖巧以弄思，淺察以衒辭，義欲婉而正，辭欲隱而顯，荀卿蠶賦，已兆其體。

藉諧隱語謎，寄託其匡世救俗、振衰起危之志，使賦篇寓含諷諭言志功能，此正皇甫謐讚美「孫卿、屈原之屬，遺文炳烈，辭義可觀，存其所感，咸有古詩之意，皆因文以寄其心，託理以全其制，賦之首也」之所據（皇甫謐〈左思三都賦序〉），漢司馬相如〈答客指問〉、〈述居戎獵〉等長篇古賦，蓋發源於此。至於東方朔〈答客難〉，揚雄〈解嘲〉、〈解難〉，班固〈答賓戲〉與夫崔駰之〈達旨〉，張衡之〈應閒〉，崔寔之〈答譏〉，蔡邕之〈釋誨〉等作，藉問答形式，廻環自釋，託意諷諭，亦師意於荀子矣。〔註29〕

是以荀子賦篇之藝術價值雖不甚高，且缺乏文學必備之情感表現，然於內容形式上之拓展，予後世辭賦無盡之指引，厥功甚偉，此亦其於辭賦發展史上，得佔一席之尊之原因所在。〔註30〕

第三節　兩漢古賦之窮變

兩漢辭賦擷取屈、荀特色，踵事增華，歸然立為大國。論其包容，漢武以前之賦壇，於上位者崇尚老莊無為思想之影響下，無論風格形式，大抵承襲屈宋餘韻，或愍其遭遇，或效其體式，賈誼〈弔屈原賦〉及〈惜誓〉，固為哀慟屈子之情感表現，王逸〈九懷〉亦起於對屈原之憐讚，其序云：「嘉其溫雅，藻采敷衍，執握金玉，委之污瀆，遭

〔註29〕所舉之例乃參考李曰剛先生《中國文學流變史（二）》，頁85。
〔註30〕另〈成相〉辭於通俗文學之影響尤鉅，可參考《中國文學流變史》，第二章第四、五兩節。

世溷濁，莫之能識，退而愍之」，正可代表多數賦家之心情。相如〈哀秦二世賦〉，董仲舒〈不遇賦〉，揚雄〈反離騷〉等，亦受屈宋風格影響下所作抒情感懷之篇章。《文心·詮賦》云：「漢初詞人，順流而作，陸賈扣其端，賈誼振其緒，枚馬同其風，王揚騁其勢」。大體點出漢初賦壇之一般風尚。至儒術定於一尊，賦壇始邁入「辭人之賦麗以淫」之途，真正代表漢賦特色之長篇作品方如日中天，披錦繡、合纂組，並「體國經野，義尚光大」（《文心·詮賦》），誠盛世之鴻製矣。然終不免於染指之弊者，過與不及耳，《文心·詮賦》所云：

> 文雖新而有質，色雖柔而有本，此立賦之大體也。然逐末
> 之儔，蔑棄其本，雖讀千賦，愈惑體要，遂使繁華損枝，
> 膏腴害骨，無貴風雅，莫益勸戒，此揚子所以追悔於雕蟲，
> 貽誚於霧穀者也。

雕穀太過，性情不及，終使漢賦走向窮變之途。茲分三部分探述其特色與窮變之概端。

一、勸而不止功用之體認

子曰：「詩可以興，可以觀，可以群，可以怨，邇之事父，遠之事君，多識草木鳥獸之名。」（《論語·陽貨》）蓋三百篇之作，其始雖未必蘊含道德教化，然春秋戰國之際，諸侯卿士間引詩賦詩，已將純然之文學作品附以「微言相感」之寄託功能。詩序之作，爲求載道之旨，更強作解釋，務合美刺功用，於是美刺諷勸說遂成定尊，成爲儒家指導文學之絕對指標。

漢賦在著名賦家，如司馬相如、枚皋、東方朔、揚雄、王褒、班固及淮南羣僚〔註31〕等人之引導下，無不含有堆砌鋪陳、繁綵縟錦之基調；另一方面，於儒家崇實尚用主義下，「競爲侈麗閎衍之辭，沒其諷諭之義」（《漢志·詩賦略》）既被視爲漢賦發展上之一大缺憾，於是鋪

〔註31〕淮南群僚指吾丘壽王、莊忽奇、嚴助、朱買臣、司馬遷、張子僑、劉向等淮南王安門下之客，賦篇多爲歌頌帝王游苑之作，今多失傳不得見。

張穠豔筆調下，兼含諷諭教化，遂爲兩漢賦家共同追求之目標，後人亦往往據此判斷賦篇價值之高下。《漢書・司馬相如傳贊》云：「相如雖多虛辭濫說，然要其歸，引之於節儉，此亦詩之風諫何異」。班固〈兩都賦序〉亦云：「或以抒下情而通諷諭，或以宣上德而盡忠孝，雍容揄揚，著於後嗣，抑亦雅頌之亞也」。將單純之文學作品附以實用功能，其中之諷諭觀念，雖亦見於屈、荀賦篇，然漢代作者精神反映於賦篇，動機既不如屈荀之深刻切膚，表現之情感共鳴，亦必遜於真實內心之作。簡宗梧先生以爲「攀附漢儒所公認的古詩價值，輸以諷諭，這種鋪張揚厲、曲終奏雅的篇章，就不免缺乏蓄積的感情」，〔註 32〕洵非誣矣。是其功效，亦如張衡於〈東京賦〉所評：

> 故相如壯上林之觀，揚雄騁羽獵之辭，雖系以隤牆填塹，
> 亂以收置解罘，卒無補于風規，祇以昭其愆尤。

其實無待後人，漢代賦家如揚雄，亦不免發出「賦可以諷乎？」曰：「諷乎。諷則已；不已，吾恐不免於勸也」（《法言・吾子》）之無奈感嘆。觀武帝讀相如〈大人賦〉，反「飄飄有陵雲氣游天地之閒意」（《漢書・司馬相如傳》），宣帝亦視之爲娛樂逍遣之用，〔註 33〕無怪乎揚雄洞明「賦，勸而不止」之事實，及「頗似俳優淳于髠、優孟之徒，非法度所存」後，「於是輟不復爲」（《漢書・揚雄傳》），然後繼賦家仍僕僕於諷諫夸飾之途者，亦可見政治影響文學之深且鉅矣。〔註 34〕一旦政治

〔註 32〕參見簡宗梧先生《漢賦源流與價值之商榷》，頁 140。

〔註 33〕《漢書・王襃傳》有「上（指宣帝）令襃與張子僑等並待詔，數以襃等游獵（從王念孫改），所幸宮館輒爲歌頌，第其高下，以差賜帛，議者多以爲淫靡不急，上曰『不有博奕者乎？爲之猶賢乎已』。辭賦大者與古詩同義，小者辯麗可喜，譬如女工有綺縠，音樂有鄭衛，今世俗猶皆以此虞說耳目，辭賦比之，尚有仁義風諭，鳥獸草木多聞之觀，賢於倡優博奕遠矣！」觀此段記載以辭賦與倡優博奕同類，可見宣帝態度。至於諷諭功能，純屬託辭，藉掩反對人士口目耳。

〔註 34〕政治上因素乃指由於帝王喜好，賦家往往藉此博取利祿，班固〈兩都賦序〉指出「言語侍從之臣，朝夕論思，日月獻納，而公卿大臣，時時間作。」蔡邕〈陳政要七事疏〉中則云：「夫書畫辭賦，才之小者，而諸生競利，作者鼎沸；臣每受詔，於盛化門差次錄第，其未

動搖，漢賦諷諭之實用價值亦如暮春薔薇般，逐漸凋萎矣。

二、鋪張揚厲作風之沉寂

　　言辭技巧之進步，對提高辭章表達水準產生正面之影響，乃屬必然。戰國時代，縱橫之術大行，遊士之言辭技巧益趨詭辯夸飾，待「聘問歌詠不行於列國」，遂紛紛轉爲辭章之修飾，章炳麟《國故論衡・辨詩篇》云：

> 縱橫家者，賦之本也，古者誦詩三百，足以專對，七國之際，行人骨附，折衝於尊俎間，其說恢張譎宇，紲繹無窮，解散賦體，易人心志，魚豢稱魯連、鄒陽之徒，援譬引類，以解締結，誠文辨之儁也。武帝以後，宗室削弱，藩臣無邦交之禮，縱橫既黜，然後退爲賦家。

簡宗梧先生〈對漢賦若干疵議之商榷〉文中云：

> 多數的賦家，本爲縱橫家之流，在天下一統之局，往昔侈陳形勢，聳動君王的口論，已經沒有用武之地，所以改弦易轍，以寫作文辭爲專業，這種書面的創作，保留口論的特色和形式，所以辭藻贍富，體式上也保留口論的特色和形式，於是與一般記錄口語，濃縮精簡大相異趣了。（《古典文學第一集》）

將縱橫家與賦家之關係，及賦體重鋪張揚厲作風之所以然，闡述詳盡。縱橫家主言辯，存世之籍僅《戰國策》一書。〔註35〕萬曼於〈辭賦起源〉中云：「戰國策裏面莊辛論幸臣，魯共公擇言等片段，也都有濃厚的辭賦的神趣」，《文心雕龍》述及論辯與辭賦之相關性時云：「屈平聯藻於日月，宋玉交彩於風雲，觀其豔說，則籠罩雅頌，故知暐曄之奇意，出乎縱橫之詭俗也。」（〈時序〉）是以縱橫家言辯方式之夸張，言辯內容

及者，亦復隨筆，皆見拜擢。」可見獻賦考賦之風盛行，目的自不外乎求仕干祿。爲迎合帝王好大喜功之心理，描寫繁華富貴之題材及各種炫飾技巧，遂應運而生矣。

〔註35〕晁公武《郡齋讀書志》謂《戰國策》全篇蓋出於學縱橫者所爲，至於縱橫家與辭賦之關係，除上述外，章學誠《校讎通義・漢志詩賦第十五》，「文史通義詩教下」，以「賦家者流，縱橫之派別」也。劉師培、劉大杰、李曰剛等人見解亦同。

之繁複、講究，於兩漢長篇鋪敘之賦，啓發之功不可滅矣。

漢賦長篇鋪敘之始，當爲枚乘〈七發〉，然論技巧之純熟，足爲漢代賦壇代表者，則非司馬相如莫屬。揚雄讚而嘆之曰：「長卿賦不似從人間來，其神化所至耶！」觀相如賦篇，辭采絕倫，氣象萬千。《西京雜記》載相如自謂：「賦家之心，苞括宇宙，總攬人物」，正爲其創作內容之寫照。〈子虛〉、〈上林〉尤爲個中翹楚，觀〈子虛賦〉中，僅一潭雲夢之澤，即分十二角度鋪敘描寫：

> 其山則盤紆岪鬱、隆崇嵂崒，……其土則丹青赭堊、雌黃白坿，……其石則赤玉玫瑰、琳珉昆吾，……其東則有蕙圃衡蘭、茝若射干，……其南則有平原廣澤、登降陁靡，……其高燥則生葴薪苞荔、薛莎青薠，其埤濕則生藏莨蒹葭，東薔彫胡，……其西則有湧泉清池、激水推移，……其中則有神龜蛟鼉、瑇瑁鼈黿，其北則有陰林巨樹、楩柟豫樟，……其上則有鵷鶵孔鸞、騰遠射干，其下則有白虎玄豹、蟃蜒貙犴。

在名物排比與事類鋪陳上，極盡堆砌誇張、繁類侈豔之能事。然相如高妙之處，即在雕繪滿眼中，猶存瓌瑋俊逸之風與博衍圓潤之勢，繁中有序，靜中有動。觀〈上林賦〉中所描述之水面游禽：「鴻鷫鵠鴇，駕鵞屬玉，交精旋目，煩鶩庸渠，箴疵鵁盧，群浮乎其上」，乃配合聲態之名物堆砌，至於「沈淫泛濫，隨風澹淡，與波搖蕩，掩薄水渚，唼喋菁藻，咀嚼菱藕」，則爲活潑優雅之自然生態圖象，〔註36〕細緻妥貼，尤見文字技巧之工。然長篇鋪敘之作，終隨時間運轉而漸次消沈者，文學觀念之改變——輕侈飾而重寫實，加以國勢陵夷，均直接間接促其漸趨式微矣。

（一）侈飾與性情、寫實之關係

〈上林〉、〈子虛〉既爲「長篇之極軌」，爲使篇章達到無字不美、

〔註36〕James R. Hightower 於〈中國文學在世界文學中的地位〉文中指出「賦另有一個有趣的特點，就是寫賦的人，喜歡嘗試利用中國文字的圖象性，故意將文字排列得產生出一種純視覺上的美感。」宋淇譯，《英美學人論中國古典文學》，頁 261。

無句不妍之境，遂極其渲染組合之能事，竭盡心思，競逞雄才潤飾以爲榮，「總眾類而不厭其繁」（程廷祚《騷賦論》），即揚雄《法言》自序所云：「必推類而言，極麗靡之辭，閎侈鉅衍，競於使人不能加也。」（《漢書‧揚雄傳》）賦篇內容既不能脫聲色犬馬、服飾飲食、宮室苑囿、車騎田獵、巡遊祭祀等範圍，實際生活經驗又不足以滿足賦篇之所需，於是除卻字句之夸飾外，又紛以想像馳騁其中，使文章意象詭譎無窮。左思即評其「於辭則易爲藻飾，於義則虛而無徵，且夫玉卮無當，雖寶非用，侈言無驗，雖麗非經」（〈三都賦序〉），作者才力雖得盡情發揮，論其性情內容，則尠而無蹤。摰虞《文章流別論》即曾大肆抨擊，以爲「夫假象過大，則與類相遠，逸辭過壯，則與事相違，辯言過理，則與義相失，麗靡過美，則與情相悖，此四者，所以背大體而害政教」，此正爲漢賦之普遍缺失。若由創作態度而論，賦篇靡麗寡情之表現，與當時賦家之處境、地位，亦有相當之關連。漢初賦家多爲言語侍從之流，爲投主上所好，必得挖空心思以達「合纂組以成文，列錦繡而爲質，一經一緯，一宮一商」（《西京雜記》相如語）之要求。賦篇走向尚辭好麗，爲文造情之途，亦爲必然之勢。〔註 37〕揚雄之〈甘泉〉、〈羽獵〉，班固之〈兩都〉，張衡之〈二京賦〉，乃漢賦精品，尚不免形式千篇一律，〔註 38〕辭語堆砌，呆板滯重，頗有類書之譏。《文心》所謂「繁華損枝，膏腴害

〔註37〕漢賦遊戲說由來，可參考簡宗梧先生〈漢賦文學思想源流〉一文。另吳炎塗先生〈漢賦的性情與結構〉文中亦以爲，摹倣階段中之文學創作，多起於遊戲之意識，漢賦亦然，是以創作態度在遊戲中自然有爭奇鬥妍之心態產生，「爲文而造情」凌駕「爲情而造文」之上，成爲漢賦之趨向。《鵝湖》第三卷 1 期。明興獻帝以「〈上林〉、〈甘泉〉等篇，非不宏且麗；然多斷于詞，躓于事，而不足于情焉」，即病此也。（引自《復小齋賦話》上卷，《賦話六種》，頁 59。）

〔註38〕王璠於〈漢賦與六朝辭賦的形成及其特色〉文中指出「若加檢討，每篇都是『其山、其水、其土、其木』，『其東、其西、其南、其北』，緊接以『於是』、『於是乎』等等刻板式樣，似此千篇一律，讀了令人生意索然，沒甚興趣。」《學風》第四卷 2 期。

骨」，正此也。無怪乎近人釋賦，遂逕鄙之爲「徧搜奇字，窮稽典實的代名詞」（鄭著《插圖本文學史》），至其下者，豈不難矣哉！文學生命之僵化，亦必然之勢矣。〔註39〕

降及六朝，此風雖緩，左思猶爲大家，〔註40〕形式雖仍規模漢制，然於漢賦之「侈言無驗」頗不贊同。〈三都賦序〉云：

> 相如賦上林，而引盧橘夏熟，揚雄賦甘泉，而陳玉樹青葱，
> 班固賦西都，而歎以出比目，張衡賦西京，而述以遊海若，
> 假稱珍怪，以爲潤色，若斯之類，匪啻於茲，考之果木，
> 則生非其壤，校之神木，則出非其所。

可知左思所質求者，「徵實」二字耳，是其爲〈三都賦〉時「其山川城邑，則稽之地圖，鳥獸草木，則驗之方志，風謠歌舞，各附其俗，魁梧長者，莫非其舊，何則，發言爲詩者，詠其所志也。升高能賦者，頌其所見也。美物者貴依其本，讚事者宜本其實，匪本匪實，覽者奚信」。左思雖重徵實，然其〈三都賦〉與兩漢長賦所病依舊，且客觀言之，「自天地以降，豫入聲貌，文辭所被，夸飾恆存」（《文心·夸飾》），《詩》、《書》雅言尚且不免，況辭賦哉？故左思以升高能賦在頌其所見；劉勰則直指本心，以爲登高之旨在覩物興情，情之所至，辭雖華妍，其義無害也，較之全然據實立言者，更具彈性與藝術價值。是以《文心·夸飾篇》紀評云：「文質相扶，點染在所不免，若字字摭實，有同史筆，實有難於措筆之時，彥和不廢夸飾，但欲去泰去甚，持平之論也」。雖不廢夸飾，必也循節不誣，則句不必字字求源，事不必件件尋本。王夢鷗先生由審美觀點評之，以爲文學欣賞，貴在傳

〔註39〕黃國彬於《中國三大詩人新論》，論李白的詩中言及「漢賦善於描寫壯濶豪華的場面，想像世界宏大繁富，文字穠麗華瞻，色彩炳煥斑斕，但有時會堆砌太過，缺乏生命。」

〔註40〕六朝除左思〈三都賦〉外，潘岳〈射雉賦〉亦屬此類，此外王廙〈洛都〉，曹毗〈魏都〉、〈楊都〉，文立〈蜀都〉等賦，雖殘佚不見全貌，然由僅存篇章見之，亦乃踵武相如矣；甚至唐李太白〈明堂賦〉，描繪宮室，與班固〈兩都〉同風，〈大獵賦〉陳述畋獵，終以諷諭收篇，法式漢賦之跡，顯而易見。

神，必事事求實，亦恐近泥。〔註41〕莊子騁想像於天地八荒，恢閎億載而無津，使文章如入無人之境而益添其美，是不可因噎廢食矣。

　　漢賦好侈飾，篇幅亦隨堆砌鋪陳之累積而增長，爲文造情乃非眞情之侈飾，間接遏阻了性情之流露；另一方面，則激發徵實文學之興起。六朝重寫實，對象移至「草區禽旅」間，漢賦之長篇鋪揚，遂隨個人主義之高漲，與寫實對象之縮小，漸趨沒落矣。

（二）國勢對篇幅、內容之影響

　　以京都遊獵爲主之大塊文章，乃漢帝國繁榮碩實社會之時代產物，它們反映出帝國高度之物質發展與精神文明，賦家們競以鋪張揚厲之作風描繪山川之壯濶，物產之琳琅，建築之雄偉，服器之精緻，此種誇張華麗之賦體，以國勢爲背景，在帝王支持下，大逞雄風。文學反映時代，此種場面豪華，內景繁富之閎衍大賦，非但先秦無法創製，六朝動盪偏安之局，亦難以爲繼。《昭明文選》自東晉以降，不復收錄此類大著作，亦鑑於後世爲此體者，既難另闢新意，亦易陷於詭誕虛妄之譏，是長篇大賦隨漢運之衰而一蹶不振，亦時勢之必然。〔註42〕

三、短篇賦體之漸興

　　漢賦於文學史上予人印象至深者，即上述之長篇賦體，然由現存漢賦觀之，短篇之作雖不及長篇聲勢之浩瀚，卻也不在少數。漢初著名者，如賈誼〈鵩鳥賦〉、〈旱雲賦〉、淮南王安〈屏風賦〉、羊勝〈屏風賦〉、公孫詭〈文鹿賦〉、公孫乘〈月賦〉、鄒陽〈酒賦〉、〈几賦〉、枚乘〈柳賦〉及孔臧〈楊柳賦〉、〈鴞賦〉、〈蓼蟲賦〉、〈諫格虎賦〉等，經百年蘊

〔註41〕參見王夢鷗先生〈魏晉南北朝文學之發展〉，頁11。另王先生在〈文學定義之一考察〉亦提及想像乃文學特色之主張。

〔註42〕馮承基〈六朝文述論略〉中指出「京都賦爲出自漢賦之大塊文章，乃大帝國之產品，此種『大著作』與東晉偏安之『小朝廷』局面不能配合，故庾仲初（庾闡）揚都賦不如庾子山哀江南賦，蓋空洞矜誇不切實際狀況之文，在所不取。昭明文選自東晉以降，不復錄『京都』一類之賦，此或亦蕭選可取之一端。」《學粹》第十四卷3期，頁14。

育後，至東漢末年，短篇賦作氣象已成。蔡邕現存九篇完整之作品中，即有八篇字數少於三百，〈圓扇〉一賦甚僅三二字；趙壹現存四篇，除〈解擿〉乃殘篇外，〈刺世疾邪賦〉篇幅最長，有四百零六字，餘篇皆不滿百五十字；至如張衡〈兩京〉之制，則爲絕無僅有之長帙矣，此就以「賦」名篇之作而論。雖然，以「七」命名之篇，形式率法〈七發〉，其爲長篇固無待言，亦無減於長篇日衰、短篇日揚之勢也。

漢代短篇賦作，除篇幅外，內容、形式亦與長篇賦作壁壘分明，其中詠物之作佔絕大多數，除少數爲純詠物賦作外，兩漢小賦大抵傾向自荀卿以來之寄託形式，藉物之詠，或抒情志，或言哲理，賈誼諸篇屬之，張衡〈髑髏賦〉，蔡邕〈青衣賦〉、趙壹〈窮鳥賦〉、彌衡〈鸚鵡賦〉等亦是。蓋直言無諱者，易觸政治之忌而罹身外之殃，歷代寄託文學於中國文學史上恆居重要席位，其故在此。是以兩漢短篇賦作中，詠物題材佔絕大多數，亦有迹可尋矣。至如趙壹〈刺世疾邪賦〉者，畢竟如鳳毛麟爪，究不多見。

至其寫作手法，則屏棄長篇之侈飾形式，採取細緻樸實之筆調，平易條暢之作風，表達作者之感情與思想，於兩漢綺艷眩目之鋪冗篇章中，闢出一片清新之園地，亦予六朝賦家轉折之機。唯王延壽〈王孫賦〉中，屢用瑋字之情形，明顯見其受長篇賦體堆砌瑋字之迹，乃屬短篇賦作之例外，不足爲訓。

由是可見兩漢短篇賦作之地位與重要性。然長篇賦作仍不失爲漢代文學表徵者，主因非如近世學者所強調之短篇乃「偶然」爲之，究不多觀之故。〔註43〕蓋除却漢代帝王喜好長賦形式以自炫自滿外，由樸質之周秦進入閎偉之漢代，代表時代特色與社會風氣之長篇瑋艷鋪衍體製，正足以滿足人類由單調進入絢爛之追求慾望。短篇賦作於兩漢起步雖早，却未能蔚爲主流，蓋爲長篇光芒遮掩之故，必待長篇賦

〔註43〕劉大杰以爲「短賦在漢代張衡、王逸、蔡邕諸人的集子裏，雖偶然有了，但究竟不是普遍的形式。」《中國文學發展史》，頁155。李曰剛先生亦有相同看法，參見《中國文學流變史（二）》，頁136。

體染指紊雜，新意盡失，千篇一律，無以爲繼，短篇小賦方得以躍賓爲主，重振漢初聲威，領導漢末賦壇，爲六朝小賦開先鋒也。

第四節　六朝小賦之本質

小賦一詞，蓋指短篇辭賦而言。歷代論及六朝辭賦者，或就形式特色，歸入俳賦類，〔註44〕或就篇幅言爲長賦、短賦之分，或就內容論作大賦、小賦之別。〔註45〕縱觀辭賦流變，自楚辭長篇抒情，至荀賦短篇說理，進而漢賦潤色鴻業之篇，文體形制代有興替，是由漢代長篇古賦發展至六朝短篇之制，亦合乎窮變則新之自然法則。然小賦界定，前人論之未詳，或以爲「類于短篇詩章之題詠者，稱爲小賦」（鈴木虎雄《賦史大要》）；或以爲「短小精悍，局緊機圓」爲其要（李日剛《文學流變史》）；或以爲「小賦則意儉而易周，詞豐而可殺，選聲結韻，意不旁馳，造句謀篇，筆常內撅，省括乃釋，從繩罔愆」（王芑孫《讀賦卮言》）乃其所擅；《復小齋賦話》則以「鋪陳八韻之旨，字應周天之日」爲小賦之律令。綜合所述，小賦者，凡篇幅短小，遣詞精簡，體暢清麗，局緊機圓，有詩之傾向與麗辭之特徵者是也。

一、選篇之範圍

歷代言及六朝一詞者，範圍不一，歸納言之可別爲三：

1. 以定都建安爲主之吳、東晉、宋、齊、梁、陳六代，此範圍多爲史學家所沿用。

〔註44〕明徐師曾《文體明辨》中，分辭賦爲四種，分別爲古賦、俳賦、文賦、律賦。小尾郊一指出「古賦即漢代的賦，俳賦指魏晉六朝賦，律賦就是唐代的賦，文賦謂宋賦。」《中國文學概論》，洪順隆譯，頁140。鈴木虎雄《賦史大要》將屈宋之賦謂爲騷賦，清代之賦別爲八股文賦，是共六類。

〔註45〕《文心·詮賦篇》張立齋注云：「大賦小賦之稱，自舍人始，小制指禽獸器械草木諸賦而言，大制如兩都、兩京等是。」此就內容分之，實與長賦、短賦內涵似。

2. 與漢魏對舉之晉、宋、齊、梁、陳、隋六代，此法多爲文學選集彙編所採。

3. 由文風傾向相似之魏、晉、宋、齊、梁、陳六代組成。

本文所採時代界定乃以第三類爲準，兼及漢末建安諸子，〔註46〕下括濡染南風之北朝南士。蓋朝代之遞嬗有時而盡，文學之綿衍無時或已，建安雖仍漢祚，然無論政治、社會、文學均處蛻變時期，與漢風有別，在曹氏父子積極營擘之下，建安文風遂隨政權之移轉，融入曹魏體系。故由文帝陳思，縱轡以騁節，至徐陳應劉，望路而爭驅，士所競寵之六朝巧構形似文學體制，已啓其端。〔註47〕北朝地廣人稀，山高水長，民風多剛毅樸實；文學則「辭罕泉源，言多胸臆」，〔註48〕描寫情趣與江左迥別。至如自江陵北擄文士中，有「頡頏漢徹，跨躡曹丕，氣韻高遠，艷藻獨構」之風格，與南風無異者，自可歸於六朝範圍。是六朝者，起自建安，終於梁陳，至北朝南士如庾信、顏之推等，亦收茲編中。

六朝四百年中，文風鼎盛，賦壇文士倍出兩漢，然政無寧日，戰無息歲，文籍詩賦屢毀於兵燹，是以六朝賦篇經著錄者，泰半殘闕，亡佚而未經著錄者，又不知幾許。《隋書·經籍志·經》云：

> 兩京大亂，掃地皆盡，魏氏代漢，采掇遺亡，藏在祕書中外三閣。……惠懷之亂，京華蕩覆，渠閣文籍，靡有孑遺；……中朝遺書，稍流江左。……宋……元徽元年，祕書丞王儉……別撰七志，……齊末兵火延燒祕閣，經籍遺散。梁……阮孝緒……博采宋齊已來，王公之家，凡有書記，參校官簿，更爲七錄……。元帝……收文德之書及公私經籍歸于江陵，大凡七萬餘卷。周師入郢，咸自焚之。陳天嘉中，又更鳩集，考其篇目，遺闕尚多。

〔註46〕建安文士計取應瑒、楊修、劉楨、王粲、陳琳、阮瑀、徐幹、繁欽、丁儀、丁廙、崔琰諸人；孔融傳世之作無賦，故闕而不計。

〔註47〕《文心·明詩》云：「建安之初，五言騰踊，文帝陳思，縱轡以騁節，徐陳應劉，望路而爭驅，……造懷指事，不求纖密之巧，驅辭逐貌，唯取昭晰之能，此其所同也。」

〔註48〕《北史·文苑傳》語。

是以舛文遺珠，在所難免。

今所見六朝賦篇，散見於《漢書》、《三國志》、《晉書》、《宋書》、《南齊書》、《梁書》、《陳書》、《南史》、《北史》及《北周書》、《北齊書》、《文選》等；嚴可均輯《全上古三代秦漢三國六朝文》則另參諸《藝文類聚》、《初學記》、《太平御覽》、《世說》及其注、《水經注》、《北堂書鈔》、《文選注》、《爾雅翼》、《史書志》等，拾殘補缺，滙爲茲編，搜集頗爲詳密。明張溥《漢魏六朝一百三家集》、與林師景伊《兩漢三國文彙辭賦類》、巴壺天《兩晉南北朝文彙辭賦類》所輯賦篇，則稍有增減，可資補益。

二、選篇之標準

本篇所採小賦，其短者，以魏鍾毓〈果然賦〉爲最，凡十八字，上限則依荀卿短賦之例，以五百字爲大致分界。大抵小賦字數，以一百至三百字最能顯其特色，篇數亦最多。雖然，小賦之名，非起於製篇之始，是其限不類律、絕、小令之一絲不苟。主觀之失，遺珠之憾，在所難免，字數之限，僅爲取篇方便，非可泥體害質也。

至於選篇標準，六朝賦篇雖多，殘闕亦甚，凡闕字漏句，斷簡殘編，難窺全貌，甚或僅存篇名、題序，正文全佚者，爲茲編所不取；唯有參考價值者，則斟酌採之。此外，取舍標準如下：

（一）本文以「賦」名篇者，爲選錄標準；至於各選本中，但有一家冠以「賦」名者，亦在採錄之列，如夏侯湛〈春可樂〉、〈秋可哀〉、〈秋夕哀〉之類。

（二）至於無賦之名而有賦之實者，斟酌取之。

1. 騷體中取〈山中楚辭〉、〈雜辭〉、〈卜疑〉、〈應騷〉、〈學騷〉之作；至於以「九」名篇者，如〈九詠〉、〈九愍〉之類，則不取。

2. 設難問答類，如傅玄〈客難〉、曹毗〈對儒〉、郭璞〈客傲〉、嵇康〈卜疑集〉、夏侯湛〈抵疑〉等，亦所不取。

3. 以「七」爲名之〈七啟〉、〈七忿〉、〈七咨〉，……諸篇，均法
   枚乘〈七發〉手法，亦不取。

4. 雖有賦勢，卻以頌、詠、引、歎等名篇者，如謝莊〈雜言詠雪〉、
   〈山夜憂吟〉，石崇〈思歸嘆〉、〈思歸引〉之類，皆不取錄。

六朝賦篇經此過濾，定出本文所採篇章，計七百六十餘篇；其中或無
特色，或僅供參考者，雖非本文探究重心，亦一併列入。

第二章　六朝小賦之創作背景

　　文學作品，乃社會現象之反映，代有不同，文風各異。《文心·時序篇》有謂「時運交移，質文代變，……歌謠文理，與世推移，風動於上，而波震於下者」，是以「黃唐淳而質，虞夏質而辨，商周麗而雅，楚漢侈而艷，魏晉淺而綺，宋初訛而新。」（《文心·通變》）思想、環境因時變遷，文學風格與世推移，劉勰強調「文變染乎世情，興廢繫乎時序」（《文心·時序》）者，正闡明時代與文學精神不可分之關聯性。六朝乃一變動之時代，政治社會如此，觀念思想亦然。文學觀念之自覺與思想配合，影響文學之創作態度；政治情勢，激發文學之創作動機；生活環境，提供文學之創作素材，此六朝小賦創作背景之大要。

第一節　文學觀念之演進與思想之相應

　　文學一詞有廣狹之分，廣義之文學，指一切文字上之著述，經史子集無不包括在內；狹義之文學，則純為抒發性靈之美感經驗作品，[註1] 詩詞曲賦、駢散文、小說、戲劇等皆屬之，亦文學真價值所在。

〔註1〕錢用和先生《韻荷詩文集》指出，文學定義，廣義指一切文字上的著述而言，……狹義指有美感的、重情緒的純文學而言。上冊頁70。

《顏氏家訓》所云：「文章之體，標擧興會，發引性靈」，正此指也。
然此一觀念，亦經一番漫長之嬗變過程方得以確立。

一、先秦兩漢之文學觀

　　文學起源，肇自風謠。〔註2〕其初乃「人喜則斯陶，陶斯咏，咏斯
猶，猶斯舞」（《禮記・檀弓》），所謂「民稟天地之靈，含五常之德，剛
柔迭用，喜慍分情。夫志動於中，則歌詠外發，六義所因，四始攸繫，
升降謳謠，紛披風什，雖虞夏以前，遺文不睹，稟氣懷靈，理或無異；
然則歌詠所興，宜自生民始也。」（沈約《宋書・謝靈運傳論》）《詩經》、
《楚辭》爲先秦文學之代表，《詩經》偏重個人主觀情感之抒發，爲後
世純文學之祖；〔註3〕《楚辭》一則藉浪漫筆法發抒情懷，一則藉各種
譬喻期啓君王於萬一。漢代辭賦家循此而益誇其諷諭功用，遂形成漢賦
特色。至於周秦諸子之「文學」，內涵至廣，《論語・八佾篇》載：

　　子曰：「周監於二代，郁郁乎文哉，吾從周」。

乃將一切應知之學問，統括爲文。〔註4〕〈先進篇〉曰：

　　德行：顏淵、閔子騫、冉伯牛、仲弓；言語：宰我、子貢；
　　政事：冉有、季路；文學：子游、子夏。

雖將文學限縮至學術範圍，仍屬廣義。且孔子雖以「志有之，言以足

〔註2〕陳鐘凡《漢魏六朝文學史》，言及中國文學之演進，就文體而言，約
　　　　有十一種嬗變，其始即爲風謠（神話）。頁2。劉大杰亦持相同看法，
　　　　劉若愚於《中國人的文學觀念》中進一步指出：「文學意識起源於語
　　　　言文字之前，而文學發軔又以韻文爲先，而韻文之興起又以歌謠先。」
　　　　賴春燕譯，頁5。

〔註3〕張仁青先生《魏晉南北朝文學思想史》云：「吾國之唯美文學並不始
　　　　於六朝，遠在詩經時代即已肇其端緒，國風類皆里巷歌謠之純文學
　　　　作品，一本性情之眞，發綿麗之旨，乃三百篇中最精彩之部分也。」

〔註4〕先秦之「文」，劉申叔《論文雜記》云：「中國三代之時，以文物爲
　　　　文，以華靡爲文，而禮樂法制，威儀文辭，亦莫不稱爲文章，推之
　　　　以典籍爲文，以文字爲文，以言辭爲文，……故道之發現於外者爲
　　　　文，事之條理秩然者爲文，而言詞之有緣飾者，亦莫不稱之爲文。」
　　　　案先生此說主爲明「文」之界說，知三代之文與後世文章之文不可
　　　　同視矣。《劉申叔先生遺書（2）》。

志，文以足言；不言，誰知其志；言之無文，行之不遠」（《左傳・襄公二十五年》），然亦主「辭，達而已矣」（《論語・衛靈公篇》）；孟子「不以文害辭，不以辭害志」即沿此說。至韓非〈解老〉則以「文爲質飾者也」，是此時文學觀念正如朱東潤所言：

> 大抵吾國先哲之論文學，不尚玄想，不重辭采，文章中之所表現者，其事不出於國家身世，其歸不出於興觀群怨，至若先哲之稱道詩書，其旨亦不外於修身淑世而已。（《中國文學批評史大綱》）

兩漢較周秦在文學體製上，有較詳密之區分。劉歆《七略》先六藝，次諸子、次詩賦、次兵書、次數術、次方術之分法，《漢書・藝文志》亦從之，將「文章」與學術分途。〔註5〕然兩漢儒學獨尊，教化大行，文學之載道思想與功用主義，深中人心，牢不可破，即十五國風亦披上濃厚之倫理色彩矣。〔註6〕文章之學仍離不開儒學樊籬，王充即主文貴有用，《論衡・佚文篇》：「文人之章，豈徒調墨弄筆，爲美麗之觀哉！」強調文學價值應以「文人之筆，勸善懲惡」爲方向；《白虎通義・天地篇》甚至提出「道德生文章」之說，文章已無獨立地位矣。廖蔚卿先生評曰：

> 在中國文學發展的歷史中，先秦兩漢，沒有獨立的文學觀念，……漢人所謂「文章爾雅」「其文弘博麗雅」，進而到王充所謂「文人」與「鴻儒」，仍未將文學獨立於文教德化的功用主義及儒學之外。（《六朝文論》）。

是以漢代雖有「文學」、「文章」與「儒學」之名，然三者之界限不明，〔註7〕「或以抒下情而通諷諭，或以宣上德而盡忠孝」之尚用功能，仍爲文章價值之品評標準。晉皇甫謐〈三都賦序〉即曾明白指出：「昔

〔註5〕羅根澤《魏晉六朝文學批評史》云：「兩漢繼周秦之後，以『文學』括示學術，而另以『文章』括示現在所謂『文學』；而兩漢所謂『文學』，確大半是儒學。」頁133。

〔註6〕可參考張仁青《魏晉南北朝文學思想史》上冊，頁69。

〔註7〕如《史記・孝武本紀》：「上鄉儒術，招賢良，趙綰、王臧等以文學爲公卿」，儒學即與文學不分。

之爲文者，非苟尚辭而已，將以紐之王教，本乎勸戒也。」班固於《漢志・詩賦略》中，稱美孫卿、屈原「作賦以風，咸有惻隱古詩之義」，於宋玉、唐勒、枚乘、相如、揚雄等，則責其「競爲侈麗閎衍之詞，沒其諷諭之義」，〔註8〕實爲兩漢文學觀念之代表產物。

二、儒學中衰與釋道思想昌盛

（一）儒學中衰

五經被儒家尊爲代表經典後，〔註9〕文學即被賦予一種倫理教化之實用功能。兩漢自董仲舒罷黜百家，獨尊儒術以來，經典之文學價值更湮沒於思想功用下，《書》成爲「王者繼天立極之大典」（宋王柏《欽定書經傳說彙纂》引）；《禮》則在「化民成俗」使不失君臣父子之道；〔註10〕《易》乃使「聖人以通天下之志，以定天下之業，以斷天下之疑」（〈繫辭上〉）；《春秋》則不外上明三王之道，下辨人事之紀，以達存亡繼絕、撥亂反正之效。而〈詩大序〉更言「正得失、動天地、感鬼神，莫近於詩；先王以是經夫婦、成孝敬、厚人倫、美教化、移風俗」，五經成爲儒者施行教化之工具，經學遂爲儒學之別名。〔註11〕

案經書本身確有其經世致用之實效，〔註12〕然漢儒倡之太過，書必以原道宗經爲依歸，言必以倫理道德爲鵠的，排斥個人情志之抒

〔註 8〕相如等人賦篇非未含諷諫之意，班固之所以出此說者，簡宗梧先生以爲漢賦在極力強調諷諫之用下，已由初興時之以遊戲爲衣表，以諷諭爲骨裏之尚文傾向，轉變爲以諷諫爲主幹，以遊戲爲附葉之尚用形式，繁華徒足以損枝，是主文麗用寡，漢初以前之作麗以淫，故爲其所斥矣。參見《漢賦文學思想源流》〈五〉，〈漢賦文學思想流變〉一節。

〔註 9〕經典本爲古代學術思想總滙，非儒家所得而私有。王更生先生於〈經典的內涵及其文學成分〉文中，分採莊子、班固及目錄學之觀點，用見一斑。《孔孟月刊》第十九卷 7 期。

〔註10〕出自《禮記・文王世子》「故學之爲父子焉，學之爲君臣焉」一語。

〔註11〕宗經思想早在荀卿、揚雄即已開其端。參李曰剛先生〈文心・宗經篇題述──文心雕龍斠詮〉。

〔註12〕如以王安石爲主之經術派政教文學說，及浙東派事功文學說皆是。可參考羅根澤《中國文學批評史》。

發，扼阻文學觀念之進展，尤使辭賦陷入諷諭尚用之窠臼，了無新意。
至東漢讖緯之學興，儒學更參雜濃厚之迷信神鬼色彩，在當時學術界
已有反對浪潮出現，〔註13〕是以一旦儒家之大一統政體面臨崩離之
際，經學家虛妄繁瑣之教條思想，隨即爲辭賦家所屏棄，形成後世「以
儒素爲古拙，以詞賦爲君子」（隋李諤〈論文書〉）之反動思想出現。
裴子野〈雕蟲論〉云：

> 古者四始六藝，總而爲詩，既形四方之氣，且彰君子之志，
> 勸美懲惡，王化本焉。後之作者，思存枝葉，繁華蘊藻，
> 用以自通，若悱惻芳芬，楚騷爲之祖，靡漫容與，相如和
> 其音，……賦詩歌頌，百帙五車，……爰及江左，稱彼顏
> 謝，篋繡鞶帨，無取廟堂。宋初迄於元嘉，多爲經史，實
> 好斯文，高才逸韻，頗謝前哲，波流相尚，滋有篤焉。自
> 是閭閻年少，貴遊總角，罔不擯落六藝，吟詠情性。（《全梁
> 文》卷五三）

「無取廟堂」，「擯落六藝」，象徵儒學衰微，經書不復當年地位矣。《雕
蟲論》旨在評議劉宋文人揚棄六經，徒尙藻飾，吟詠性情，有失王道
本焉，實爲儒家用世王化，遐棄性情之餘波。蕭綱既嘗著論闢之，以
明文學與經書之關係，其〈與湘東王書〉云：

> 若夫六典三禮，所施則有地，吉凶嘉賓，用之則有所，未
> 聞吟詠性情，反擬內則之篇，操筆寫志，更摹酒誥之作，
> 遲遲春日，翻學歸藏，湛湛江水，遂同大傳。

雖後世宗經學者力斥緣情文學，以爲「其文日繁，其政日亂，良田棄
大聖之軌模，構無用以爲用也」（隋李諤〈論文書〉），將政治禍亂，
歸咎於經學式微之故，然此亦文學發展之必然趨勢。終六朝之世，儒
學卒不復爲思想主流矣。〔註14〕

〔註13〕錢穆先生《國學概論》〈晚漢之新思潮〉曰：「王充論衡對當時經學
　　　　的攻擊有四：一是反對天人相應，陰陽災變之說，二是反對聖人先
　　　　知與神同類之說，三是反對尊古卑今之說，四是反對專經章句之學」。
〔註14〕六朝文學雖與經國濟世之儒教脫離，然純學術之儒學研究仍未間
　　　　斷。逯耀東先生以爲「由於儒家思想根基深厚，在社會中仍然具有

（二）老莊玄風之復興

老莊玄學所以繼儒學之後，衛領整個魏晉思想界，政治動亂固爲主因，另一股不可忽視之潛因，則爲人類思想之兼容性。早在漢武獨尊儒術之前，黃老思想業已深入人心，錢穆先生以爲「漢武之表彰六經，罷黜百家，亦僅僅爲今文書與古文書之爭耳，至謂儒說勝而黃老申商廢則誤。」（《國學概論・兩漢經生經今古文之爭篇》）劉安之《淮南子》固乃漢初學術思想界之代表，是爲六朝玄學之張本，〔註15〕後漢王充《論衡》，退孔孟而進黃老，已見道家漸起之勢；至魏文即位，追慕漢初無爲而治，頒布一連串息兵、輕刑、禁復讎、薄稅等詔書，洋溢濃郁之道家氣息。然反映於文學者，必至正始年間，王弼、何晏等以老莊之旨釋儒經，方將道家思想引入儒學體系，〔註16〕然基本上仍採折衷之法，並不主張老莊自然之學與儒家名教之學，乃全然相悖相違。嵇、阮繼之，崇尙虛無，輕蔑禮法，徹底反對「名教」（即儒學），藉由行動上消極之逃避，反映出思想上積極之反抗，此後三百多年間，士大夫輩非但思想上遠離實際人生，從事無爲虛誕之追求，甚且變爲縱慾享樂之個人主義。〔註17〕《南史・儒林傳》曰：「魏正始以後，更尙玄虛，公卿庶士，罕通經學」，老莊玄學興，造成「用

潛力，老莊、儒家思想並存於魏晉社會中，尤其在世族大家中。」（〈魏晉玄學與個人意識醒覺的關係〉）是以儒學發展遂以家族爲本位，世族子弟研習經書於內，君主設教立學於外，儒學終爲政教之附屬品；然成績亦頗可觀，唐代經學受六朝影響尤深，前代經學賴之得以流傳。可參考余英時先生〈漢魏之際士人之新自覺與新思潮〉一文，《新亞學報》第四卷 1 期。

〔註15〕管道中於〈淮南書中修養之要旨〉一文云：「其間闡明老莊之秘旨，爲魏晉六朝玄學之張本。」見《淮南子論文集》。

〔註16〕劉申叔《中古文學史》云：「王弼、何晏之文，清峻簡約，文質兼備，雖闡發道家之緒，實與名法家言爲近者也」，此當指風格論。王、何註釋《易經》（五經中只研習此經），何晏《論語集解》、王弼《論語釋疑》、郭象《論語體略》，王弼、韓康伯注《易》，鍾會《周易盡神論》及阮籍《通易論》等皆是。而郭象〈莊子序〉中更明言此書宗旨在「明內聖外王之道」，均見彼等並非全然排斥儒說也。

〔註17〕參見朱義雲〈魏晉風氣與六朝文學〉，《黃埔學報》10 期。

世之情歇退，而適己之志擴展。」重視個人主義之浪漫文學因而產生。此種轉變影響於詩體者，正〈詩品序〉云：「永嘉時，……篇什，理過其辭，淡乎寡味」；影響於賦體者，乃文風由厚重堆砌轉爲清峻簡練，內容清麗，形式精短，亦賦學之特色。〔註18〕

是以由文學觀點而言，老莊玄學對純文學之影響，頗有啓發之功，錢穆先生有云：

> 文人之文之特徵，在其無意於在人事上作特種之施用。其至者，則僅以個人自我作中心，以日常生活爲題材，抒寫性靈，歌唱情感，不復以世用攖懷。是惟莊周氏之所謂無用之用，荀子譏之，謂其知有天而不知有人者，庶幾近之。循此乃有所謂純文學，故純文學作品之產生，論其淵源，不如謂其乃導始於道家。如一遵孔孟荀董舊轍，專以用世爲懷，殆不可有純文學。其機運轉變，必待之東漢，至建安，乃始有彰著之特姿異采呈現也。（《中國學術思想論叢十一・讀文選》）

六朝辭賦亦得於此「反制度、反傳統、求逸樂、求解脫」風氣下，發展爲個人主義之文學矣。

（三）玄釋道交融

魏晉人士玄學思想中，除老莊哲學外，亦參雜不少道教思想，〔註19〕服食求仙題材更蔚爲魏晉文學一大特色，至其對於佛學之發展，亦頗有助益。

佛教之東來，「迄及桓靈，經來稍廣」，初乃依托當時流行之玄道，尊奉老莊，融合方術，兼涉經書。〔註20〕其清靜無爲，省欲去奢之旨，

〔註18〕 參考蕭湘鳳《魏晉賦研究》，頁72。
〔註19〕 案道教非道家，然皆標舉黃老，劉大杰以爲道教乃結合陰陽迷信觀念，兼採佛教形式所組成，如是，則玄道釋在基本上已有相互融合之趨勢。
〔註20〕 章太炎《國學概論》「自魏晉至六朝，其間佛法入中國，當時治經者極多，遠公（慧遠）是治經的大師，他非但有功佛法，普講毛詩、講儀禮極精」。案當時佛學大師「多著重於佛經之翻譯與教義之傳播，至於發揮佛理，推陳出新，則功效不宏。」〈三國兩晉南北朝紀要〉，頁148。是以佛學影響終未能普遍於六朝學術界，良有以也。

既與黃老之學相通；而神靈不滅，齋戒祭祀之行，復與方士神鬼報應，祠祀求仙之方相合。至西晉，僧人多與清談名士交游，阮瞻、庾敳與沙門支孝龍並爲知音好友，康法暢常執麈尾行，每値名賓，輒清談竟日（俱見《高僧傳·卷四》各人本傳），佛學漸入文士思想界。東晉文人相習益熾，殷浩、郗超、孫綽、謝尙等人均精研佛理，〔註21〕而晉世僧侶見諸載籍者，亦多爲與名士相傾倒之清談人物。《世說·文學篇》中，引及僧人康法暢、支道林者，輒與清談有關，更「由於支道林之影響，佛理探討成爲一時風尙」，〔註22〕而佛教迅速發展結果，已由「老莊解佛改爲以佛解莊」，〔註23〕於是佛教終呈獨立之勢。

降及南朝，佞佛之風，披靡華夏，遠甚道教，然彼時文人，雖多方外之交，亦僅如朱光潛所云：「有意參禪，無心證佛」。〔註24〕一般名流文士之談佛，或附和君主，或自鳴清高，鮮有潛心證道者。縱觀當時文壇，佛家對生死問題之輪迴達觀觀念，依然無法取代長久以來根植民心之「人生忽如寄」之無助感。一般文士「信釋氏之靈果，歸三世之遠致，願同升於淨刹，與塵習兮永棄」（江淹〈傷愛子賦〉）之思想產生，乃對人生無常之悲痛所生之逃避感，江淹爲六朝著名佞佛者，尙難逃人世悲苦之羈絆，佛教對六朝文人思想之影響，可見一斑。其於形式上之影響，大抵析理更精，而才藻新奇，言有深致（參劉師培《中古文學史》），其要則爲四聲之體認與浪漫文學之激發，益張唯美之風，至於其它更深遠顯著之影響，則必待唐宋，經由佛經翻譯之揭啓，方於文學形式與題材上，見其顯效矣。

三、文學觀念之自覺

儒學中衰與釋道思想漸盛，影響及於文學觀念之同時，文學本身亦

〔註21〕參考劉師培《中古文學史》，頁 55。
〔註22〕引自何啓民《魏晉思想與談風》，頁 227。案支道林之事跡，《世說·文學》注有引。
〔註23〕同上註頁 250。
〔註24〕蔡正華〈中國文藝思潮〉引，頁 13，《中國文學八論》。

有蛻變之迹。顧炎武《日知錄》云：「東漢之末，節義衰而文章盛」，蔚蔚文士乃如破繭之蝶，點綴充實了整個六朝文壇。《文心·時序篇》云：

> 自獻帝播遷，文學蓬轉，建安之末，區宇方輯，魏武以相王之尊，雅愛詩章；文帝以副君之重，妙善辭賦；陳思以公子之豪，下筆琳琅，並體貌英逸，故俊才雲蒸，……至明帝纂戎，制詩度曲，徵篇章之士，置崇文之觀，何劉群才，迭相照耀。

文學自覺之結果，漸脫載道與致用之樊籬。〔註25〕文人所尙者，乃個人心志情感之抒發；文學內涵則由「華實所附，斟酌經辭」，轉爲「以情緯文，以文被質」。元康以降，綺縟盛藻更爲文辭所務，陸機〈文賦〉言及文章之要乃「其爲體也屢遷，其會意也尙巧，其遣言也貴妍」，陸雲則云：「文章當貴輕綺」（〈與兄平原書〉），已充滿唯美色彩。梁元帝蕭繹於《金樓子·立言篇》予文學定三界說：

1. 屈原、宋玉、枚乘、長卿之徒，止於辭賦則謂之文。

2. 吟詠風謠，流連哀思者謂之文。

3. 至如文者，惟須綺縠紛披，宮徵靡曼，脣吻遒會，情靈搖蕩。

此與其「立身先須謹重，文章且須放蕩」（〈戒當陽公大心書〉）一辭，配合無間，非但一掃前代陰霾，從學術道德領域中脫穎而出，甚且凌駕經術之上，媲美魏文帝所云：「經國之大業，不朽之盛事」，呈現出爲文學而文學之新境。胡雲翼《中國文學史》曾云：「魏晉南北朝三百多年的文學，一言以蔽之，是藝術至上主義的文學時期，……傾向形式的唯美主義」，換言之，僅就走向唯美一途而論，已是文學掙脫經史附庸地位之表現。〔註26〕而「文學」一詞含混數百載後，至此方得以正名。由《梁書·簡文帝紀》：

> 引納文學之士，賞接無倦，恆討論篇籍，繼以文章。

《梁書·劉勰傳》：

〔註25〕魯迅於〈魏晉風度及文章與藥及酒之關係〉文中，指出曹魏時代乃文學的自覺時代。《文學研究叢編》第一輯。

〔註26〕參考章江著《魏晉南北朝文學家》，頁163。

昭明太子好文學，深愛接之。

同書〈劉苞傳〉：

自高祖嗣位，引進文學之士，苞及從兄孝綽，從弟沆，吳
郡陸倕、張率，並以文藻見知，多預讌坐。

顯示「文學」所指，乃文章翰藻，已非前代自詡之道德教化矣。〔註27〕

面對蓬勃之文學思潮，反映於具體情事者，厥推宋文帝於元嘉年
間立儒學、玄學、史學、文學四館，各聚門徒，以美教化（《南史・
宋文帝本紀》）；明帝於泰始六年置總明觀以集學士，設四科——於
儒、玄、史外，別立文科（見《南史・王儉傳》）；范曄撰《後漢書》，
於〈儒林傳〉外，別立〈文苑傳〉專記文人詩賦之作，〔註28〕較《漢
書》僅由〈藝文志〉中別立詩賦略，以論前漢文學大概，已可略窺文
學觀念之進展矣。昭明太子則擯除經、史、子等「以立意爲宗，不以
能言爲本」之文，專收「綜輯辭采，錯比文華，事出沈思，義歸翰藻」
（〈文選序〉）之各種文學，以爲總集，〔註29〕此外王儉《目錄》有〈文
翰志〉，阮孝緒《七錄》有〈文集錄〉；至於劉勰《文心》與鍾嶸《詩
品》，則純爲兩部文學評論之專著，亦可見文學批評，必待文學地位
與價值肯定後，方有發展之機運。

由於客觀上地理、民族、階級與學術上之差異，主觀上恩怨情懷
之不同，〔註30〕北朝之文學觀念則迥異於南朝。趙翼《二十二史箚記・

〔註27〕文學一詞泛言之，乃歷經三變，周秦時爲一切學問之泛稱，兩漢則
指儒學學術，六朝方重文章翰藻。

〔註28〕清人劉天惠《文筆考》：「後漢書創立文苑傳，所列凡二十二人，類
皆載其詩賦於傳中，蓋文至東京而彌盛，有畢力爲文章而他無可表
見者，故特立此傳。必載詩賦者，於以見一時之習尚，而文苑非虛
名也。」見於《文筆考・附錄》。然范曄文學觀念仍未脫儒家思想之
籠圍，可參考陳勝長〈齊梁以前儒學思想對文學理論的影響〉文第
四點。《聯合書院學報》第 10 期，頁 110～112。

〔註29〕關於經、史、子與文學之別異，阮福曾分析道：「凡說經講學，皆經
派也，傳志記事，皆史派也，立意爲宗，皆子派也，惟沈思翰藻乃
可名之爲文也。」見《文筆考》頁 4。

〔註30〕參見羅根澤《中國文學批評史》，頁 290。

北朝經學條》云：「六朝人雖以詞藻相尚，然北朝治經者多」，且北朝文學觀念，不脫周秦兩漢範圍，以致用德行爲主，反對南朝標舉情文之浮艷文學，然於「人微言輕」情況下，對既成之文學風氣亦不起作用矣。

第二節　文學推展之動力

一、君主態度之積極

影響文學之因素固多，其能左右創作態度，影響文學格調者，則莫過於居上位者之態度與方式。六朝賦學特色，除却外在激發，內在努力外，君主所予之認同倡導，正視賦家應有之地位，使文學鮮活之生命得以全力發展，文學藝術價值亦得以發揮盡致。

（一）君主之提倡

漢初海宇攸寧，文風大扇，然高祖以馬上得之，亦以馬上治天下；文景尚黃老，未嘗重視辭賦，稷下盛況，唯賴郡國侯王之維繫，如吳王濞、梁孝王武、淮南王安、中山靜王勝等，皆折節下人，招致賓客，梁園文士尤一時之選，《西京雜記》載：

> 梁孝王遊於忘憂之館，集諸遊士，各使爲賦。枚乘爲柳賦，……公孫乘爲月賦，……羊勝爲屏風賦，……韓安國作几賦，不成，鄒陽代作，……鄒陽、安國罰酒三升；賜枚乘、路喬如絹，人五匹。

實彬彬然一時之盛也。洎漢武提倡文學，獎掖文士，著名賦家如司馬相如、嚴安、東方朔、枚皋等並侍武帝左右（《漢書・嚴助傳》）；其後宣、成、章、和諸帝亦雅愛辭賦，文人以此進仕，見重於王侯者，頗不乏人。〔註31〕

降及建安，經由曹氏父子之大力提倡，鄴下文風揚葩吐芬、翁鬱蓬勃，〈詩品序〉述其盛況云：

〔註31〕《新編中國文學史》指「司馬相如、東方朔、枚皋、其後的王褒、張子僑、揚雄、華龍等，都因辭賦而得官。」頁129，文復書店。

> 降及建安，曹公父子，篤好斯文，平原兄弟，鬱為文棟，
> 劉楨、王粲為其羽翼，次有攀龍託鳳，自致于屬車者，蓋
> 將百計，彬彬之盛，大備于時矣。

可見居上位者之態度，對文運影響之一斑。下逮南朝，文風尤盛，除梁簡文、梁元帝、陳後主以帝王之尊，制辭妍麗，妙絕時人外，當時宗室如宋南平王鑠、建平王弘、廬陵王義眞、江夏王義恭、齊竟陵王子良、陳新安王伯固等，莫不附庸風雅、招攬文士，盛況遠過兩漢。

六朝君主王侯非但博學善文，雅好辭賦，更鼓勵屬臣下官更相唱和，〔註32〕苟有新貢，則普詔群臣贊頌，每有佳製，輒賜高官厚祿，於是「拜安成王國侍郎，直華林省」（《南史・周興嗣傳》）者有之，得賜「奴婢雜物，金帛良馬」（《北史・文苑傳》、《南史・文學傳序》）者有之。《陳書・文學傳》云：「後主推尙文詞，每臣下……獻上賦頌者，躬自省覽；其有辭工，則神筆賞激，加其爵位，是以搢紳之徒，咸知自勵矣。」一時之間，獻文章於南闕者相望焉，此皆君主提倡於先，文士鼎沸於後，所謂上有好者，下必有甚焉者是也。張仁青先生論云：「總之，在此近四百年濃厚的文學空氣中，君臣馳騖，競艷爭奇，努力向藝術之路邁進」，〔註33〕可見六朝君主於文學之昌盛，功不可沒。

（二）賦家地位之提高

兩漢賦家雖於帝王之賞識支持下，得以騁其筆墨才情，進官入

〔註32〕六朝賦篇中相和應制之作，如王儉〈靈秋竹賦〉、〈靜思堂秋竹〉為應詔之作，另謝朓〈擬風賦奉司徒教作〉、杜若〈賦奉隋王教於坐獻〉、〈七夕賦奉護軍命作〉，高松〈賦奉竟陵王教作〉亦是；和作如王儉〈和竟陵王子良高松賦〉、魏文〈寡婦賦命王粲竝作〉、鍾會〈蒲萄賦命荀勗並作〉等是；同遊見邀之作如傅咸〈芸香賦〉、孫楚〈鷹賦〉等；此外異方珍貢之賦，如曹丕〈賦瑪瑙勒命陳琳王粲竝作〉者是，此外潘尼〈鼈賦〉，乃皇太子遊圃得鼈，戲令侍臣之作，可見辭賦遊戲本質，仍未盡褪矣。

〔註33〕引自張仁青先生《魏晉南北朝文學思想史》，頁394。

仕，〔註34〕然而帝王對賦家之看待，却位比俳優，視同弄臣。《漢書・嚴助傳》曰：「郡與賢良對策百餘人，武帝善助對，繇是獨擢助為中大夫。後得朱買臣、吾丘壽王、司馬相如、主父偃、徐樂、嚴安、東方朔、枚皋、膠倉、終軍、嚴葱奇等，並在左右，……上頗俳優蓄之。」《漢書・枚皋傳》曰：「皋不通經術，詼笑類俳倡，為賦頌好嫚戲，以故得媟黷貴幸，比東方朔、郭舍人等，而不得比嚴助等得尊官。」由東方朔在褚少孫所補《史記》中「就與淳于髡、優孟、優旃同列滑稽列傳」〔註35〕一事看來，漢代賦家地位僅為帝王周圍之言語侍從，〔註36〕帝王招攬是輩文人，意在遊戲之間耳。

〈枚皋傳〉云：

> 從行至甘泉、雍、河東，東巡狩，封泰山，塞決河宣房，遊觀三輔離宮館，臨江澤，弋獵射馭，挈狗馬，蹴鞠、刻鏤，上有所感，輒使賦之。

所詠題材環繞於君主周遭，既無現實社會之反映，亦無賦家襟懷之抒發，僅意在襯托君主之尊貴與帝國之富庶，純屬消遣娛樂之用耳。是以揚雄《法言・吾子篇》、王充《論衡・定賢篇》均輕辭賦而重經術，鄙薄辭賦乃「才之小者，匡理國政，未有能焉，……其高者頗引經訓風諭之言，下則連偶俗語，有類俳優。」（張衡〈論貢舉疏〉）於是賦家不得不附加諷諭教化功能，使不失古詩之流、雅頌之亞，力求「炳焉與三代同風」。漢賦即在此妾身不明之複雜環境中，運用華美誇張之唯美形式，完成其歌頌諷諭之道德使命。

　　降及建安，曹丕一反傳統，將辭賦由帝王媟玩消遣之地位，提升至經國之大業，不朽之盛事，《文心・時序》稱其「以副君之重，

〔註34〕藉辭賦入仕者，如武帝時之相如、東方朔、梅皋，宣帝時王襃、張子僑，成帝時之揚雄，章帝時之崔駰，和帝時之李尤皆是，參見劉大杰《中國文學發展史》，頁133。

〔註35〕引自簡宗梧先生《漢賦文學思想源流》，頁9。

〔註36〕班固〈兩都賦序〉曰：「故言語侍從之臣，若司馬相如、虞丘壽王、東方朔、枚皋、王襃、劉向之屬，朝夕論思，日月獻納。」（《後漢書・班固傳》）此論言語侍從之臣之職責也。

妙善辭賦」，傳世之辭賦作品亦達三十篇，〔註 37〕論及交遊，更與
文士「行則連輿，止則接席，何曾須臾相失？每至，觴酌流行，絲
竹並奏，酒酣耳熱，仰而賦詩，當此之時，忽然不自知樂也！」（《與
吳質書》）魏文以至尊之位，直接參與賦家之創作園圃，樂趣盎然，
與前代但取侍臣獻賦以自娛之情況相比，賦家已由君主附庸地位升
爲友朋同儕之比也。自是賦家所咏不再限於宮殿苑囿之宮殿文學，
於是賦之題材擴大，個人色彩濃厚，於擺脫尚用功能轉爲述志言情
之尚文途徑後，辭賦發展日臻綺艷。迨及南朝，更由內容上之「敷
陳情志」轉而著重形式上之「敷陳文采」。在南朝君臣熱衷創作風
氣之下，賦家地位直與公卿國士相比，讚美歌頌不再爲君主所重，
辭賦不再爲小道，賦家不再位比倡優。賦學得到應有之獨立地位
後，藻妍辭儷、意奇句綺遂凌駕一切，統馭整個南朝賦壇。

二、文會之發達

　　六朝文風殷盛，文人學士或相集於王卿幕府，或以志同趣合而相
游，或同職相契，或族戚相賞，莫不以文義相比，學行相附。此種集
團之產生或與漢末清議有關，〔註38〕風氣所至，帶動整個社會文學風
氣，是以群彥薈萃者固不絕於途，家族畢聚者亦比比皆是。至如集朋
結黨，欲專名擅勢之輩，聚徒立學之門，鄉里縉紳之士，或學行相近，
彼此却陌路不識，乃時人比附者，則闕而不論。今參以史傳，分政府
集團、家族集團、個人集團三者述之，以見六朝文會盛況之一斑。

（一）政府文學集團

　　政府文學集團所指，乃藉由政府王侯之力量，號召文人才士所形
成之文學集團，茲表列於下：

〔註37〕此據嚴可均《全上古三代秦漢三國六朝文》及《漢魏六朝一百三家
　　　　集》所輯作品之統計。
〔註38〕張仁青先生以爲六朝文人集團蓋源於漢末之清流集團。詳見《魏晉
　　　　南北朝文學思想史》頁 415。

時代	集團名稱或領導者	地點	參　與　者	備　注
魏	鄴下諸子	鄴都	建安七子、吳質、邯鄲淳、路粹、繁欽、丁儀、丁廙、楊修、華歆、荀緯、繆襲、潘勗、衛覬。	《三國志·魏書》各本傳
宋	臨川王劉義慶	江州	袁淑、陸展、何長瑜、鮑照。	《宋書·宗室傳》
	廬陵王劉義眞		劉義眞、謝靈運、顏延之、慧琳道人。	《宋史·廬陵王傳》
齊	文惠太子	建康	虞炎、范岫、周顒、袁廓。	《南史·齊文惠太子傳》
	西邸學士	建康	劉繪、張融、周顒、王僧孺、范縝、孔休源、江革、何佟、虞羲、丘國賓、謝璟、陸慧曉、蕭文琰、丘令楷、江洪、劉孝孫、謝顥、張充、王思遠、王亮、宗夬、何昌寓、竟陵八友。	《南齊書》《梁書》《南史》各本傳
梁	梁武帝蕭衍	建康	沈約、江淹、任昉、到沆、丘遲、王僧孺、張率、劉苞、劉孝綽、劉孺、到溉、到洽、陸倕、謝覽、周興嗣、袁峻、劉峻、何思澄。	《梁書》各本傳〈文學傳〉及《南史》
	簡文帝蕭綱	建康	庾肩吾、庾信、徐摛、徐陵、劉孝儀、鮑至、張長公、劉遵、江革、劉孝威、陸杲、蕭子顯、王褒、殷不害、庾於陵、徐防、孔鑠、鍾嶸、周弘正、傅弘。	《梁書》各本傳
	梁元帝蕭繹	江陵	王籍、臧嚴、顧協、裴子野、劉顯、劉之遴、周弘直、鮑泉、宗懍、劉緩、陸雲公、劉杳、劉孝勝、劉孝儀、殷不害、陰鏗、顏之儀、顏之推、何思澄、徐悱。	《梁書》各本傳
	昭明太子蕭統	建康	王規、殷鈞、王錫、張緬、張纘、劉孝綽、王筠、殷芸、陸倕、到洽、謝舉、謝覽、張率、謝幾卿、到沆、劉苞、陸襄、徐勉、明山賓、劉勰。	《梁書》各本傳
	高齋學士	雍州	庾肩吾、徐摛、劉孝感、江伯搖、孔敬通、申子悅、徐防、王囿、孔鑠、鮑至。	《南史·庾肩吾傳》
	文德省學士	建康	庾肩吾、庾信、徐摛、徐陵、張長公、傅弘、鮑至、張率。	《梁書·庾肩吾傳》〈張率傳〉

梁	西省學士	建康	劉峻、賀蹤。	《梁書·劉峻傳》
	臨川王蕭宏	臨川	王僧孺、周捨、殷芸、伏挺、劉勰、鍾嶸、劉苞、劉顯、王筠、丘遲。	《梁書》各本傳
	安成王蕭秀		劉峻、王僧孺、陸倕、劉孝綽、裴子野、庾仲容、謝徵、何遜、夏侯亶。	《梁書》各本傳
	南平王蕭偉		江革、謝覽、張率、吳均、何遜、蕭子範。	《梁書》各本傳
陳	陳後主叔寶	建康	江總、顧野王、陸瓊、陸瑜、褚玠、傅縡、孔範、陳暄、袁權、沈瓘、王瑳、陳褒、王儀	《陳書》各本傳〔註39〕

上有好者，下必從焉，誠信而有徵矣。

（二）家族文學集團

六朝三百餘年間，世族數代皆文翰之士者，以南朝爲最。《南史·劉孝綽傳》稱其兄弟及群從子姪七十多人，並能屬文，近古未之有，後世亦難再。琅琊王筠族門中，更是「七葉之中，名德重光，爵位相繼，人人有集。」（《南史·王筠傳》）《隋書·經籍志》著錄琅琊王氏屬有文集者即有二十人，世族文學之盛，彰然自明矣。錢穆先生指出：「以四百年計，每年平均當出一部至三部集，亦可謂每年可出一位至三位專集作家，此即長治久安之世，前如漢，後如唐，亦難有此盛，此乃專輯成冊者，至零星之章，亡佚之篇，更如過江之鯽」（〈略論魏晉南北朝學術文化與當時門第之關係〉），文化之根賴以不墜矣。茲參閱諸史傳暨劉師培《中古文學史》，〔註40〕略舉家族文學集團於下：

時代	集團名稱	籍里	參　與　者	備　注
魏	曹氏家族	譙	曹操、曹丕、曹叡、曹爽。	
晉	謝氏家族	陽夏	謝尚、謝安、謝混、謝玄、謝萬、謝韶、謝朗、謝川、謝道韞。	時謝氏尤彥者爲韶、朗、玄、川也
	張氏家族	安平	張載、張協、張亢。	
	潘氏家族	滎陽	潘岳、潘尼。	

〔註39〕此部分多參考張仁青之研究，另加斟酌增減。
〔註40〕參見《中古文學史》頁89，世界書局。

晉	傅氏家族	泯陽	傅玄、傅咸。	
	左氏家族	臨淄	左思、左芬。	
	王氏家族	臨沂	王羲之、王玄之、王凝之、王徽之、王獻之。	
魏晉南朝	阮氏家族	陳留	阮籍、阮咸、阮修、阮放、阮裕、阮渾、阮瑀、阮孚、阮孝緒、阮卓。	
晉南朝	陸氏家族	吳郡	陸機、陸雲、陸僚、陸任、陸倕、陸雲文、陸才子、陸瓊、陸瑜、陸從典、陸玠。	陸機、陸雲稱二陸，（晉）陸僚、陸任、陸倕號三陸
南朝	王氏家族	琅瑯	王融、王籍、王儉、王規、王筠、王韶之、王准之、王逡之、王珪之、王叔英。	
	謝氏家族	陳郡	謝瞻、謝微、謝朓、謝靈運、謝惠連、謝莊、謝朏、謝舉、謝瑕。	又稱烏衣之游
	張氏家族	吳郡	張敷、張演、張鏡、張暢、張率、張充、張融、張卷、張稷、張嵊。	玄、融、卷、稷，時目云四張
	何氏家族	廬江	何尚之、何偃、何點、何胤、何炯。	
	袁氏家族	陳郡	袁淑、袁昂、袁樞。	
	庾氏家族	新野	庾易、庾黔婁、庾於陵、庾肩吾、庾信。	
	徐氏家族	東海	徐摛、徐陵、徐孝克、徐悱。	
	江氏家族	濟陽	江湛、江蒨、江祿、江總、江溢、江智深、江邃之。	
	臧氏家族	東莞	臧燾、臧熹、臧嚴、臧凝之。	
	到氏家族	彭城	到沆、到溉、到洽、到鏡、到蓋。	
	劉氏家族	彭城	劉勔、劉孺、劉苞、劉遵、劉繪、劉瑱、劉諒、劉潛（孝儀）、劉孝綽、劉孝威、劉孝勝、劉令嫻、王叔英、張嵊、徐悱。	劉繪乃竟陵西邸後進領袖，王、張、徐三人乃劉諒女婿
	周氏家族	汝南	周顒、周捨、周弘正、周弘直。	
	蕭氏家族	蘭陵	蕭子隆、蕭鏘、蕭鋒、蕭嶷、蕭子良、蕭衍、蕭統、蕭綱、蕭繹、蕭綸、蕭紀、蕭大心、蕭大連、蕭方等、蕭方諸、蕭恪、蕭子範、蕭子顯、蕭子雲、蕭子暉、蕭滂、蕭確、蕭愷。	

家族文學集團之林立,當可反映出世家於文學知識汲取之有利條件與政治地位適成正比,王瑤《中古文學思想》提及他們不但有「累代的上層家庭教養,有優裕的生活閒暇,有收藏的典籍和文化的環境」,使得世族成為文化傳繼者,對文學貢獻自亦深矣!

(三)個人文學集團

子曰:「君子以文會友」,魏晉嘯咏清談風氣更有助於文會之風,彼等「行則接輿、止則接席,或登山臨水、或高閣茅茨」,文士性情襟抱,在同游唱和間,得以表達宣暢,作品於友儕間得到認同,得以滋潤,六朝文學於此歡樂、浪漫氣氛中,相互提攜茁壯,文風殷盛,非偶然也。

時代	集團名稱	地點	參 與 者	備 注
魏	建安七子	鄴縣	孔融、徐幹、陳琳、應瑒、劉楨、王粲、阮瑀。	〈典論論文〉
	竹林七賢		阮籍、山濤、嵇康、向秀、劉伶、阮咸、王戎。	《晉書·阮籍等傳》及各本傳
晉	賈謐廿四友	洛陽	潘岳、石崇、歐陽建、陸機、陸雲、繆徵、杜斌、摯虞、諸葛詮、王粹、杜育、鄒捷、左思、崔基、劉瓌、和郁、周恢、牽秀、陳眕、郭彰、許猛、劉訥、劉輿、劉琨。	《晉書·賈謐傳》
	王衍六友	洛陽	王敦、謝鯤、庾敳、阮修、光逸、胡毋輔之。	
	王衍四友	洛陽	胡毋輔之、王澄、王敦、庾敳。	《晉書·胡毋輔之傳》
	成都達士	成都	胡毋輔之、謝鯤、王澄、阮脩、王尼、畢卓。	同前
	兗州八伯	建康	阮放、郁鑒、胡毋輔之、卞壺、蔡謨、阮孚、劉綏、羊曼。	《晉書·羊曼傳》
	中朝八達	建康	董昶、王澄、阮瞻、庾敳、謝鯤、胡毋輔之、沙門于法龍、光逸。	陶潛《聖賢群輔錄》
	中興名士	建康	溫嶠、庾亮、阮放、桓彝、羊曼。	《晉書·羊曼傳》
	會稽之友	會稽	謝安、王羲之、許詢、支遁。	《晉書·謝安傳》

晉	東土五士		王羲之、孫綽、李允、許詢、支遁。	《晉書·王羲之傳》
	蘭亭修禊	會稽	謝安、孫綽、郗曇、魏滂、王凝之、王煥之、王玄之、王獻之、王彬之、王蘊、支遁、王徽之、謝萬、王豐之、孫嗣、庾蘊、徐豐之、謝繹、虞說、袁嶠之、曹華、謝瑰、卞迪。	《晉書》各本傳及《全晉詩》
宋	尋陽三隱	尋陽	陶潛、周續之、劉遺民。	《宋史·周續之傳》
	殿侍四友	建康	褚炫、劉俁、謝朏、江斆。	《南史·褚炫傳》
	山澤五友	始寧	謝靈運、惠連、何長瑜、荀雍、羊璿之。	《宋史·謝靈運傳》
	蕭衍三友		蕭衍、謝朓、殷叡。	《南史·謝朓傳》
	袁淑二友		王僧虔、謝莊。	《南史·王僧虔傳》
	何點逆友		何點、謝瀟、張融、孔德璋。	《南史·何點傳》
齊	永明體		沈約、謝朓、王融、周顒。	《南史·陸厥傳》
	竟陵八友	建康	蕭衍、沈約、謝朓、王融、蕭琛、范雲、任昉、陸倕。	《南史·梁武帝本紀》、〈沈約傳〉、〈王僧孺傳〉
	清韻五友		孔珪、張融、王思遠、何點、何胤。	《南史·孔珪傳》
	布衣交		蕭繹、裴子野、劉顯、蕭子雲、張纘。	《南史·梁元帝本紀》
	山澤三友		到漑、到洽、任昉。	《南史·任昉傳》〈到漑傳〉
	蘭臺聚	建康	劉孝綽、劉苞、劉孺、陸倕、張率、殷芸、到漑、到洽。	《南史·到漑傳》
	龍門之游	建康	任昉、殷芸、到漑、劉苞、劉孺、劉顯、劉孝綽、陸倕。	《南史·陸倕傳》
	到氏志友		朱异、劉之遴、張綰。	《南史·到漑傳》

齊	都下三隱		劉訏、阮孝緒、劉歊。	《南史·劉訏傳》
	禁中師友	建康	劉顯、裴子野、劉之遴、顧協。	《南史·劉顯傳》、〈劉之遴傳〉
	經學三友		卞華、明山賓、賀瑒。	《南史·儒林卞華列傳》
	蕭恪四賓		江仲舉、蔡薳、王臺卿、庾仲容。	《南史·梁宗室列傳》
	安都賓士		褚玠、馬樞、陰鏗、張正見、徐伯陽、劉刪、祖孫登。	《南史·侯安都列傳》
	太建文友	建康	徐伯陽、李爽、張正見、賀徹、阮卓、蕭詮、王由禮、馬樞、祖孫登、賀循、劉刪、蔡凝、劉助、陳暄、孔範。	《南史文學·徐伯陽傳》

上列之文學集團乃以文學相比附為主,至如雍州四處士,以論道為主,無關風雅者(《晉書·唐彬傳》),或如八裴方八王,以政治才能為主者(《晉書·裴秀傳》),皆不屬之,由是可略窺六朝文會之概觀矣。

第三節　政治情勢之激發

「文學固超乎生活而立,文人却資於生活而存」,〔註41〕是以現實政治、社會之環境,均足以對文人精神與物質生活產生影響,心態有別,取材有異,文學風格亦自成特色。本節先探討六朝政治情勢之大概,茲由政治之不安、門閥之形成、道德之墮廢三方面論之。

一、政治之不安

(一)政治之迫害

東漢自光武提倡節義,獎勵名節,士子文人莫不以天下國家為己任。和、安兩帝以後,幼闇繼立,外戚宦官亂政於內,「逮桓靈之閒、主荒政繆,國命委於閹寺,士子羞與為伍,故匹夫抗憤,處士橫議,

遂乃激揚名聲，互相題拂，品覈公卿，裁量執政，婞直之風，於斯行矣」(《後漢書‧黨錮列傳》)，終致黨錮禍起；此後朝中善類一空，漢室凋零，江山陵夷矣。至其對文士之影響，震撼深鉅，戮士之風自茲大啓，文人生命如風燭，動輒得咎。迨及六朝，此風益熾，黨派對立，篡弒連連，加以君主善嫉，佞臣跋扈，殘害異己，《晉書‧石崇傳》云：「戚屬尊重，權要赫奕，內外有司，望風承旨，苟有所惡，易於投卵」，在如此情況下，士人進退兩難，生命更毫無保障。如魏武嫉才，孔融、楊修皆以莫須有之罪，下獄棄市；〔註42〕清河崔琰、南陽許攸、婁圭亦以恃舊不虔，見誅太祖(《三國志‧崔琰傳》)；禰衡才高氣傲，侮慢黃祖，終致身殞。後代君主多循此例，為法立制，師申韓而尚法術，定嚴刑之虐，以致「官無局業，職無分限，隨意任情，唯心所適，法造於筆端，不依科治，獄成於門下，不顧覆訊，……其治事以刻暴為公嚴，以循理為怯弱，外則沽天威以為聲勢，內則聚群奸以為腹心」(《三國志‧杜恕傳》)，見罪之由無端，蜉蝣之命旦夕矣。於是曹丕即位，復誅植黨，丁儀、丁廙身沒子絕。晉代魏祚，曹爽、鄧颺、何晏、夏侯玄、丁謐、李勝、畢軌等又以曹氏之舊，見誅司馬；晉世嵇康，喜怒不形於色，終失禮於鍾會，讒譖罹害；燕國霍原，清虛賢良，不從逆謀，身首離異。此外張石潘陸俱殞八王之亂，璞琨顗澄終嬰王敦之禍，謝混以坐黨見收，顏峻以失旨見誅，樂廣以憂卒，慶之以諫死(《宋書‧沈慶之傳》)，六朝文士不得善終者，率皆不出上因。是以狷介忠耿，不足多慕，明哲之士，莫不潔身高蹈以保生，或如魯勝卷懷，名列隱逸(《晉書‧隱逸列傳》)，身保名全，《晉書‧

〔註42〕《後漢書‧孔融傳》云：「時年飢兵興，操表制酒禁，融頻爭之，多侮慢之辭。既見操雄詐漸著，數不能堪，故發辭偏宕，多致乖忤，又嘗奏宜準古畿之制，千里寰內，不以封建諸侯，操疑其所論建漸廣，益憚之。」初操子丕納袁熙妻，融亦書諷焉，是以二人嫌忌已深，終難逃禍殃。《三國志‧陳思王傳》曰：「太祖既慮終始之變，以楊修頗有才策，而又袁氏之甥也，於是以罪誅修。」禍或自招，咎非由己，欲加之罪，何患無辭。

張協傳》云：「于時天下已亂，所在寇盜，協遂棄絕人事，屏居草澤」，永嘉年間復徵爲郎，亦託疾不就，此種隱逸風氣發展愈盛，至南朝已成一種文人自表清高之政治風尚，不復當初求隱避禍心態矣。

　　另一方式則如阮籍酣飲，佯酒避禍，出言玄遠，不問世事，秉持敬愼謹戒方式處世，雖云：「天下之至愼，其惟阮嗣宗」，〔註43〕尚不免爲俗士何曾等所讎疾，動靜進退，難逃羅網，贊附詆訶，莫衷一是，文人處境之艱危，可見一斑。《晉書·阮裕傳》云：

　　　　大將軍王敦命爲主簿，甚被知遇，裕以敦有不臣之心，乃終
　　　　日酣暢，以酒廢職，敦謂裕非當世實才，徒有虛譽而已，出
　　　　爲溧陽令，復以公事免官，由是得違敦難，論者以此貴之。

飲酒成爲存身避難之手段；縱令有忤時旨，亦如淵明〈飲酒詩〉所云：「但恨多謬誤，君當恕醉人」，此等隱於市朝之輩，禍實難測矣。

　　或不免於宦途者，只得隨牒推移，因俗浮沉，居官無官官之事，處事無事事之心，《晉書·王戎傳》：「戎以晉室方亂，慕蘧伯玉之爲人，與時舒卷，無蹇諤之節」，官拜司徒，位總鼎司，卻委事寀地；衍亦位居三公，卻自云：「吾少無宦情，隨牒推移，遂至於此」。亡國壞政，難辭其咎，然亦可見老莊無爲思想已應時而起，成爲思想主流。文人所咏，多諱言政治，或揮麈以談道佛，或寄情以遊山水，《文心·明詩篇》云：「正始明道，詩雜仙心，何晏之徒，率多浮淺，惟嵇志清峻，阮旨遙深，故能標焉」，正嵇、阮能以思想配合政治背景，於「篇體輕澹」中，不失爲個性與情感之作，故其風格優於何晏之徒。

（二）政局之紛擾

　　內在政治之迫害固僅限於在朝文士，尚可歸隱以解脫，外在政局之動蕩則往往殃及庶民，無可遁逃矣。

　　自漢末黃巾煽反，董卓繼武，群雄爭霸，王畿踐祚，其後鼎足

────────────

〔註43〕《魏志·李通傳》注引李秉《家誡》述司馬文王曰：「天下之至愼，
　　　　其惟阮嗣宗乎，每與之言，言及玄遠，而未嘗評論時事，臧否人物，
　　　　眞可謂至愼矣。」

之勢雖定，三國紛爭未了，赤壁戰後，魏與蜀吳間之戰事無慮數十
次，復東討遼東，兵患連年。〔註44〕司馬篡魏，誅戮曹室，惠帝癡
騃，賈后亂政於前，諸王屠弒於後，互二十餘年，大小政變凡十次，
兵民死傷百萬計，終致「洛京荒亂，盜竊縱橫，人飢相食」（《晉書·
摯虞傳》），暴骨盈路，野無青草，朝廷播遷，四海雲擾，極其結果，
不獨戎狄思亂，犯邊華北，兼及黎民異志，發事江淮。東晉後期內
亂頻仍，〔註45〕外征不斷，內憂外患與兩晉相終始。降及宋齊，帝
位屢經廢改，諸王干戈相尋，君王狂淫殘暴，自翦宗枝，幾盡亡祀。
迄梁武倡文，其政略平，然晚年好佛，政綱隳廢，諸王聚斂，侯景
振旗，國祚遂微，陳主力圖良政，頗思振作，爭奪之風稍息，荒淫
之風又起，終至拱手讓國，結束六朝滿紙荒誕之政治史。錢穆氏論
及自漢獻帝建安六年至隋文帝開皇九年，此期政局之不穩曰：

　　三百九十二年中，統一政府之存在，嚴格言之，不到十五
　　年，放寬言之，亦只有三十餘年，不到全時期十分之一。

政治紊亂，人主更迭之結果，黎民無所適從，士人欲進無由，六朝賦
篇多充斥傷感、無奈之情懷，此蓋一端也。

二、門閥之形成

　　高門大家把持政治，操縱選薦，簪纓相繼，傳綿歷代，非自六朝
始也。三代貴族華胄之世襲觀念，雖隨封建制度之崩潰而日趨消解，
然東漢以來，郡國察舉及公府辟召爲政府取才之唯一途徑，世族累官
之風遂又生焉。〔註46〕趙翼於《二十二史箚記》中曾舉東漢楊氏四代

〔註44〕參考張儐生《魏晉南北朝政治史》，頁97。

〔註45〕此處所指乃王敦、蘇峻、桓玄之亂。

〔註46〕蕭子顯於《南齊書·褚淵傳》、〈王儉傳〉論中云：「自金、張世族，
　　　　袁、楊鼎貴，委質服義，皆由漢氏，膏腴見重，事起於斯。」即以
　　　　六朝高門華姓之見，起於兩漢，至東漢末季則尤盛。錢穆先生《國
　　　　史大綱》云：「蓋郡國察舉乃地方選舉賢良方正之士，需循次漸升，
　　　　而公府辟召却可躐次升等，行制平久而日趨浮濫不實。」（第十章）
　　　　辟召遂成爲世胄進仕高職之最佳捷徑。

四公、袁氏四代五公以見一斑。唯當時任選標準，乃以名德相尚，非徒以名位門第相高，世族寒門之界限亦不嚴格，〔註47〕然高門世族於政治上已漸成勢力矣。王符《潛夫論》云：「虛談則知以德義為尊，貢舉則必以閥閱為首」（〈交際篇〉），正可為漢末政壇之表徵。

魏文帝採尚書陳羣之議，立九品官人之法，州郡設中正以區別人物、擇需舉士，尚能不拘爵位，依賢識才。晉仍魏制，竊弊已生，〔註48〕其初鄉邑清議，品定等第；其後遂計資定品，惟以居位為重。《晉書・衛瓘傳》載其上太尉汝南王亮疏云：

> 九品之制，其始造也，鄉邑清議，不拘爵位，褒貶所加，足為勸勵，猶有鄉論遺風，中間所染，遂計資定品，使天下觀望，唯以居位為貴。

唐柳芳撰〈氏族論〉亦云：

> 魏氏立九品，置中正，……皆取著姓士族為之，以定門冑，品藻人物，晉宋因之。（《新唐書・柳沖傳》）

九品擢才，反為便利士族進仕之階。蓋中正官乃擇本地德高望重之士，選才定品；然任中正官者，多士宦大族父子相繼，此無異變相之壟斷也。高門華冑，有世襲之實而無世襲之名，庶姓寒士，有進仕之制而無寸進之路，九品行之既久，門第界限愈嚴，遂使「上品無寒門，下品無勢族」（《晉書・劉毅傳》），〔註49〕國家官吏任用成為「下僚多英儁之才，勢位必高門之官」（《晉書・良吏傳》），出身勢族，舉宦易如指掌，魏晉世家子弟，未冠即已拜郎任顯者亦不乏其人。〔註50〕苟非大族，縱如張華名重譽高，有臺輔之望，荀勖尚以大族恃寵，屢間

〔註47〕如黃憲受人敬仰，乃父為牛醫也。
〔註48〕《晉書・劉毅傳》載其上疏力言九品八損，首條即謂上品無寒門，下品無勢族。
〔註49〕王瑤〈中古文學思想〉云：「凡是衣冠之族，莫非二品，自此以下，遂成卑寒。」頁16，《中古文學史論》。
〔註50〕如鍾毓十四拜官，夏侯玄、裴秀甫弱冠即拜散騎黃門侍郎，降及晉宋，世族往往逕以侍郎常侍起官，此乃因習成俗矣。可參見勞榦《魏晉南北朝史》。

諝之；梁世沈文季，風采稜岸，善於進止，司徒褚彥回猶以貴冑之身，頗以門戶裁之；狄當、周赳位居中書，張敷尚恥與之近坐；何次道爲宰相，阮裕頗以布衣超宰相之位，引爲憾恨，可見世族直視要職高官爲自家特有，朝政早爲世族把持。《晉書‧文苑傳》云：

是時王政陵遲，官才失實，君子多退而窮處，遂終于里閭。

（〈王沈傳〉）

是以朱异位傾權臣，「輕傲朝賢，不避貴戚，人或誨之，异曰『我寒士也，遭逢以至今日，諸貴皆恃枯骨見輕，我下之，則爲蔑尤甚，我是以先之』。」朝臣相輕，終非社稷之福；然亦可見寒門難爲之一端。一般才秀人微之庶姓寒士，爲圖仕進，往往以攀緣豪貴爲捷徑，《晉書‧郤詵傳》云：「今之官者，父兄營之，親戚助之，有人事則通，無人事則塞」，由是導致貪賄之風行，亦九品制度之餘孽矣。

世族門第既高，往往界地自限，互相標榜，傲慢凌人，即便皇親國戚，亦得禮讓三分。王僧達嘗不禮於太后弟子，孝武帝尚曰：「瓊之年少，自不宜輕造詣，王僧達，貴公子，豈可以此事加罪」。侯景亦嘗請婚於王、謝，帝以「王、謝門高非偶，可於朱、張以下訪之」，世族狂餤之氣，帝王亦予默認。《南齊書‧褚淵王儉傳論》云：

世祿之盛，習爲舊準，羽儀之隆，人懷羨慕，君臣之節，

徒致虛名，貴任素資，皆由門慶，平流進取，出致公卿。

貴族公子雖居廟臺尊位，而雅好文藝清談，以之爲高雅雋才之表現，反以治世爲下，〔註51〕誠所謂「從宦非宦侶，避世不避喧」（〈謝宣城詩〉），貴族政治變爲清談政治，在百事俱廢中，惟有文學藝術一支獨秀。六朝賦正乃生長於此優渥環境中所灌漑而出之華實，至其內容亦多貴族生活之反映，不見時代離亂之跡，後人評辭賦乃貴族文學，亦有自矣。

〔註51〕《南齊書‧王僧虔傳》云：「建武初，王僧寂欲獻中興頌，兄志謂之曰：汝膏梁年少，何患不達，不鎮之以靜，將恐貽譏。」由是可見，世族中縱有經國治世之志者，反有見識之慮，政不能一日無人，士族又往往居高官顯位，江山陵夷，寒門代起亦自然趨勢矣。

　　六朝雖「政亂於上」，由於士族門第關係，却「家治於下」，高門子弟多嫻通經史，頗有文采者，亦植基於此。另一方面，士族於闢莊園、聚賓客、擁部曲之際，其佃農、門生、游客、兵士與士族間緊密銜接，雖無君臣之名，而有君臣之實，與王室間骨肉相殘，弒君逆上，雖有君臣之名，而無君臣之實相較，益發暴露國體之危墜。「唐李延壽作南、北史，評者謂其乃以家爲限斷，不以朝代爲限斷，體近家乘，而非國史」者，〔註52〕正顯現出世族於南北朝之特殊地位。庶民與君主間並無直接密切關係，除戰爭外，君主之替廢，朝代之更迭對貴冑門第遞嬗相承並無影響，對庶民生活亦不致構成震撼。六朝士子身處此境，如沈約仕經三朝，位極顯官，未有貳臣之譏；袁粲、王儉，隱逸高士，亦非伯夷叔齊，不食周粟之屬，多以自身功利爲先，甚且「姦黠左道，以裒刻爲功，自取身榮，不關國計。是以朝經隳廢，禍生隣國。」(《陳書・後主紀論》)六朝賦篇中少見忠君愛國之思者，或即此故。

　　是九品之弊雖多，然亙六朝四百年終未改者，亦如趙翼所云：「蓋當時執權者，即中正高品之人，各自顧其門戶，固不肯變法，且習俗已久，自帝王以及士庶，皆視爲固然，而無可如何也」(《廿二史箚記・九品中正篇》)。

三、道德之隳廢

　　時運之盛衰，繫乎風俗之美惡。東漢末年，權詐相傾，清議不再，儒家衰微，道德之基柱亦危而難持，經過一連串內亂外患，名流志士凋殞殆盡，朝廷無重臣，社稷無良將。魏武初建，百廢待興，求才若渴，於是急求速效，尚法輕儒，連下三召，立才無方，唯才是舉，既以「有行之士未必能進取，進取之士未必能有行」，「若必廉士而後可用，則齊桓其何以霸世？」(《三國志・魏書・武帝紀》)，於是雖有不仁不孝，負汙辱之名，見笑之恥者，苟能成就王業，通治國用兵之術

────────────────

〔註52〕引自錢穆先生〈略論魏晉南北朝學術文化與當時門第之關係〉一文。《新亞學報》第五卷 2 期，頁 38。

者，無不擢取進仕，致使道德淪喪，放蕩無紀。迨曹丕繼業，頗尚黃
老，儒學退而老莊興，放達之風既起，東漢以來風俗之美，不復存焉。
晉傅玄於〈舉清遠疏〉中云：「近者魏武好法術而天下貴刑名，魏文慕
通達而天下賤守節，其後綱維不攝，而虛無放誕之論，盈於朝野，使
天下無復清議，而亡秦之病，復發於外矣。」（《晉書・傅玄傳》）至於
毀方敗俗，尤以孟德爲最，《魏志・何夔傳》有載丞相何夔言於太祖云：
「自軍興以來，制度草創，用人未詳其本，是以各引其類，時忘道德」，
顧炎武更斥之曰：「夫以經術之治，節義之防，光武明章數世爲之而未
足；毀方敗常之俗，孟德一人變之而有餘」，鄙薄之意，溢於言表。

　　降及晉世，篡弒逆於上，放誕行於下，淫侈之風，方興未艾；南
朝四代，變本加厲，豪門權貴，緡珠雖多，渣滓更甚，雖習經書，無
視經義，改朝換代，無關己事。趙翼嘗譏之曰：「雖市朝革易，而我
之門第如故，以是爲世族大家，迥異於庶姓而已，此江左風會習尚之
極敝也。」（《廿二史劄記・江左世族無功臣篇》）是以苟圖一時之效，
不作長遠之計，累代猶蒙其害，語謂「由儉入奢易，由奢入儉難」，
道德亦是，風吹草偃，水濕火燥，六朝國微祚短，道德淪喪難辭其咎
矣。〔註53〕

第四節　社會風尚之反應

一、清談風氣之披靡

　　清談之風，其來有自，周紹賢《魏晉清談述論》云：「清談前身，
殆取義於太學中的清議，所異者，惟清議蓋朝野對實際國事公正之議

〔註53〕錢穆先生以爲，當時人非不重視個人品德，惟「品德」之衡量，別
　　　　有標準──不重實際外在事功德業，而重其人表顯在自身某種標度
　　　　與風格，以爲一人之德性，可在其人之日常生活與聲音儀容中表微
　　　　出；至於一切外在之遭遇與作爲，則可存而不論。此種玄虛不實之
　　　　標準，行於士大夫之間，於社會風俗、朝政國運之影響，與不仁不
　　　　孝之竊鉤之徒相較，更有竊國之罪也。文同上註。

論，清談則爲純理論之辯談。」蓋漢末桓靈黨錮禍起，名士言論遭受慘酷打擊，朝野人士，一則避觸法禁，緘口不言時事，加以曹魏政治用人取士之激發，遂由朝政之議論轉爲人物之品鑒，〔註54〕加以魏武尙名法，是以士子多嫻名理之思。劉師培云：

> 王仲宣介乎儒法之間，其文大都淵議，惟議論之文，推析盡致，漸開校練名理之風，……蓋議論之文，……意尚新奇，文必深刻，如剝芭蕉，層脫層現；如轉螺旋，節節逼深。

王粲以外，尙有傅嘏、荀粲，亦善言名理，〔註55〕常論才性，談尙玄遠，〔註56〕清談之風，實已肇端。至王弼、何晏，善談易老，通經博學，詮釋老莊，玄風因而大盛，天下談士，多宗尙之，故《文心·論說篇》曰：

> 魏之初霸，術兼名法，傅嘏王粲，校練名理；迄於正始，務欲守文，何晏之徒，始盛玄論，於是聃周當路，與尼父爭塗矣。

此後，清談由初期之品評人物至內在抽象之才性鑑賞，〔註57〕名士閒居無事，輒聚首評譽，風姿以爽朗清俊、暢遠簡談爲勝，言辭務以清妙雋永、宛雅有致爲高，何、王則著重玄理之論，不以言談爲專。至竹林七賢等人，方祖述玄虛，宅心物外，非但言談虛浮玄遠，行爲益趨放誕不羈；〔註58〕然其言談，語有佳致，時見璣珠，兼辭條語蔚，

〔註54〕何啓民《魏晉思想與談風》云：「當漢魏之際，京師既因孟德重才不重德，激起一連串關於名實才性的討論。」楊美愛於〈世說新語新探——從世說新語探魏晉之思想社會與亡國〉一文中指出，魏初品鑒人物，乃爲識拔人才之用。見《弘光護專學報》第6期。

〔註55〕《文心雕龍·論說篇》云：「傅嘏王粲，校練名理」，劉師培《中古文學史》：「與嘏同時善言名理者，爲荀粲。」

〔註56〕《世說新語·文學篇》：「傅嘏善言虛勝，荀粲談尙玄遠。」《三國志·魏書·傅嘏傳》注引傅子曰：「嘏既達治好正，而有清理識要，好論才性，原本精微，尠能及之。」

〔註57〕湯錫予《魏晉玄學論稿·讀人物志》中云：「談論既久，由具體人事以至抽象玄理，乃學問演進之必然趨勢。」頁12。

〔註58〕阮籍等人是以日常行爲表示他們的曠達與自然，不大言尙玄談。可參考王瑤所撰《中古文學思想》一書，頁29。

理暢意達，雖行舉駭世動俗，士子仍為之心尚不已。

晉室南播，亡國之痛猶新，有識之士紛起抨擊，卞壺在朝即曾屬色指責欣慕王澄、謝鯤任達自恣之貴遊子弟，愷切道出「悖禮傷教，罪莫斯甚，中朝傾覆，實由於此」，士人蕩跡稍檢，然談風益熾，至釋徒加入清談，談義更為豐富。然士子為之流連者，乃惑於其才藻華發，理味新奇，辭雋調美矣。《世說·文學篇》云：

> 支道林、許掾諸人，共在會稽王齋頭，……支通一義，四
> 座莫不厭心，許送一難，眾人莫不抃舞，但共嗟詠二家之
> 美，不辯其理之所在。

故談風末流，學不精博，[註59] 理致漸失，徒逞口辯，競飾言辭，真正為名士所欽嚮者，正始之音耳，如衛瓘與樂廣談而奇之曰：「昔何平叔諸人沒，常謂清言盡矣，今復聞之於君。」（《世說·賞譽篇》劉注引《晉陽秋》）王導與殷浩同座清言，共談析理，言竟嘆曰：「向來語，乃竟未知理源所歸，至於辭喻不相負，正始之音，正當爾耳。」（〈文學篇〉）〈賞譽篇〉亦載大將軍王敦語謝鯤曰：「不意永嘉之中，復聞正始之音，何平叔在，當復絕倒。」然而數子僅存，亦不足挽風氣於萬一，故干寶《晉紀總論》云：

> 風俗淫僻，恥尚失所，學者以老莊為宗，而黜六經；談者以
> 虛薄為辯，而賤名檢；行身者以放濁為通，而狹節信；進仕
> 者以苟得為貴，而鄙居正；當官者以望空為高，而笑勤恪；
> 其倚仗虛曠，依阿無心者，皆名重海內。若夫文王日昃不暇
> 食，仲山甫夙夜匪懈者，蓋共嗤點以為灰塵而相詬病矣。

晉風敗壞，談風虛無之論，咎在首列，而清談既為貴族名士生活上高貴之點綴，於實質上已與玄學分途矣。

南朝君主復重玄學，開講設壇，論述三玄，而講經時發題申難，往復循環之辯論方式，乃沿襲清談之舊，此時經學亦隨老莊佛經，加入清談論題，且在帝王親自主持下，規模盛況更越前代。《顏氏家訓·

[註59] 此時在野之士，談玄論妙者日少，清談之士幾乎皆在朝名士，而清談本身，亦成為仕進之必要階梯矣。

勉學篇》亦曾論及魏晉清談諸士,「清談雅論,辭鋒理窟,剖元(玄)析微,妙得入神,賓主往復,娛心悅耳,然而濟世成俗,終非急務,洎於梁世,茲風復闡,莊老周易,總謂三元(玄),武皇簡文,躬自講論,……元帝在江荊間,復所愛習,故置學生,親爲教授,廢寢忘食,以夜繼朝,至乃倦劇愁憤,輒以講自釋。」帝王宰輔一旦迷戀清談,「薄綜世之務,賤功烈之用,高浮游之業,埤經實之賢」,清談誤國即由是生焉。是以王衍爲虜,及將死,方面有愧色,慚曰:「嗚乎!吾曹雖不如古人,向若不祖尚浮虛,戮力以匡天下,猶可不至今日」(《晉書‧王衍傳》),此清談之失。然論談風所帶來之思想環境,使學術得以自由發展,個人意識覺醒,亦爲賦篇個人才學表現之最佳途徑,於推動學術思想界之自由風氣,功不可沒。

二、人生觀念之消極

梁魚弘嘗謂人曰:「丈夫生如輕塵棲弱草,白駒之過隙,人生但歡樂,富貴在何時。」(《南史‧魚弘傳》)此種思想正足以代表六朝大多數士民之觀念。政治黑暗、社會動蕩,儒家道德規範之衰微,使人民思想失去積極指標,加以老莊玄風推波助瀾,消極頹廢已爲六朝士人思想行爲之表徵。六朝士人對時代環境所予之刺激反應,較戰國秦末尤爲消極,或乃戰國士人將對時代之不滿發諸文學,形成諸子百家哲學思想,其效深且長,非一時可立見;六朝士子則證諸行爲,求逸樂、反傳統、尚曠達、非禮法,駭世異俗之行爲,反映時代亦影響時代。

(一)行爲之頹廢

漢末內憂外患交織,使失去彈性之儒家,更加無法適應時代所需。六朝動亂社會,儒學雖已不復兩漢盛況,然繁縟之禮節卻仍受統治者與世族大家之支持,彼等一面做出敗俗亂德之行事,一面高倡虛僞形式之禮教,言行不合,反動之風遂起,於嵇康、阮籍所代表之越名教而任自然聲中,最積極之參與者,亦正爲此輩名門貴冑。《世說‧德行篇》注引王隱《晉書》曰:

> 魏末，阮籍嗜酒荒放，露頭散髮，裸袒箕踞，其後貴游子
> 弟阮瞻、王澄、謝鯤、胡母輔之徒，皆祖述於籍，謂大道
> 之本。

此後名士無不以悖禮任誕相標榜，其行爲或狂傲簡慢、風流自賞、嘯咏謾罵、迹近狂顚；或毀喪裸袒、壞性敗俗、酒色遊宴、縱慾失節，無視人情，不與世事。其有甚者，同好亦頗非之，〔註60〕阮籍喪母，廢頓良久，然蒸豚飲酒，無異常日，此舉雖欲絕禮俗之繁縟虛詐，亦矯枉過正，頗失忠厚之旨。王戎位列三公，遭逢母憂，「飲酒食肉，或觀碁奕」，雖「容貌毀悴，杖而後起」，上行下效，只顧前行，孰見後者，是葛洪矢指云：「蓬髮亂鬢，橫挾不帶，或褻衣以接人，或裸袒而箕踞；其相見也，不復敍離闊問安否，賓則入門而呼奴，主則望客而喚狗，及好會則狐蹲牛飲，爭食競割，橫撥淼摺，無復廉恥；以同此者爲泰，以不同此者爲劣，終日無及義之言，徹夜無箴規之益，誣引老莊，貴於率性，大行不顧，細禮至人，不拘檢括，嘯傲縱逸，謂之體道。」（《抱朴子・疾謬篇》）是皆時俗之大患矣，至其影響民風政事尤鉅者，厥推嗜酒一事。

嗜酒烈風之起，服食頗有推波之功，〔註61〕六朝王公士庶、男籍女眷，無不披靡，《南史・沈文季傳》曰：「文季飲酒至五斗，妻王氏飲亦至三斗。」《陳書・毛喜傳》云：「皇太子（後主）好酒德，每共親幸人爲長夜之宴。」梁高祖盛稱王瞻，以其射、棋、酒爲三術。（參見《梁書・王瞻傳》）帝王樂衷此道，臣屬縱有因酒曠職誤事者，亦不以爲過，《宋書・孔顗傳》云：

> 爲人使酒仗氣，每醉輒彌日不醒……雖醉日居多，而明曉政
> 事，醒時判決，未嘗有壅，眾咸云：「孔公一月二十九日醉，
> 勝他人二十九日醒也」，世祖每欲引見，先遣人覘其醉醒。

〔註60〕《晉書・樂廣傳》云：「是時王澄、胡母輔之等，皆亦任放爲達，或至裸體者，廣聞而笑曰：『名教之內自有樂地，何必乃爾』。」
〔註61〕服食藥物必以酒配合。可參閱王瑤〈中古文人生活〉，及魯迅〈魏晉風度及文章與藥及酒之關係〉。《文學研究叢編》第一輯。

上下相互標榜，朝政焉不隳廢。亦可見時政昏瞶污暗，方有一日勝一月之說。良吏非無，而甘墮入此好者，實乃「世道多虞，朝章紊亂，清己中立，何誠保身」（《晉書・樂廣傳》），此正阮籍縱酒之所由也。〔註62〕《莊子・繕性篇》有云：

> 古之所謂隱者，非優其身而弗見也，非閉其言而不出也，
> 非藏其知而不發也，時命大謬也，當時命而大行乎天下，
> 則反一无迹，不當時命而大窮乎天下，則深根寧極而待，
> 此存身之道也。

是飲酒以逃避現實，保全生命，亦乃老莊韜晦養生之道。至如陳暄縱酒，出於對功名利祿之不滿，借酒以澆塊壘之不平耳。〔註63〕其末流遂爲市朝顯達縱慾之工具，但逞口腹之適矣，彼等行止放肆，遠失阮步兵求醉之憂患，又無「韜精日沈飲，誰知非荒宴」（顏延年〈五君詠〉）之意識爲基礎，以前人之手段爲今日之目的，不以世務縈心，但以放誕爲志，身毀國亡，徒貽後人戒愼之譏矣。

（二）精神之移轉

處於虛詐險惡，紛擾無常社會之六朝士人，承繼古詩中「人生忽如寄，壽無金石固」之悲觀思想，吟詠「不如飲美酒，被服紈與素」之悠閒生活，嚮往「採薇山阿，頤神養壽」（嵇康〈詠懷詩〉）之桃源境界。酣飲與服食起因，雖同爲對現實世界人生無常所興之解決之道，然而「共修服食，以盡性命」行爲，則又較「何以解憂，唯有杜康」更多幾許對生命積極以待之實質意義。

服食之風起自漢代，大盛於魏晉，晉愍帝〈寒食散論〉云：「寒食之方，雖出漢代，而用之者寡，靡有傳焉，魏尙書何晏首獲神效，由是大行於世，服者相尋也。」（《全晉文》卷七）蓋服食內可清心寡欲，和泰無慮，外則去疾康健，使人延年益壽，加以服藥習慣，使服

〔註62〕《晉書・阮籍傳》云：「籍本有濟世志，屬魏晉之際，天下多故，名士少有全者，籍由是不與世局，遂酣飲爲常。」是籍飲酒以求全者也。
〔註63〕可參考《南史・陳慶之傳》，〈陳暄與兄子秀書〉。

食者不克縱酒喪性，不失養生之方。然如向秀〈難嵇叔夜養生論〉所云：「導養得理，以盡性命，上獲千餘歲，下可數百年……若信可然，當有得者，此人何在，目未之見，此殆影響之論，可言而不可得。」羨門、王喬世所不見，是以縱雅好服食如王羲之，亦難免發出「固知一死生爲虛誕，齊彭殤爲妄作」（〈蘭亭集序〉）之傷感。對生命不免形神俱滅之恐懼，雖仍與希冀延壽之服食風氣併行發展，然「服食求神仙，多爲藥所誤，不如飲美酒，被服紈與素」之及時行樂人生觀亦已紛起抗衡，〔註64〕六朝小賦，咏酒之賦不少，咏藥之篇僅嵇含〈寒食散賦〉一見，時風所尚可略窺一二矣。

三、社會經濟之解體

六朝政治情勢，已由漢帝國大一統之局面，降爲群雄分立、南北乖隔之偏安之局；賦篇所描述之主題，則由「苞括宇宙，總覽人物」之廣博雄峙，轉爲個別詠物之纖細巧密。六朝社會奢淫之風，雖爲賦篇提供充分之寫實題材，然社會經濟操縱於少數人之手，亦使整體經濟畸型發展，造成社會隱憂。

（一）貴族生活之奢淫

六朝貴族於九品中正之庇蔭下，達官貴族，聚財斂貨，進而大量兼併田畝、私養佃客、壟斷商運、逃避賦稅、致富不貲，《晉書‧食貨志》將當時國家授予貴族之土地，訂一標準：

> 其官品第一至于第九，各以貴賤占田，品第一者占五十頃，第二品四十五頃，第三品四十頃……王公於京城近郊葪蒭之田，則大國十五頃，次國十頃，小國七頃。

除此政府公定田畝外，私下大規模兼併民間及國家公田者，更不計其數。《晉書‧刁逵傳》言其「兄弟子姪並不拘名行，以貨殖爲務，有

〔註64〕如曹植〈與吳季重書〉中云：「願舉泰山以爲肉，傾東海以爲酒，伐雲夢之竹以爲笛，斬泗濱之梓以爲筝，食若填巨壑，飲若灌漏卮，其樂固難量，豈非大丈夫之樂哉！」

田萬頃」，王戎「性好興利，廣收八方園田水碓，周徧天下。」宋孔
靈符「家本豐，產業甚廣，又於永興立墅，周圍三十三里，水陸地二
千六百二十五頃，含帶二山，又有果園二處。」有此廣大莊園爲背景，
閒居自宅，悠遊其室，即可有子虛、上林之觀。謝朓〈遊後園賦〉所
描寫者即是園苑之景觀。

　　至於宮室器物之講究，更乃奢靡侈誕，極盡炫誇之能事。晉會稽
王道子開東第，「築山穿池，列樹竹木，功用鉅萬。」齊文惠太子更
尚奢豪，位居東宮，營造殿堂，綺盛上宮，《南史》載「開拓玄圃園
與臺城北塹等，其中起出土山池閣樓觀塔宇，窮奇極麗，費以千萬，
多聚異石，妙極山水……織孔雀毛爲裘，光采金翠，過於雉頭遠矣，
草木服器無不奇賞精美，藝玩可珍。」然諸王尚以主諱，猶存顧忌之
心，至陳後主以一國之尊，侈濫無行，〈後主本紀〉載：

> 於光昭殿前起臨春、結綺、望仙三閣，高數十丈，並數十
> 間，其窗牖、壁帶、縣楣、欄檻之類，皆以沈檀香爲之，
> 又飾以金玉，間以珠翠，外施珠簾，內有寶牀寶帳，其服
> 玩之屬，瑰麗皆近古未有……其下積石爲山，引水爲池，
> 植以奇樹，雜以花藥。

上行下效結果，有過之而無不及。何曾日行，務在華侈，帷帳車服，
廚膳滋味，無不華綺侈艷，日食萬錢，下箸無處，已爲富豪之習事；
石崇則室宇宏麗，「絲竹盡當時之選，庖膳窮水陸之珍」，塗屋以椒，
爇蠟代薪，與貴戚賈充、羊琇競以奢靡享名於時。士人侈汰家風，
甚過王侯，雖帝猶有不平之色（《晉書・王濟傳》），奢汰傾家，實屬
必然。

　　畜妓之風，尤爲淫靡浪漫之時風笙華動天之所由。王室貴冑畜妓
之盛，令人咋舌，豪富之士亦往往因此損生害性，甚且家毀族滅。南
朝尤甚於魏晉，齊武後宮萬餘人，以至宮內不容，猶以爲未足；豫章
王嶷後房亦千數；魚弘「侍妾百餘人，不勝金翠」；沈慶之妓妾十數
人，並美容工藝；石崇「後房百數，皆曳紈繡，珥金翠」，侍廁之婢

尚十餘，終以不捨綠珠，見收孫秀，母兄妻子皆及殃，亦始料未及也；到撝豪富，宋明帝求其愛妓不遂，險以身絕，上下淫亂之風實前代未有，後世莫及。侍妾歌妓既多，日常舉止形容遂爲南朝文學之特殊題材，陳後主每延引賓客，使貴妃等游宴，左右嬖佞珥貂者五十人，婦人美貌麗服巧態以從者千餘人，輒命預臣狎客，相與賦翫，君臣昏亂，一至於此。

　　王親貴豪淫逸侈汰，所費往往甚於天災，影響所及，非但國政日頹，綱紀不立，受害尤深者，即庶民百姓。天子之家「犬馬餘菽粟，土木衣綈繡……，竭四海不供其欲，殫人命未快其心」；食祿之戶則藉其政治勢力，與農競利、奪民產業〔註65〕於先，復劫民聚斂，致富無方，使貧富貴賤相距益殊。六朝經濟正如杜甫所嘆「朱門酒肉臭，路有凍死骨」，傅咸以世俗奢汰，嘗上書云：

> 竊謂奢侈之費，甚於天災，古者堯有茅茨，今之百姓競豐其屋；古者臣無玉食，今之賈豎皆厭粱肉；古者后妃乃有殊飾，今之婢妾被服綾羅；古者大夫乃不徒行，今之賤隸乘輕驅肥；古者人稠地狹而有儲蓄，由於節也，今者土廣人稀而患不足，由於奢也。（《晉書‧傅玄傳》）

所指雖皆深中弊害，然風俗之移，洵非易事，上下相扇，難矣哉！

（二）宗教制度之破壞

　　宗教之用乃化性導善，使人民精神有所寄託，社會因而諧和。六朝可謂宗教思想正式苗長之期，宗教之披靡，實乃空前，然因宗教所帶來之禍患，亦頗詬病於時。

　　漢末張角以道教之幟，發民爲亂，事敗身殞，然與其異名同實之天師道，於兩晉則頗行於士大夫間，西晉趙王倫、孫秀之亂，東晉孫

〔註65〕如梁臨川王宏，出懸錢立契，以奪民宅，東土百姓，失業非一，參《通鑑‧天監十七年》引。廖蔚卿於〈南朝樂府與當時社會的關係〉文中亦指出，「當日經營商業的，不限於平民，豪貴官僚藉其社會政治的權位，更便於控制經濟，壟斷市場。」見《中國古典文學論文精選叢刊詩歌類》。

恩、盧循之亂，雖未持其教義，實爲其嫡傳之化身矣，〔註66〕是道教之弊，主在政治方面。

佛教雖自東漢已入中土，至其恢宏則必待東晉。東晉帝后信佛者頗眾，孝武、恭帝甚且迎沙門入宮，以彰佛法，〔註67〕恭帝見弒前，猶道「佛教自殺者不得復人身」（《宋書‧褚叔度傳》），信仰之深可見一斑。然僧尼入宮與人主日夕相處，已開預政之風，《晉書‧會稽王道子傳》云：「于時孝武帝不親萬機，但與道子酣歌爲務，姆姆尼僧，尤爲親暱，並竊弄其權」，弊端初現矣。南朝君主崇佛更甚，宋明帝、齊武帝均是，而以梁武爲最，四次捨身同泰寺，〔註68〕兩次公卿奉錢億數，以迎贖帝身，宗廟用牲改素果，設法會，開講壇，敬信之虔，南朝諸君無以過之。即以陳武英明，亦有捨身之舉，臨寺講經，樂此不疲，除己身信奉外，亦有要求臣屬從之之例，《南史‧江革列傳》云：

> 時（梁武）帝惑於佛教，朝賢多啟求受戒，革精信因果而帝未知，謂革不奉佛法，乃賜革覺意詩五百字，云：「惟當勤精進，自強行勝修，豈可作底突，如彼必死囚，以此告江革，并及諸貴遊」，又手勅曰：「果報不可不信……」革因乞受菩薩戒。

國君信仰至虔，臣民亦如風之偃草，舉國從之，或修奉浮屠，或捨身僧尼，〔註69〕影響所及，主無暇於政事，民則百工怠舉，經濟蕭條，郭祖深嘗上書云：「比來慕法，普天信同，家家齋戒，人人懺禮，不務農桑，空談彼岸……今商旅轉繁，游食轉眾，耕夫日少，杼軸日空。」（《南史‧循吏傳》）。農民爲逃役避稅，紛紛出家爲僧，僧尼眾多，

〔註66〕參勞榦《魏晉南北朝史》，頁14。又《兩晉南北朝史》亦云：「天師道即五斗米道，而與太平道同原，太平道好爭鬥，晉世孫恩一派，蓋其嫡傳。」頁1519。

〔註67〕可參考《晉書‧孝武帝本紀》太元六年春正月之條。

〔註68〕如採《梁書》之說，則當爲三次。

〔註69〕《南史‧循吏傳》載梁武時，僅建康一地即有佛寺五百餘所，窮極宏麗，僧尼十餘萬，資產豐沃。

素質不齊，淫亂不檢，蔡興宗納尼爲妻絕非僅有之事，柳元景即罪責臧質「姬妾百房，尼僧千數，敗道傷俗，悖亂人神。」（《宋書·臧質傳》）故郭祖深斥責道尼畜徒養女，天下戶口幾亡其半，建議若無道行者，四十以下皆使還俗附農，婢著青布衣，僧尼令蔬食，使天下風俗復平，亦可謂爲對佛教提出之大改革也。

　　至於建寺、造象所費尤鉅，篤佛之士，耗資巨億而不吝者，大有人在，〔註70〕寺院之資，富可敵國，亦頗有藉信佛之名，行聚斂之實之譏。佛教盛行，弊端既多，抵制之風漸起，《宋書·周郎傳》有云：

> 自釋氏流教，其來有源，淵檢精測，固非深矣，舒引容潤，亦既廣矣，然習慧者日替其修，束誡者月繁其過，遂至糜散錦帛，侈飾車從，復假粗醫術，託雜卜數，延妹滿室，置酒決堂。

故議者以爲申嚴佛律，劣行惡名者，悉皆罷遣，宋文、孝武、齊武亦屢申禁令，不准私建寺塔，淘汰沙門，此亦有感釋教之行，對人口、經濟、風俗均致極大斲傷，所制訂之因應舉措。

　　貴族生活奢淫與釋教侈汰，影響六朝社會者，除政治上之華素懸隔外，復於經濟上造成貧富懸殊，「而多數士大夫個人生活之優閒，又使彼等逐漸減淡其對政治之興趣與大群體之意識，轉求自我內在人生之享受，文學……成爲寄託性情之所在。」〔註71〕而文學創作受豪侈風氣之影響，講究聲色之美，亦爲必然之趨勢，此於六朝文學之獨立與賦篇外表極盡妍麗之態，當有所關聯也。

〔註70〕如晉何充，「性好釋典，崇修佛寺，供給沙門以百數，靡費巨億而不吝也，親友至於食乏，無所施遺」（《晉書·王充傳》），以此見譏於世。

〔註71〕引自余英時先生〈漢魏之際士之新自覺與新思潮〉，頁81。

第三章　六朝小賦之情志內涵

　　《文心·物色篇》云：「情以物遷，辭以情發。」《後漢書·文苑傳》云：「情志既動，篇辭爲貴。」文學作品，乃人類情感宣洩渠道之一，六朝文學既與學術分途，兩漢賦家奉爲圭臬之文德實用觀，終爲言志抒懷之緣情觀所取代，藉由外界因素之觸發，心靈深處所激湧而起之情志，遂爲賦家才力投注之重點。陸機〈文賦〉所論，足堪爲六朝緣情思想之代表，〈文賦〉云：

> 佇中區以玄覽，頤情志於典墳；遵四時以歎逝，瞻萬物而
> 思紛；悲落葉於勁秋，喜柔條於芳春；心懍懍以懷霜，志
> 渺渺而臨雲；詠世德之駿烈，誦先人之清芬；遊文章之林
> 府，嘉麗藻之彬彬，慨投篇而援筆，聊宣之乎斯文。

人世之否泰離聚，四時之寒暑變化，草木之春生秋萎，無不相互感應，情動於中，辭發乎外，逞翰墨於上下四方，抒情志於古往今來，形成六朝賦篇之主要內涵。

　　情志之分，洵非易事，邵雍《詩論》自序以爲「懷其時則謂之志，感其物則謂之情。」然則懷時哀世之感，孰謂非源乎情？體物傷事之際，志亦生乎其間，邵氏此說當爲約略之言，廖蔚卿先生則以爲情志可別爲二，即喜怒哀樂愛惡之感情與依伴感情而生之思想意緒。[註1]

〔註 1〕參見《六朝文論》第二章〈文德論〉。

本章擬由此探究六朝賦家於篇章中所呈現之情感、抱負與人生態度。茲分時命不遇之詠懷、出世戀世之矛盾、道德理想之感諷與悵惘淒楚之情懷四方面論述。

第一節　時命不遇之詠懷

　　夏侯湛有云：「吾聞有其才而不遇者，時也；有其時而不遇者，命也。」〔註2〕理想抱負乃個人生命活力之源泉，欣逢明主，一逞良才，更為士人理想落實之唯一途徑，然以孔子之賢，尚懷待賈而沽之悲；孟子之儁，不免聖人難逢之嘆。無怪乎伯牙識音，伯樂識馬，千載之下，傳誦不已；廉頗老矣，尚能飯否，百代之後，猶存欷歔；至如屈子「忳鬱邑余佗傺兮，吾獨窮困乎此時」（〈離騷〉）之感慨，與「變白以為黑兮，倒上以為下，鳳皇在笯兮，雞鶩翔舞」（〈懷沙〉）之指陳，可見其於上下失序，是非顛倒，賢愚易位，不得其所之怨，更為一般士人之共同心聲。故不遇情懷乃賦篇傳統之表現題材，《楚辭》中「申旦以舒中情兮，志沈菀而莫達」（〈思美人〉）之感傷比比皆是，司馬遷嘗分析其故，以為：

> 屈平正道直行，竭忠盡智，以事其君，讒人閒之，可謂窮矣，信而見疑，忠而被謗，能無怨乎！屈平之作離騷，蓋自怨生也。（《史記·屈原賈誼列傳》）

屈原之自哀曲調，於荀卿手中雖轉為積極「知其不可而為之」之勸諫方式，然而「以盲為明，以聾為聽，以危為安，以吉為凶」（〈佹詩〉）之政治已入膏肓，螳臂難舉千鈞，窮極呼天之聲亦為荀子所不免，〔註3〕政治失意之感觸，成為屈、宋、荀等先秦賦家創作之動機。漢代賦家漸將此責歸咎於時運不濟之無奈中，〔註4〕東方朔以志不得伸，大嘆「世

〔註2〕《晉書·夏侯湛傳》載其少時為太尉掾，泰始中舉賢良，對策中第，拜郎中，累年不調，乃作〈抵疑〉以自廣。篇中所引即其〈抵疑〉之辭。

〔註3〕〈佹詩〉末句乃於「嗚呼上天，曷維其同」之感嘆聲中結束，顯現出荀子不遇情懷之憤怨與無奈。

〔註4〕Helmut Wilhel 於〈學者的挫折感：論「賦」的一種型式〉文中指出，

莫可以寄託」，而以「眾鳥皆有行列兮，鳳獨翔翔而無所薄，」（〈七諫〉）哀己身之曲高和寡，才高見棄。文人無奈接受此「璋珪雜於甑窐兮，隴廉與孟娵同宮」（嚴忌〈哀時命〉）之不平現象後，歲月忽逝，時不我與之恐懼又接踵而至，悲憤交集，無以自處；日月與之同晦，草木與之同傷。士子普遍懷存之不遇心聲，於六朝動亂社會之激盪下，益形突顯，精神生活之不平，使賦家於形式主義風行之際，仍存有不少反映眞實情感之情志篇章，亦由於此類篇章之加入，爲六朝一向爲世所詬病之浮華無實文風，增添枝幹血氣，使原本嫵媚之賦壇，益見豐腴。茲由賦篇自外而內之描述中，以見現實衝激下，賦家之自我心靈深處。

一、家國之感

　　六朝政治之分崩，社會之動亂，於生靈言，足堪謂爲浩劫。《三國志·吳志·胡綜傳》載其時「天綱弛絕，四海分崩，群生憔悴，士人播越，兵寇所加，邑無居民，風塵煙火，往往而處，自三代以來，大亂之極，未有若今時者也」，正爲六朝一般之寫照。國家兵事屢興，士子徵戍頻仍，「浮舟萬艘」（曹丕〈浮淮賦〉）、「名卒億計」（王粲〈浮淮賦〉）固屬常事，「亙千里之長湄，行兼時而易節」（徐幹〈序征賦〉）亦不足奇，曹丕〈感物賦〉云：「喪亂以來，天下城郭丘墟」，十室九空，廬壞人亡之殘敗景象，每下愈況，《魏書·食貨志》云：

> 晉末，天下大亂，生民道盡，或死於干戈，或斃於飢饉，
> 其幸而自存者，蓋十五焉。

又《宋書·周朗傳》所載：

> 自華夷爭殺，戎夏競威，破國則積屍竟邑，屠將則覆軍滿
> 野，海內遺生，蓋不餘半，重以急政嚴刑，天災歲疫，貧

董仲舒「挫折賦」所強調者，乃荀卿曾觸及過之「時運」觀念（指荀子〈宥詩〉所云：「孔子拘匡，……拂乎其遇時之不祥也」）。劉紀尼譯，《中國思想與制度論集》。事實上，時運觀念之提出，屈賦已發其端。可參考陳世驤著·古添洪譯，〈論時——屈賦發微〉，《幼獅月刊》第四十五卷 2、3 期。

> 者但供吏，死者弗望埋，鰥居有不願娶，生子每不敢舉。
> 又戍淹徭久，妻老嗣絕，⋯⋯不知復百年間，將盡以草木
> 為世邪，此最是驚心悲魂慟哭太息者。

中州板蕩，生靈塗炭已極，此種「名都空而不居，百里絕而無民」（《昌
言・理亂篇》）之落敗蕭索，又豈建勳立國之初所可想見！無怪乎鮑
照見廣陵故城而慨歎「觀基局之固護，將萬祀而一君，出入三代，五
百餘載，竟瓜剖而豆分」，往日「車挂轊、人駕肩，廛閈撲地，歌吹
沸天」之繁華景象，如今只落得「澤葵依井，荒葛罥塗，壇羅虺蜮，
階鬥麏鼯，⋯⋯通池既已夷，峻隅又以頹，直視千里外，唯見起黃埃。」
（〈蕪城賦〉）昔時之太平富庶，一經戰亂摧殘，全化為過眼雲烟，千
里之外，唯見黃沙飛蓬，是以郭璞登百尺樓而「嗟王室之蠢蠢，方構
怨而極武，哀神器之遷浪，指綴旒以譬主，雄戟列于廊枝，戎馬鳴乎
講柱，⋯⋯」雖云懷古，情慨今世。

　　至於苛政戰亂所帶予人民切身之痛苦，更屬深刻而現實，晉束皙
〈貧家賦〉，即針對現實生活之無以為繼所作之描述：

> 食草葉而不飽，常嗛嗛于膳珍，⋯⋯無衣褐以蔽身，還趨
> 床而無被，⋯⋯債家至而相敦，乃取東而償西，⋯⋯煮黃
> 當之草菜，作汪洋之羹饘，⋯⋯丈夫慨于堂上，妻妾歎于
> 竈閒，悲風噭于左側，小兒啼于右邊。

此亦六朝庶民引為至憂者。此外，羈宦征戍之久曠，更形成許多社會辛
酸，「蕩子辛苦逐征行，直守長城千里城」（庾信〈蕩子賦〉），往往造成
「度九冬而廓處，終十秋以分居」（江淹〈倡婦自悲賦〉）之閨怨，曹丕
〈寡婦賦〉即歎云：「惟生民兮艱危，在孤寡兮常悲」，生離死別於六朝
士民而言，殊不足奇，然賦家對此「風無少女，草不宜男，烏毛徒覆，
獸乳空含」（庾信〈傷心賦〉）之社會現況所作之描述，並不多見，縱有
椎心之悲戚，亦僅如庾信北擄去鄉，方有「山河阻絕，飄零離別，拔本
垂淚，傷根瀝血」之沉痛語，此當與多數賦家處於較為尊貴之社會地位
與優渥之物質環境有關。賦家所關切者，乃政治情懷之發揮與治國才識

之見賞，少有對一般大眾情感之表現，如繁欽〈愁思賦〉所云：「嗟王事之靡鹽，士感時而情悲」，吟詠主題非生民之塗炭，國運之迍邅，而爲朝廷「潛白日于玄陰，翳朗月于重幽」下，我行多違之悲咽。是以身處亂世，抑鬱難展乃必然趨勢，此亦構成賦篇中悲傷情懷之基調，滿腔熱忱投注於冰冷之現實政局，所得之反響乃沈痛之自傷與怨責，賦家藉由詠物途徑，影射己身情境，既無直指之嫌，亦不失詩人溫婉之旨，此法遂與直抒情志並爲六朝賦家抒懷之主要方式。

二、「物」不得其所之哀

　　世間萬物紛紜雜陳，以目視之，物我對立，以心觀照，則無不有情。六朝詠物篇章之盛，爲歷代所不及，賦家往往將己身遭遇反映於物，使物即我之化身，我即物之別體，於是鳥獸器物無不含悲自怨，草木風霜亦可堅貞待用，雖云詠物，實爲自我之剖析。

　　懷才不遇，乃士人處世之至悲，如空谷幽蘭孤芳自賞。蓋的顱之馬、〔註5〕荊山之璧，豈徒不待掘而自明於世！彼乃欣逢伯樂，方得顯其璀璨之姿，然「世上豈無千里馬，人中難得九方皋」（黃庭堅詩句），遺珠之憾在所難免，不遇之挫折，遂爲有志之士無可或免之際遇矣。

　　　　愍良驥之不遇兮，何屯否之弘多，抱天飛之神驥兮，悲當
　　　　世之莫知。（應瑒〈愍驥賦〉）

　　　　萬物資生，玉稟其精，……當其潛光荊野，抱璞未理，眾
　　　　視之以爲石，獨見知於卞子，曠千載以遐棄，倏一旦而見
　　　　幽，爲有國之偉寶，禮神祇于明祀，豈連城之足云，嘉遭
　　　　遇乎知己，知己之不可遇，譬河清之難俟。（傅咸〈玉賦〉）

應瑒愍驥，實愍自身「懷殊姿而困遇」；傅咸傷刖趾之人難再，即悲己身終無見賞之機，彼等雖自怨自艾，時萌遠迹去俗之思，然徘徊踟躕，一顧三歎者，仍希冀有幸逢明主擢拔之日，一旦見用，則鞠躬盡

〔註5〕傅玄〈乘輿馬賦序〉云：「往日劉備之初降也，太祖賜之駿馬，使自廄選之，……有的顱馬，委棄莫視，瘦悴骨立，劉備取之，眾莫不笑。……其後劉備奔于荊州，……逸足電發，追不可逮，眾乃服焉。」

瘁，死而後已。如：

> 願浮軒于千里兮，曜華軛乎天衢，瞻前軌而促節兮，顧後
> 乘而踟蹰，展心力于知己兮，甘邁遠而忘劬。(應瑒〈慜驥賦〉)

> 惟茲木之在林，亦超類而獨劭，……豈隱樸以幸全，固呈才
> 而不效，離眾用而獲寧，永端己以勵操，願佳人之予投，思
> 同歸以託好，顧衛風之攸珍，雖瓊琚而匪報。(何承天〈木瓜賦〉)

未仕之時，仍不斷修己自持，以備見用之需，一旦徵召任事，更投桃
報李，竭盡所能，以一償宿願。然花無百日紅，人有竟日憂；時事之
詭異，世情之澆薄，人主之多變，士人去留行退既操之在人，一旦事
過境遷，時移勢易，往往遭受視如弊屣之命運，雖不致如司馬遷所云
「飛鳥盡，良弓藏；狡兔死，走狗烹」之絕途窶境，却也予滿腔熱忱
之士人以無可措力之絕望感，楊修〈孔雀賦序〉云：

> 魏王園中有孔雀，久在池沼，與眾鳥同列，其初至也，甚
> 見奇偉，而今行者莫眂。……感世人之待士，亦咸如此。

鳳凰與鳥鳥同林，鴻鵠與鶩鷃同棲，俊逸之士與庸才無別而遂謂其爲
庸才，乃至委棄，實哀之甚也，曹植、傅咸皆有此歎：

> 嗟皓麗之素鳥兮，含奇氣之淑祥，……承邂逅之僥倖兮，
> 得接翼于鸞皇，同毛衣之氣類兮，信休息而同行，痛良會
> 之中純兮，遘嚴災而逢殃，共太息而祗懼兮，抑吞聲而不
> 揚，傷本規之違忤，悵離群而獨處，恆竄伏以窮栖，獨哀
> 鳴而戢羽。(曹植〈白鶴賦〉)

> 朱夏……作涼，蒙貴幸于斯時，無日夜而有忘，謂洪恩之
> 可固，終靡弊于君傍，……秋日淒淒，白露爲霜，體斂然
> 以思暖，御輕裘于溫房，猥棄我其若遺，去玉手而潛藏，
> 君背故而向新，非余身之無良，哀勞徒而靡報，獨懷怨于
> 一方。(傅咸〈扇賦〉)

孔雀之觀慼，白鶴之見斥，羽扇之猥棄，均非己力所能制止，士人
苟耿介剛正，不隨波逐流，趨炎附勢，亦難免遭逢與雀、鶴、羽扇
相同之際遇；主上周遭環繞之小人，壞事敗俗，陷害忠良，朝政紊

濁，國是蜩螗矣。宋後廢帝好與左右賤人出遊作樂，齊廢帝屢與周遭無賴共臥起，〔註6〕罹其殃者，士臣生民也。葛洪《抱朴子‧漢過篇》曾慨然指出：「當塗端右閹官之徒，操弄神器，秉國之鈞，廢正興邪，殘仁害義，蹲踏背憎，即聾從昧，同惡成群，汲引姦黨，吞財多藏，不知紀極。」所指雖為漢末情事，然六朝之際，與漢末相較，尤有過之而無不及；群豎蔽朝，君昏主闇，身處此世，徒呼奈何！如：

> 三辰幽而重關，蒼曜隱而無形，雲曖曖而周馳，雨濛濛而霧零，……夢白日之餘暉，惕中寤而不效兮，意悽悵而增悲。（應瑒〈愁霖賦〉）

> 迎朔風而爰邁兮，雨微微而逮行，悼朝陽之隱曜兮，怨北辰之潛精，車結轍以盤桓兮，馬蹢躅以悲鳴，……瞻沈雲之泱漭兮，哀吾願之不將。（曹植〈愁霖賦〉）

> 雖言禽之末品，妙六氣而剋生，往秘奇於鬼眼，來充美於華京，恨儀鳳之無辨，惜晨鵞之徒喧。（顏延之〈鸚鵡賦〉）

風雨雲霧，彌漫四合，如同小人在朝，一手遮天，和煦陽光，無由而出，明主之遇，如空中樓閣，渺不可及，車旋馬鳴，正表現出士人內心之愁腸百結，此與儀鳳周圍徒繞晨鵞之輩，貌儀性潔之白鸚鵡亦惟含恨獨居，期盼雲散天青之情，實無二致。不同流俗，秉持操守之士，往往抑鬱以終；變節改志，又為良心所不容。如嵇含序孤黍、何遜詠窮鳥：

> 不韜種以待時，貪榮棄本，寄身非所，自取凋枯，不亦宜乎。（〈孤黍賦序〉）

> 既減志於雲霄，遂甘心於園沼，……同雞塒而共宿，啄雁稗以爭肥，……雖有知於理會，終失悟於心機。（〈窮鳥賦〉）

識時認命之鳥鳩輩，或為鴻鵬所譏，然可全身保性，不致沉陷於憤懣不平之苦悶而難以自釋，此亦不失為處世之良策；至於奔走鑽營，汲

〔註6〕參見《宋書‧後廢帝本紀》與《南齊書‧廢帝本紀》。

汲於功名富貴者，則難免自取其辱，身敗名裂，爲世所不容。雖然，
一般竭忠勵行之士，亦往往犯「饕大名以冒道家之忌」，陸機感此而
作〈豪士賦〉，以爲「借使伊人頗覽天道，知盈不可益，盈難久持，
超然自引，高揖而退，……身逾逸而名逾劭」（〈豪士賦序〉），頗明去
取之道；至其行事，依然負才恃能，志匡世難，不從顧戴之勸，終有
鶴唳之悲。〔註7〕蓋才高功顯，不免樹大招風，禍起於不備，劉琨、
子隆亦罹其難，〔註8〕「廣樹恩不足以敵怨，勤興利不足以補害」，道
濟之妻亦曉「高世之勳，道家所忌」（《南史·檀道濟傳》）之理，雖
感不祥，而禍殃已至。彼等非不明急流湧退、盈難久持之理，而終不
免沒世之恨者，豈懼時機不再，一時之隱將成永恆乎！多事之際，士
人除悲歎直道難行，天道不平外，亦唯同海鷗之去就，懷高潔於一隅，
孤芳自賞，徒然嗟怨而已：

> 湯亢陽于七載兮，堯洪汎乎九齡，天道且由若茲，況人事
> 之不平。（傅咸〈患雨賦〉）

> 似孤臣之介立，隨排擠之所往，內一志以奉朝兮，外結心
> 以絕黨，萍出水而立枯兮，士失據而身枉，觀斯草而慷慨
> 兮，固知直道之難爽。（夏侯湛〈浮萍賦〉）

> 嗟世道之異茲，牽憂患而來逼，懷爐炭於片景，抱絲緒於
> 一息，每憶遠而生短，恆輪平而路仄，信懸天兮窈昧，豈
> 繫命於才力，……悵日暮兮吾有念，臨江上之斷山，雖不
> 敏而無操，願從蘭芳兮與玉堅。（江淹〈江上之山賦〉）

上天降禍賜福，非繫命於才力，非裁決於德績；堯湯之賢，不免洪水
滔天、亢旱爲災之患，是直道雖難爽，天道又豈可憑乎？推物及人，
慨懷感身，名雖憫物，實傷己阨，故以借喻手法直指本心，實六朝詠
物賦之特色。

〔註7〕參見《晉書·陸機傳》。

〔註8〕晉劉琨勇於任事，素有重望，爲悍將段匹磾所忌害；齊蕭子隆乃武
　　　帝諸子中才貌最勝者，爲明帝所嫉，見害。分見《晉書》、《南齊書》
　　　各本傳。

三、「時」不我與之無奈及其反響

　　政治上之不遇，士人尚可以堅定持續之心志，期盼雲霓散、朝陽出之一日。然而逝者如斯，不舍晝夜，年華似流水，於壯志未展之際，已悄然遠去，此予士人之衝擊，形同天道之委棄不顧，關切不再，絕望之無奈與理想相忤，士人不得不接受此一殘酷事實，時不我與已然傷感，日暮白髮益形淒愴。陶潛有謂：「無爰生之晤言，念張季之終蔽，愍馮叟于郎署，賴魏守以納計，雖僅然於必知，亦苦心而曠歲。」（〈感事不遇賦〉）功名無成，勳績難著，士人之悲，無過於此，彼輩青春雖逝，幸逢知己之擢拔，亦無憾矣。然以知己難遇，一般待舉者尚不知己身之蹉跎更至何年，念此一則以悲，一則以懼，生命短暫之煎熬業已燃眉焚心。

> 懼天河之一迴，沒我身乎長流，……惟人生之忽過，若鑿石之未耀，……內紆曲而潛結，心怛惕以中驚，匪榮德之累身，恐年命之早零。（曹植〈感節賦〉）

> 念人生之不永，若春日之微霜，諒遺名之可紀，信天命之無常。（曹植〈節遊賦〉）

> 獨以垂立之年，白首無聞，壯志衄于蕪塗，忠貞抗于棘路，覩將衰而有川上之感，觀趣舍而抱慷慨之歎。（嵇含〈白首賦序〉）

> 何天地之悠悠，悼人生之短淺，……桑榆掩其薄沒，既白首而無成。（夏侯湛〈懷思賦〉）

> 位不俟於一進，髮徒彰於二色。（劉孝儀〈歎別賦〉）

人生如白雲蒼狗，於短暫歲月中承受各種轉變，其間尤以「嗟大化之移易，悲性命之攸遭」（曹植〈九愁賦〉）為人生之至憂，左思感世情澆薄而有「昔臨玉顏，今從飛蓬」（〈白髮賦〉）之語，王粲自比美貌淑媛，亦難免「恨年歲之方暮，哀獨立而無依」（〈閑邪賦〉），至於「何性命之奇薄，愛兩絕而俱違」，豈非泛指君寵之色衰愛弛與天命之委棄止情。時不我濟，生不逢時，故陸機憤而言曰：「苟時啓于天，理

盡于民，庸夫可以濟聖賢之功，斗筲可以定烈士之業，故曰才不半古，而功已倍之，蓋得之于時勢也。」（〈豪士賦序〉）際遇既已逅蹇，歲月又不我與，賦家於悲嘆「何天地之難窮，悼人生之危淺，歎白日之西頹兮，哀世路之多蹇」（張協〈登北芒賦〉）之餘，不得不爲理想另覓他途，以爲己身精神所託，亦可備時勢轉變，東山再起之需，潘尼〈懷退賦〉所云「窮獨善以全質，達兼利以濟時」正此指也。

> 勉夕改以補朝，履日新而悔昨，苟神祇之我昭，永明目而無怍。（丁儀〈厲志賦〉）

> 愈志蕩以淫遊，非經國之大綱，罷曲宴而旋服，遂言歸乎舊房。（曹植〈節遊賦〉）

> 執纏綿之篤趣，守德音以終始，邀幸會于有期，冀容華之我俟，儻皇靈之垂仁，長收懽于永己。（張華〈永懷賦〉）

> 獨祇脩以自勤，豈三省之或廢。（陶潛〈感士不遇賦〉）

士人殷殷期盼者，乃修德勵己，以望君之再用，然現實情況之反映，往往冀用無望，令人滿懷忿恨：

> 恨年歲之方暮，哀獨立而無依。（王粲〈閑邪賦〉）

> 恨騄驢之進庭，屏騏驥于溝壑。（丁儀〈厲志賦〉）

> 恨時王之謬聽，受姦枉之虛辭。（曹植〈九愁賦〉）

由激切之指責漸爲無奈之悲痛：

> 悲予志之長違。（曹植〈臨觀賦〉）

> 悲伍員之沈悴，痛屈平之無辜。（曹攄〈述志賦〉）

> 哀哉士之不遇。（陶潛〈感士不遇賦〉）

激烈之情感轉爲傷感之哀嘆，絕望中尚存一縷希望，使士人仍可伺機振奮，作孤注之一擲，然滿腔之慷慨烈焰已化爲嫋嫋炊煙，一旦此途又遭挫礙，「寧作清水之沉泥，不爲濁路之飛塵」（曹植〈九愁賦〉）遂爲氣節之士唯一指歸，心境之挫傷，已由恨而怨轉至欣羨：

> 羨首陽之遺譽。（丁儀〈厲志賦〉）

> 羨首陽之皎節，……嘉沮溺之隱約，羨接輿之狂歌。（曹攄

〈述志賦〉）

伯夷、叔齊恥食周粟，遁隱首陽，高風亮節，世所景仰，長沮、桀溺、
接輿，逢道不行，韜光養晦，息跡江湖，〔註9〕此種行為發展愈盛，
儼然成為六朝士人抒解宦途不遇、人生不平之不二法門；孔子「知其
不可而為之」之悲劇精神，隨同儒家思想之沒落而不為士人所尊；道
家收跡斂形、高蹈養生之人生觀，則頗合時勢需要，正方興未艾。

　　歎東山以逖勤，歌式微以詠歸。（曹植〈臨觀賦〉）

　　將訴誠于明后，乞骸骨而告歸。（韋誕〈敘志賦〉）

　　將反初服，畢志訓雅，盡烏鳥之至情，竭歡敬于膝下，……
　　庶所乞之克從，永收迹于蓬廬。（傅咸〈申懷賦〉）

　　蓋明哲之處身，固度時以進退，泰則攄志于宇宙，否則澄
　　神于幽昧。（摯虞〈愍騷〉）

　　寧固窮以濟意，不委曲而累己，既軒冕之非榮，豈縕袍之
　　為恥，誠謬會以取拙，且欣然而歸止，擁孤襟以畢歲，謝
　　良價於朝市。（陶潛〈感士不遇賦〉）

賦家藉達觀色彩，寫其高曠胸襟，此固受道、佛出世思想之影響，
〔註10〕然彼輩「隱」之動機乃出於不滿時政而生之逃避思想，或付
諸行動，或止於思緒起興，總是出於關懷世務，急於用世之反響。
此類之「隱」，與純然道家之空隱有別，以「古今隱逸詩人之宗」（《詩
品》）陶潛而論，亦為無法忍受現實百態之不平，於是「寧固窮以
濟意，不委曲而累己」（〈感士不遇賦〉），絕流歸隱，吟詠田園。其
於〈感士不遇賦〉中嘗明晰剖露社會上「自真風告逝，大偽斯興，
閭閻懈廉退之節，市朝驅易進之心，懷正志道之士，或潛玉于當年，
潔己清操之人，或沒世以徒勤。」此其染翰慷慨，感而賦詠之主因，

〔註9〕長沮、桀溺、接輿皆《論語》中之隱士。曹之升《四書摭餘說》云：
　　　　「論語所記隱士，皆以其事名之，門者謂之"晨門"，杖者謂之"丈
　　　　人"，津者謂之"沮、溺"，接孔子之輿者，謂之"接輿"，非名
　　　　亦非字也。」引自楊伯峻《論語注譯》。
〔註10〕可參考胡毓寰先生《中國文學源流》〈達觀的色彩〉一節，頁161。

是以〈歸去來兮辭〉之恬靜安適，與是篇流露出之憤懣、牢騷、痛苦〔註11〕情感相較，正可謂痛定思痛後，脫解而出之通達。

　　此類迫於世局而隱之士與一般「爲隱而隱」、「以仕爲隱」之輩，於基本心路歷程之發展，已有顯著差異。蓋「賢者避世，其次避地」，乃出於對現實不滿所作之無奈抉擇；然六朝受道家思想披靡影響下，隱逸之風如火如荼般普遍於士人階層，一旦隱士行爲得到社會認可後，隱逸本身即蘊含高尚之價值與道理，一時之間，冀圖藉「隱」以求高名之遁居草莽之士倍出；至於「大隱隱於朝市」者，既可「形見神藏」，又可免除隱居生活中物質不繼之憾，東方朔〈誡子書〉所云：「明者處世，莫尙於容，優哉游哉，與道相從，首陽爲拙，柱下爲工，飽身安步，以仕易農。」正主隱於市朝，何必深山蒿廬，此種名實俱存之隱逸，亦爲士人師法之另一途徑。是以隱風所衍，形同心異，精蕪共處，眞僞不分，無奈之動機發展成釣譽之手段，使夷齊復生，亦徒呼奈何。〔註12〕

第二節　出世戀世之矛盾

　　儒家學說之基本中心，乃用世情懷理想之表現，扶大廈於將傾，挽狂瀾於既倒，更爲儒者終身矢志之道德責任，是以孔子終拒乘桴浮於海，子路不免醢醬之命運，皆以用世之情殉於現實世界。漢末顛危之際，儒家地位既已傾頹，繼起之道家出世情懷遂取而代之，士人紛紛歸向山林，嚮往仙道，企求一己之安，壽與天固；然絕情寡欲誠非易事，服食求仙又不可得，用世之心難棄，豁達之境難求，絕望傷感

〔註11〕鄧中龍先生於〈從陶潛、鮑照說到鍾嶸詩品〉文中指出，淵明於貧富交戰中，並未眞正達到「道勝無戚顏」之境，是以晚年詩篇時時流露出無奈、憤怒、牢騷、痛苦。劉大杰則以爲前期詩中方有憤恨與熱情之表現，此種心聲無異受當時士大夫出路之影響。王瑤於〈中古文人生活〉中云：「士大夫的出路，除了仕以外，只有隱一途。」淵明如此，六朝士人亦莫不如是。

〔註12〕此段乃參考王瑤〈中古文人生活〉中，〈論希企隱逸之風〉一文。見於《中古文學史論》一書。

之餘，復回歸人世，於是感逝傷時之情彌漫六朝賦壇，以傾吐賦家欲去還留之矛盾傷感心聲。

一、求道企仙之渴望

文學作品中遊仙之思，屈原〈離騷〉、〈遠遊〉首肇其端，王逸《楚辭章句》云：「屈原履方直之行，不容於世，上爲讒佞所譖毀，下爲俗人所困極，章皇山澤，無所告訴，遂敘妙思，託配仙人，與俱遊戲，同歷天地，無所不到。」秦漢之際，遊仙作品雖趨式微，然服食企仙風氣卻日益盛行，始皇遣徐福東瀛求藥乃其最著者，帝王尚且深信不移，方術思想運用仙道傳說，影響可見一斑；西漢初葉，求仙風氣依然，得道之說亦屢有所聞，〔註13〕此種思想於安定之兩漢社會仍據一席之位。然漢代賦篇如相如〈大人賦〉、揚雄〈甘泉賦〉、班固〈兩都賦〉及張衡〈二京賦〉等，雖亦松喬之輩雲集，靈虛之氣瀰漫，雲飲露餐，通神遊仙，極盡飄渺之能事，至其主旨，卻在背後之託諷，直指求仙之乖謬，通神之荒誕。降及六朝，社會動亂，莊老復興，觀念性之心靈隱逸，促使遊仙文學熱烈展開。〔註14〕賦雖以博麗爲能，不以清虛爲貴，〔註15〕然置身此洪流中，遊仙篇製雖遠遜詩歌，亦頗染道家清虛之氣。

六朝小賦中，直接以遊仙題材命名者，固不多見，至其眞能遊心域外，超脫塵寰，符合李善所云：「凡遊仙之篇，皆所以滓穢塵網，

〔註13〕崔豹《古今注》云：「漢淮南王安服食求仙，遍禮方士，遂與八公相攜俱去，莫知所適。」康萍於〈論魏晉遊仙詩的興衰與類別〉中引茅君內傳云西漢間，茅盈兄弟三人隱居東山，得道成仙故事，均爲漢時遊仙思想產物。至於淮南王安所作之楚辭體〈八公操〉，實即一首遊仙詩，樂府〈長歌行〉、〈鐃歌十八曲〉之〈上陵〉、〈董逃行〉、〈王子喬〉、〈善哉行〉、〈步出夏門行〉、〈西門行〉、〈豔歌行〉及〈古詩十九首〉部分篇章亦是。

〔註14〕洪順隆先生〈由隱逸到宮體〉一書中論及田園隱逸時指出：「遊仙詩中帶隱逸思想者，乃觀念性的心靈隱逸；田園詩帶有隱逸思想者，乃現實生活中逃避觀念的實踐。」頁88。

〔註15〕王芑孫《讀賦卮言・審體篇》云：「詩有清虛之賞，賦惟博麗爲能」，遊仙詩篇遠盛賦體，其殆此手！

鎦銖纓紱，飡霞倒景，餌玉玄都」標準者，更屬鳳毛麟角。茲舉三篇，以見體要。

> 有嘉遯之玄人，含貞光之凱邁，靡薜荔于苑柳，蔭翠葉之雲蓋，揮修綸于迴瀾，臨崢嶸而式墜，淅清風以長嘯，詠九韶而忘味。若乃御有撫生，應物宅心，曜葦春圃，凋葉秋林，振藻揚波，清景玄陰，形猶與以徒靡，神曠寂而難尋，渾無名于域外，和丘中以草音，于是混心齊物，遨翔容與，薄言采薇，收蘿中野，朝觀夷陸，夕步蘭渚，仰弋鳴雁，俯釣魴鱮，遊無方之內，居無形之域，詠休遯之貞亨，察天心而觀後，委性命于玄芒，任吉凶而靡錄。(孫承〈嘉遯賦〉)

> 爰有名外之至人，乃入道而館真，荒聰明以削智，遁支體以逃身，於是卜居千仞，左右窮懸，幽庭虛絕，荒帳成煙，水縱橫以觸石，日參差於雲中，飛英明於對溜，積氣氳而為峯，推天地於一物，橫四海於寸心，超埃塵以貞觀，何落落此胸襟。(謝靈運〈入道至人賦〉)

> 有玄虛之公子，輕減喧俗，保此大愚，居榮利而不染，豈聲色之能拘，迴還四始，出入三墳，心溶溶於玄境，音飄飄於白雲，追寂圓而逍遙，任文林而迭宕，忘情於物我之表，縱志於有無之上，不為山而自高，不為海而彌廣。(蕭綱〈玄虛公子賦〉)

自處塵宇，唯有忘情物表，去俗遁身，方能存樸保真，縱志釋情，懷存仙道之質。是以無論遯世之玄人、名外之至人，抑或玄虛之公子，皆心遊無方之境，神居無形之域，於自然山水中與天地合一，既無所礙，亦不見羈；胸襟自拓落，視野廣而彌，「委性命於玄芒，任吉凶而靡錄」，自可「性沖虛以易足，年緜邈其難老」(陸機〈列仙賦〉)矣。

至於六朝士人嚮往仙道，鍾情老莊，本意固不外逃避世俗之絕望、苦悶，將精神寄慰於無憂無慮之蓬萊仙境，是以多刻意渲染遠離繁囂之自在與逍遙仙境之快樂，〔註16〕一旦蔚為風尚，不論思想中是否蘊含此

〔註16〕林文月女士〈從遊仙詩到山水詩〉一文中指出：「本來逍遙仙境，耽溺

種沉痛背景，均於文中參雜些許仙意道語，或濡染風雅，或自勵勵人。

　　若君子之順時，又似乎真人之抗貞，赤松遊其下而得道，
　　文賓飡其實而長生。（左芬〈松柏賦〉）

　　若夫赤松王喬，馮夷之倫，逍遙茂陰，濯纓其濱，望輕霞
　　而增舉，垂高暘之清塵，若其含真抱樸，曠世所希。（庾儵
　　〈大槐賦〉）

　　至于體散玄風，神陶妙象，靜因虛來，動率化往，蕭然忘
　　覽，豁爾遺想。（庾闡〈閒居賦〉）

　　服之者長壽，食之者通神。（傅玄〈菊賦〉）

　　用天道以取資，行藥物以爲娛，時逍遙于洛濱，聊相佯以
　　縱意，……揚素波以濯足，泝清綱以蕩思，……存神忽微，
　　遊精域外。（張華〈歸田賦〉）

　　幸少私而寡欲，兼絕仁以棄智。（陸倕〈思田賦〉）

順時適性，逍遙山林，頗得莊子養生妙諦；少私寡欲，絕仁棄智，正
合老子五千言旨。道教服食，頗爲士人採納，得道長生，更令士人欣
羨不已。雖然，六朝賦篇中之仙道色彩，既不及漢代遊仙賦篇之金碧
輝煌，亦非六朝遊仙詩篇之多彩多姿所可比擬，然而「夫列仙之玄妙，
超攝生乎世表，因自然以爲基，仰造化而聞道。」（陸機〈列仙賦〉）
賦家吟詠列仙之際，既以自然爲基，久之，遂由「追寂圃」、「倚茂林」
之遊仙過程中，逐漸領悟山林自然之美，從而將摹山範水自遊仙題材
之附庸提昇至對等地位，進而反客爲主，形成文學之新題材，觀謝靈
運〈入道至人賦〉亦無異臥恣雲遊於一清虛幽絕之世外佳境。六朝文
學寫景作品頗多，除南方嚴峭洲縈，鶯飛草長之感官刺激外，〔註17〕

<hr/>

　　　黃老的意旨在於逃避現實，忘懷苦悶，所以遊仙詩人多數刻意鋪張渲
　　　染仙界逍遙之快樂，從而達到自我安慰的目的。」見《山水與古典》。
〔註17〕謝靈運〈過始寧墅詩〉：「嚴峭嶺稠疊，洲縈渚連綿」；〈丘遲與陳伯之
　　　書〉：「暮春三月，江南草長，雜花生樹，群鶯亂飛」，刻劃出江南地理
　　　景觀之特色，文人身處此境，於贊歎欣賞之餘，將自然景緻納入篇章
　　　亦爲必然趨勢。遊仙詩與山水詩之關係演變，可參考〈從遊仙詩到山
　　　水詩〉一文。

遊仙文學推波助瀾，催生之功，殊不可沒。

　　遊仙之思雖起於士人與現實社會摩擦所生之煩悶不滿，在無力改革又無法釋懷之情況下，所生消極解脫之道，然而在實際心情上，仍不免於悲怨愁苦心境之蟄伏，是雖可隱遁一時，終難逃人世之羈絆。

> 牧馬于路，役車低昂，愴恨惻切，我獨西行，去峻溪之鴻洞，觀日月于朝陽，釋叢棘之餘刺，踐檟林之柔芳，皦玉粲以曜日，榮日華以舒光，信此山之多靈，何神分之煌煌，聊且遊觀，周歷高岑，仰攀高枝，側身遺陰，磷磷礨礨，以廣其心，……襲初服之蕙穢，託蓬廬以遊翔，豈放言而云爾，乃旦夕之可忘。（劉楨〈遂志賦〉）

> 接鳴鷟之垂翼，因神虹之光鱗，浮眇末之纖質，濟吾身于天津，邈盧敖之所涉，階多士之遺塵，登九垓之虛軌，覿汗漫之威神，情飄飄而凌雲，意髣髴于真人，扶搖薄于懸圃，增城鬱以嵯峨，被羽衣之飛飛，握若蕙之芳華，蹈紃紛之絕軌，攀大椿之疏柯，意翹翹而慕遠，思濯髮于天波，悲落葉之思條，情戀戀于昊蒼，懷聖德之弘施，情慘切而內傷，感有莘之媵臣，願致主于陶唐。（棗據〈表志賦〉）

公幹心懷愴恨，雖遊觀靈山，生蓬廬之志，託言虛無，放言玄道，亦乃一時心鬱難平之語，終旦夕而可忘也。棗據去身外地，心有難忍，藉步距高士，凌登虛表以忘情，却仍不免「懷聖德之弘施，情慘切而內傷」，終欲致主于陶唐，可見士人矛盾心理實出於仕宦情懷之難釋。

二、生命永恆之幻滅

　　盛行於六朝之成道列仙思想，固可使精神向上寄託，隱遁一時，然欲棄絕人世之種種，「詠陵霄之飄飄，永終焉而弗悔」（陸機〈陵霄賦〉），心理之掙扎固不待言，是以謝靈運賦逸民，不免心生「御清風以遠路，拂白雲而峻舉，指寰中以為期，望繫外而延佇」之躊躇，何況「窺若士於蒙穀，求呂梁於石城，從務光於底柱，索龍威於洞庭，迎九玄於金闕，謁三素於玉清，更天地而彌固，終逍遙以長生」（陶

弘景〈水仙賦〉〉之境，亦唯有「先覺之秀，獨往之英」方可企望，一般士子往往於追尋過程之初，即遭強大之阻礙，「瞻蓬萊之秀嶼，冀東叟之可尋，將乍至而反墜，患巨浪之相臨」（李顒〈凌仙賦〉），既不得其門而入，於是「苟淪形而無曉，與螻蟻而爲塵」（〈水仙賦〉），遂爲士人難逃之悲劇命運矣。

年壽之有期，致使人生而有無常、飄忽之感，《詩經》中「今我不樂，日月其除」，「今我不樂，日月其邁」（〈唐風·蟋蟀〉），已可窺其初形，至漢末，此種思想方於古詩中大量顯現，如「人生天地間，忽如遠行客」，「人生寄一世，奄忽若飆塵」，「所遇無故物，焉得不速老」，「人生非金石，豈能長壽考」，「四時更變化，歲暮一何速」，「人生忽如寄，壽無金石固」。〈古詩十九首〉中即已出現如許對生命發出強烈感觸之字句，此種對生命之留戀，再經六朝「服食求神仙，多爲藥所誤」、「虛無求列仙，松子久吾欺」之挫折後，更由悲哀轉至完全之絕望。

> 何人生之倏忽，痛存亡之無期，方千歲于天壤兮，吾固已陋夫靈龜，矧百年之促節兮，又莫登乎期頤，哀戚容之易感兮，悲懼顏之難怡。（陸雲〈愁霖賦〉）

> 此日中其幾時，彼月滿而將蝕，生無患於不老，羮引憂以自逼。（鮑照〈遊思賦〉）

> 因生以觀我，不可恃者年，憑其不可恃，故以悲哉。……
> 時不留乎激矢，生乃急於走丸。（鮑照〈觀漏賦〉）

念人生之不永，怨天命之無常，感寒暑遞變而含哀，見日升月圓而生悲，六朝士人對生命短暫、急於走丸之驚覺與重視，尤甚於前代。賦篇中，哀弔賦數量頗多，亦乃對於「生死」問題情何以堪之具體表現，[註18] 士人唯尋達觀釋然之途，以期消滅人生之苦痛。然而莊子所提出之「死生，命也」及以「生爲附贅縣疣，以死爲決疣潰癰」（〈大宗

[註18] 六朝小賦中，以哀弔爲題者，如王粲〈思友賦〉、曹丕〈悼夭賦〉、曹植〈慰子賦〉、傅咸〈登芒賦〉、〈弔秦始皇賦〉、潘岳〈懷舊賦〉、〈悼亡賦〉、孫瓊〈悼艱賦〉、江淹〈哀千里賦〉、〈恨賦〉……皆是，哀弔題材概均不出此範圍。

師〉）之說，並不足以化解人心之遺憾，佛家輪迴之說正方興未艾，亦不足以解決死生問題所帶來之苦惱，是以士人於自我安慰之餘，終難掩哀思之再現：

> 松喬難慕兮誰能仙，長短命也兮獨何怨。（曹植〈秋思賦〉）

> 日月飄而不流，命儵忽而誰保，……自古來而有之，夫何怨乎天道。（鮑照〈傷逝賦〉）

曹植非無太虛王母之思，然短暫之逃避終不免面對冷酷之現實世界，怨天尤人亦無法減少實際生活上之挫折，絕望之餘，惟有以理智正視「求仙通神不可恃」之事實。鮑照深知「變故在斯須，百年誰能恃」（曹植〈贈白馬王彪詩〉）之理，以為「惟桃李之零落，生有促而非夭，觀龜鵠之千祀，年能富而情少」（〈傷逝賦〉），生促固不足悲，壽長亦不足羨，雖如靈龜千祀，其樂不及曳塗之初，蜉蝣「不識晦朔，無意春秋，取足一日，尚又何求」（傅咸〈蜉蝣賦〉），且夫「草忌霜而逼秋，人惡老而逼衰」（〈傷逝賦〉）乃人情之必然，洞澈「死生，命也」之奧祕後，亦能坦然接受此一「自古來而有之」之事實，進而發出「夫何怨乎天道」之獨白。曹丕甚且曾直斥冀望長生者之荒謬虛誕，其〈典論〉中有云：「夫生之必死，成之必敗，然而惑者望乘風雲，冀與螭龍共駕，適不死之國。」〔註19〕丕雖有遊仙詩作二首，感嘆韶光荏苒，年華不再，然亦僅止於此矣；〈折楊柳行〉中「達人識真偽，愚夫好妄傳」，斥指遊仙虛妄思想，與〈典論〉觀點一致。是以遊仙長壽實不可求，然賦家真能接受理智之定念，認命於天道之造化，獨無所怨乎？

《詩經》中已有不少責天、怨天之語：

> 已矣哉，天實為之，謂之何哉！（〈邶風·北門〉）

> 有皇上帝，伊誰云憎，……天之扤我，如不我克。（〈小雅·正月〉）

> 不弔昊天……昊天不惠……昊天不傭……昊天不平。（〈小

〔註19〕《文選卷二十一》郭景純〈游仙詩〉「雖欲騰丹谿，雲螭非我駕。」李善注引魏文帝〈典論〉文。

雅・節南山〉)

士人雖深明「天地之化，固以不停，況于人道之不變乎！」(稽含〈娛蠟賦〉)，自古皆有死，又何怨乎天道！然而生命之殞滅，非僅年歲之終止，理想、抱負、人生希望亦隨之休寂，此予一般壯志未酬之士之衝擊，豈「死生，命也」一辭所能平息，是以懟言迭起，或憤激、或哀怨，要皆心聲之表露也。

> 唯皇天之賦命，實浩蕩而不均，或老終以長世，或昏夭而夙泯，物雖存而人亡，心惆悵而長慕，哀皇天之不惠，抱此哀而何愬。(王粲〈傷夭賦〉)

> 遘淫災以隕越，命勤絕而不振，天道昧而未分，神明幽而難燭。(曹植〈神龜賦〉)

> 嗟聖王之制作，所以貴夫善惡，信遵道以從法，何世路之迍塞，……斂規節以踐跡，冀天鑒之佑誠，勤恭肅以端屬，常苦心而勞形，桑榆掩其薄沒，既白首而無成。(夏侯淳〈懷思賦〉)

賦家於痛定思痛後，仍不免訴諸責天、怨天之途者，實即鮑照指出之「天道如何，吞恨者多。」(〈蕪城賦〉) 王粲、曹植固已直斥皇天不均、皇天不惠、昊天不明，夏侯淳亦以婉約委曲之口吻，道出遵軌守法、從善去惡之結果，只換得枉然之嘆息，全篇雖無隻字怨責，卻無句不隱含對天道不均之忿懣。江淹〈恨賦〉云：「自古皆有死，莫不飲恨而吞聲」，以為「人生到此，天道寧論」，生死之情乃為賦篇哀調之主因。其〈傷愛子賦〉所詠：

> 傷愛子之冥冥，獨幽泉兮而永閟，余無怨於蒼祇，亦何怨於厚地。

乃親情生死之恨。蕭子範〈傷往賦〉所詠：

> 痛妖姿之不留，惜華年之中夭，冀羆祥之永慶，忽從飆而先摽，魂一逝而莫追，夕有長而無曉，惟君彔之惆悵，覽遺物而霑巾。

乃愛情生死之慟。至於王粲〈思友賦〉所詠：

> 身既沒而不見，餘迹存而未喪，滄浪浩兮迴流波，水石激

　　兮揚素精，夏木兮結莖，春鳥兮愁鳴，平原兮決溎，綠草
　　兮羅生，超長路兮逶迤，實舊人兮所經。

此乃友情生死之思。「夫死生是得失之大者，故樂莫甚焉，哀莫深焉」
（陸機〈大暮賦序〉），親情、愛情、友情乃人生三大財富，然人生而
有此得失，傷痛苦楚遂不招自來，進而由此逼顯己身未來不可測之命
運，於是縱使生年滿百，亦復夭同乎殤子；志得意滿，又與黃粱一夢
何異？此種苦悶，實源於對人生短促失望所生之反響，〔註20〕六朝士
人一墮此深淵，遂難以自拔。

　　撫身事而識苦，念親愛而知樂，苦與樂其何言，悼人生之
　　長役。（鮑照〈遊思賦〉）

　　悼人生之在世，恆歡寡而戚饒。（江淹〈傷愛子賦〉）

遊仙不死之謎解開後，士人祈求之永恆境界已不可冀，精神世界既無
法逃避慰藉，回首正視現實人生，又是苦多樂少，生命之延續反成為
心理之負擔與痛苦。既無法要求自身達到「拂塵襟于玄風，散近滯于
老莊，攬逍遙之宏維，總齊物之大綱，同天地于一指，等太山于毫芒」
（湛方生〈秋夜〉）之物我泯然境界，於是萬慮永無頓滌之日，情累
終無豁忘之時，人生至此，抑如夏侯淳所云，生既無法解脫，「幸殀
之無知」（〈懷思賦〉），或乃無奈中唯一可幸之事矣。

第三節　道德理想之感諷──以詠物賦為疇

　　六朝玄學思想瀰漫，清談風氣鼎盛，談玄說理普遍流行於士人
輩，賦家受此影響，往往以清談名理之法運於筆端，將個人處世之經
驗，閱世之感觸發諸賦篇，〔註21〕言論之條理雖不若文論般透徹有

〔註20〕滕固於〈中世人的苦悶與遊仙的文學〉中指出，中世人之苦悶，最
　　　　明顯不過者，乃對富貴榮華之厭煩與人生短促之失望。前說有待商
　　　　榷，後見則頗為的論。見《中國文學研究》一書。
〔註21〕清談家於分析名理之際，言有不合，談辯迭生。王夢鷗先生以為談
　　　　辯者，必致力於字辭之運用，魏晉以下之「析句彌密」，極可能肇端
　　　　於談辯中飾辭巧譬之影響；而清談所言之名理論說，對六朝文辭之

力，亦不失見解精闢、諄諄告誡之苦心。六朝社會道德淪喪已非朝夕之事，一般知識份子，紛競於仕途者，輒飾偽以釣譽，權詐以邀進；待賈於市隱者，亦頗放縱不檢，怨世憤俗，是以此類哲理篇章多少蘊含勸善懲惡、敦民化俗之用意，以期合乎詩教所謂「厚人倫、美教化」之理想。至其說教意味，即因比興合宜，而將嚴肅之主旨緩衝不少，不類《詩品》所言：於時篇什「理過其辭，淡乎寡味，平典似道德論」之枯燥。由於深刻之體認與特殊之安排，使哲理體式之發揮益臻風雅，既為屈子旁通之流，亦屬荀卿直指之遺。〔註22〕茲以詠物題材為主要探究對象，由六朝賦家表現於篇章之處世觀念與態度中，一窺士人之理想情操與道德標準。

一、處世觀感之發抒途徑

　　自屈子〈橘頌〉，荀卿〈雲〉、〈蠶〉、〈箴〉三賦開賦體詠物之濫觴後，詠物賦篇有增無已，僅有魏一朝，詠物小賦即過半百，佔同朝小賦數量三分之一強；兩晉以後，更比比皆是，琳瑯滿目。究其所以，除六朝所提供之時代背景，使詠物之體得有發展之機遇外，賦體本身亦適於詠物題材之鋪敘，〔註23〕凡此皆為促使詠物賦雄踞六朝賦壇之因。

　　詠物賦依創作動機而論，可別為二：一者純以物態描述為主，全

影響，則在根據一理，可以「宛轉相生，無所不入」，加以託辭玄遠，使文士常將語意隱藏於似是而非、似非而是之故事或微露端倪卻又不著邊際之言辭中，使讀者自行想像，推敲作者之含意，此點即本節所欲探究主題之一。關於談辯影響文體之詳論，請參閱王夢鷗先生〈漢魏六朝文體變遷之一考察〉。

〔註22〕此句本錢鍾書評庾子山於北地所作〈小園〉諸賦「託物抒情，寄慨遙深，為屈子旁通之流，非復荀卿直指之遺」一語。《談藝錄·庾子山詩》，頁300。

〔註23〕唯美風盛以來，文學上之「文貴形似」，益發使得有「形」之物，如日月、風雲、山水、草木、蟲魚、器玩等成為「巧言切狀」之描摹對象，務求達到「瞻言而見貌，即字而知時」之境界；且賦體特色正乃「鋪采摛文、體物寫志」。於是以體物為主之詠物賦篇於「情必極貌以寫物，辭必窮力而追新」之時尚下，成為文人才力發揮之主要途徑。

未觸及現實人生及作者寄託；一者則於物態描述外，蘊含作者之感觸寄託，「或用象徵，或用隱喻手法，表現一些主觀或客觀之感情。」〔註24〕此類詠物賦與純詠物篇章，於後代文評家眼中，地位迥異，「賦者，詩之體也」〔註25〕之淑世觀念殆爲主因，康紹鏞於〈七十家賦鈔序〉云：「魏晉宋齊梁陳之士，祖述憲章，或託物以貢情，或隱憂而不去，引辭表情，觸類而發，咸無悖乎六義之意。」其所謂託物以貢情且不失六義之旨者，即上述分類中第二類所指。是類篇章雖多流於說理之作，然於物我交融之意緒中，猶不失其反映時代之價值。

（一）寄寓以闡諷

劉熙載《藝概‧賦概》云：「古人賦詩與後世作賦，事異而意同，意之所取，大抵有二：一以諷諫，一以言志。」寓言之取意亦是，《文心‧諧隱篇》云：「寓言者，比喻之言」，「遯辭以隱意，譎譬以指事。」簡言之，乃有所寄託之言；詳論之，凡假設他人、他事，甚至於他物，以曲達思想、表徵意念之言辭者皆是。饒宗頤《選堂賦話》論及寓言之用時云：

> 詩賦略云：「漢興，枚乘、司馬相如，下及揚子雲，競爲侈麗閎衍之詞」，夫詞之閎衍，實出莊生之巵言與寓言，……
> 高唐賦李善注：「此蓋假設其事，風諫淫惑也」，「登徒子好色賦：此假以爲辭諷于淫也」，假設其事，即寓言之爲用也。

至於辭諷之說，蓋因寓言本身含有故事性，婉轉曲折而耐人尋味，是以屢被用以闡明事理或勸諫君王。〔註26〕六朝小賦限於篇幅，無法作長篇

〔註24〕引自簡恩定《杜甫詠物詩研究》，頁34。

〔註25〕張惠言於〈七十家賦鈔序〉云：「周澤衰、禮樂缺，詩終三百，文學之統熄，古聖人之美言，規矩之奧趣，鬱而不發，則有趙人荀卿、楚人屈原，引辭表旨，譬物連類，述三王之道以譏切當世，振塵滓之澤，發芳香之薆，不謀同儕，竝名爲賦，故知賦者，詩之體也」。是言賦乃詩之道德、文學功用之承續者。六朝儒學雖已衰微，然思想之於人心，深遠而蒂固，儒家文學實用觀雖已不合時代，六朝賦篇仍或可見，其殆此乎！

〔註26〕參見連清吉著《莊子寓言研究》，東海大學中研所71年碩士論文。

之敘述，是其故事性微乎其微，至於闡理勸諷之用則一。茲分別論述之。

1. 刺　諷

治世不可無才，然闇主當其位，小人亂於下，士人無由展其抱負，託身無所，行止無憑，理想破滅，黯然神傷之際，刺諷之篇生焉。

漢賦刺諷著重「勸」百「諷」一之諫止功能；六朝諫意已失，唯存諷意矣。阮籍〈獼猴賦〉，藉狐豹騶鹿「以其壯而殘其生」，熊狚夔楊「處閑曠而或昭兮，何幽隱之罔隨」，暗喻士人身處冥晦世局，動輒得咎，才高見嫉，求隱而不可得。珍禽異獸如是，微如獼猴，亦不免「嬰微纆以拘制兮，顧西山而長吟」，世間已無公理可言。「誠有利而可欲兮，雖希覿而為禽」之觀念，固可羅致許多俊良之輩，然「多才伎其何為，固受垢而貌侵」，李斯、蘇秦汲汲於世俗之利，不免罹「悲東門、狹三河」（阮籍〈詠懷詩十三〉）之殃，富貴功名誠不足戀，却往往身不由己，徒嘆「緣榱桷以容與兮，志豈忘乎鄧林」矣。嗣宗此賦頗有自詠之意，魏晉之際，嗣宗即辭官五次之多，「美服患人指，高明逼神惡」（張九齡〈感遇詩〉）固為一因；政治上之奪權爭勢亦令人有難保天年之患。獼猴一篇刺世哀己之心，藉禽獸之處境隱托而出，尚有迹可循；至〈首陽山賦〉，隱晦暗喻，當與其〈詠懷詩〉八十二首，同屬「文多隱避，百代之下，難以情測」（顏延年語）之類矣：

> 在茲年之末歲兮，端旬首而重陰，風飊回以曲至兮，雨旋轉而纖襟，蟋蟀鳴乎東房兮，鶗鴂號乎西林，時將暮而無儔兮，慮悽愴而感心，振沙衣而出門兮，纓緌絕而靡尋，步徙倚以遙思兮，喟嘆息而微吟，……懷分索之情一兮，穢群偽之射眞，信可實而弗離兮，寧高舉而自儐。聊仰首以廣頫兮，瞻首陽之岡岑，樹叢茂以傾倚兮，紛蕭爽而揚音，下崎嶇而無薄兮，一洞徹而無依，鳳翔過而不集兮，鳴梟群而竝棲，……嘉粟屏而不存兮，故甘死而採薇。

依蔣師掄及黃節考證，〈首陽山賦〉作於正元元年（嘉平六年），即齊王芳為司馬氏所廢之年，是以「在茲年之末歲」當指嘉平六年九月，帝被廢為王之時；「風飊回以曲至兮，雨旋轉而纖襟」，喻山雨欲來而

風滿樓，暗示曲午得勢，朝廷將亂；「蟋蟀鳴乎東房，鶗鴂號乎西林」，表心中之傷感，面對芳草將萎、國祚將頹之際，却無力挽回之嘆；「樹叢茂以傾倚兮，紛蕭爽而揚音」，比喻魏室動亂已啓，是以「下崎嶇而無薄，上洞徹而無依」；至於「鳳翔過而不集兮，鳴梟群而竝樓」，乃指齊王出宮後，賢人盡去，小人梟集之狀；嘉粟，則喻齊王芳之嘉平王朝既去，曹魏正統不復，乃生效法夷齊、誓死奉主、不食周粟之舉。〔註27〕通篇藉登首陽山時，放眼所見，寓情寄懷，痛斥權奸，所謂「託言於夷齊，其思長，其旨遠」；苟不知其事，則莫知其指，亦不得其旨也。讀蕭綱〈圍城賦〉亦是：

> 彼高冠及厚履，竝鼎食而乘肥，升紫霄之丹地，排玉殿之
> 金扉，陳謀謨之啓沃，宣政刑之福威，四郊以之多壘，萬
> 邦以之未綏，問豺狼其何者，訪虺蜴之爲誰。

此段乃指當朱异之方倖，在朝莫不側目，雖皇太子（蕭綱）亦頗倖倖不能自平，故作賦以諷之。是以浦銑曰：「文人賦，每假物以諷勸其人者，必知其所諷所勸之人，便句句不落空。」（《復小齋賦話》下卷）誠哉斯言。

　　政治上之爭奪興篡，動搖了整個道德倫常體系，簡文之無法發揮爲君之道，阮籍之無法恪盡爲臣之職，亦迫於情勢，乃託辭以諷，借抒憤懣也。此外卞彬〈蝦蟇賦〉、〈蚤蝨賦〉皆託物以諷世，〔註28〕寄其憤世嫉俗之情懷，左思〈白髮賦〉亦寄諷刺世，然藉由問答形式鋪敘主旨，更見明暢曲折，諷怨鄙薄之意，盡在辭中矣：

> 白髮將拔，愁然自訴，稟命不幸，值君年暮，……朝生晝
> 拔，何罪之故，……咨爾白髮，觀世之途，靡不追榮、貴
> 華、賤枯，赫赫閶闔，藹藹紫廬，弱冠來仕，童髫獻謨，
> 甘羅乘軫，子奇剖符，英英終賈，高論雲衢，拔白就黑，

〔註27〕上說乃參考邱鎮京先生《阮籍詠懷詩研究》。
〔註28〕《南史·文學傳》載卞彬受阻於世，「乃擬趙壹窮鳥爲枯魚賦以喻意。……著蚤蝨、蝸蟲、蝦蟇等賦，皆大有指斥。」陳鍾凡先生以爲此種諷寓寄意文章，乃隨世風益趨澆薄而有增加趨勢。見《漢魏六朝文學》頁102。

> 此自在吾。白髮臨欲拔，瞑目號呼，何我之冤，何子之誤，
> 甘羅自以辯惠見稱，不以髮黑而名著，賈生自以良才見異，
> 不以烏鬢而後舉，聞之先民，國用老成，……何必去我，
> 然後要榮。咨爾白髮，事各有以，爾之所言，非不有理，
> 曩貴者耋，今薄舊齒，皤皤榮期，皓首田里，雖有二毛，
> 河清難俟。

描寫雖為白髮色衰愛弛之事，然往復之間，賦家鄙薄時俗之見利忘義、所尚虛浮、儁良難舉、其用不終，忿懟之辭，溢於言表。以「髮膚至昵，尚不克終」，更遑論其餘。「感士人之待士，亦咸如此」，楊修歎而賦孔雀，左思憤而咏白髮，皆以反映社會，諷刺時風矣。

2. 闡　理

蓋物生有則，是以萬物莫不有其理，士人往往藉敘述物理之際，賦予一份主觀意識，此意識則多取決於個人對理想之執著與道德之評判，由是以明人事，故其喻世之效，往往較一般直議篇章更見宏著。嵇含見孤黍萎絕，遂云：「此黍，不韜種以待時，貪榮棄本，寄身非所，自取凋枯，不亦宜乎。」其藉孤黍之殞以誡世人崇實務本之理，亦可知矣；傅咸〈櫛賦〉則藉詠物以寄其治世之道：

> 我嘉茲櫛，惡亂好理，一髮不順，實以為恥，雖日用而匪
> 懈，不告勞而自已，茍以理而委任，期竭力而沒齒。

短短四十字，表面雖云櫛之與髮，無關他事，實則寄託士人處世之道於其中。非但自期恪盡職責，鞠躬盡瘁而後已，尚且不斷督促己身，力求「茍日新，日日新，又日新」。士人當以櫛自勵；國君當以髮自擬，具有求才若渴之心，君臣上下一志，如此國政之上軌，正同毛髮順暢整然，亦即其序所揭櫫之「夫才之治世，猶櫛之理髮也，理髮不可以無櫛，猶治世不可以無才。」《復小齋賦話》有云：「傅長虞櫛賦，小中見大，寄託遙深，詠物之極則也。而其命意，全在序中，余故謂序不可不看」，由此亦可略探六朝士人冀圖治世之志。然治世固不易，處世誠尤難，賦家亦往往藉圍棋之進退攻守，以喻人生大道。

> 或臨局寂然，惟棋是陳，靜昧無聲，潛來若神，抑舒之役，

成子之賢也，或聲手俱發，諠譁譟擾，色類不定，次措無
已，再衰三竭，銳氣已朽，登軾望轍，其亂可取也。(蔡洪
〈圍棋賦〉)

全篇乃敘述圍棊之步陣，奕棋之法，直似一幅軍事戰略分析圖：可以
喻戰陣之法，可以擬處世之方，正如作者於賦篇最末所云：「勢貌多
以，孰能究傳，遠來近取，予一以貫。」人世間之道理有其可通性，
運用之妙，存乎一心，孔子教學特重舉一隅而以三隅反之理即在此。
蕭衍〈圍棊賦〉則指出「君子以之遊神，先達以之安思，盡有戲之要
道，窮情理之奧祕」，亦以小見大，寓教於樂，言明宇宙人生至道，
盡存其中矣。言理之詳，或可見其諄諄告誡之苦心：

圍匲象天，方局法地，……用忿兵而不顧，亦憑河而必危，
癡無戒術而好鬥，非智者之所爲，運疑心而猶豫，志無成而
必虧，今一棊之出手，思九事而爲防，……故城有所不攻，
地有所不爭，東西馳走，左右周章，善有翻覆，多致敗亡，
雖畜銳以將取，必居謙以自牧，譬猛獸之將擊，亦俛耳而固
伏，若局勢已勝，不宜過輕，禍起於所忽，功墜於垂成。

小小一局棋，蘊含人生之機巧至理若此，藉由論棋之術，一一道出：
修持謙沖，果斷謹慎，棋士所需具備之態度，豈僅限於奕藝之中？

(二)興物以規勉

此類賦篇所蘊含之作者寄託較爲明顯，賦家多於詠物起興，鋪敘
一段後，直抒感懷或理想，其中以自我警惕、自我規勉爲主題之篇章
尚爲數不少，亦可略窺六朝思想界於頹靡哀怨風氣下另一股暗流——
士人之自我期許——使六朝士風得以重現一線曙光。

政治上瞬息萬變、動輒得咎之形勢，使六朝士人處世之際，不得
不戰戰兢兢，如臨深淵，如履薄冰，隨時抱持居安思危之警戒，以應
詭譎時勢之所需。

見鳴蜩于纖枝，翳翠葉以長吟，信厥樂之在斯，苟得意于
所歡，曾往黏之莫知，匪爾命之遵薄，坐偷安而忘危，嗟
悠悠之耽寵，請茲覽以自規。(傅咸〈黏蟬賦〉)

　　既在高而想危，又戒險而自箴，雖迴易之無常，終守正而
　　不淫，永恪立以彌世，志淹滯而愈新。(張華〈相風賦〉)

禍起於不測，亂生於不常，是以庾儵見「仲春垂澤，華葉甚茂，炎夏
既戒，忽然零落」之景，而生「君子居安思危、在盛思衰」(〈安石榴
賦〉)之懼；傅咸見蟬附枝頭，自鳴得意，不知黏之將至，遂興「亦
猶人之得意于富貴，而不虞禍之將來也」(〈黏蟬賦〉)之慮。禍患既
不招自來，於是「君子敬慎，自強不忒」(徐幹〈冠賦〉)，成爲士人
以不變應萬變之最佳處世方針。

　　若乃雲髻亂于首，頹黛渝于色，設有乏于斯器兮，孰厥兒
　　之能飾，與暗瞀而同昧兮，近有面而不識，君子知貌之不
　　可以不飾，則以此而洗心，覩日觀之有瑕，則稽訓于儒紳，
　　夫然，尚何厥容之有慢，而厥思之有淫。(傅咸〈鏡賦〉)

　　因垂象以造舟，……水无深而不渡兮，路无廣而不由，……
　　雖滔天而橫屬，長抱樂而无憂，且論器而比象，似君子之
　　淑清，外質朴而無飾，內空虛以受盈，乘流則逝，遇抵而
　　停，受命若響，唯時而征，不辭勞而惡動，不偷安而自寧，
　　不貪財以徇功，不憂力而欲輕，豐儉隨乎質量，所勝任乎
　　本形，雖不乘而常浮，雖涉險而必正，……博載善施，心
　　无所營，囊括品物，受辱含榮，唯載涉之所欲，混貴賤於
　　一門，包涵通于道德，普納比乎乾坤，感斯用之卻廣，信
　　人道之所存。(棗據〈船賦〉)

傅咸以鏡能「不將不迎，應物無方，不有心于好醜，而眾形其必詳，
同實錄于良史，隨善惡而是彰」，比喻人心如明鏡之臺，當日三省吾
身，使善者存焉，過者改焉；人面之容如人身之心，容之有慢無異心
之有淫，是以保清揚之貌，存光潔之心，乃士人必備之要件。棗據則
以舟船之象比君子之德，質無飾、虛受盈，榮辱貴賤，兼容並蓄，順
命廉潔，唯道是行，日常不斷修持自勵，期以真才實學，全德善性，
爲世所用。士人心聲正如潘岳〈詠安石榴〉：

　　仰天路而高睎，顧鄰國而相望，位莫微于宰邑，館莫陋于

> 河陽，雖則陋館，可以遨遊，實有嘉木，曰安石榴，……
> 處悴而榮，在幽彌顯，其華可玩，其實可珍，羞于王公，
> 薦于鬼神，豈伊仄陋，用渝厥眞，菓猶如之，而況於人。（〈河
> 陽庭前安石榴賦〉）

人生際遇，如孟子所云：「舜發於畎畝之中，傅說舉於版築之間，膠
鬲舉於魚鹽之中，管夷吾舉於士，孫叔敖舉於海，百里奚舉於市」（〈告
子篇下〉），彼皆出於寒門，久處仄陋，終不以身卑人微泯於世者，犛
牛之子騂且角也。雖然，遺珠之憾在所難免，況於六朝紛亂之局；是
以士子雖不見用猶不氣餒，引物借喻，自相敦勵。傅咸詠螢火：

> 不以姿質之鄙薄兮，欲增輝乎太清，雖無補于日月兮，期
> 自照于陋形，當期陽而戢景兮，必宵昧而是征，進不競于
> 天花兮，退在晦而能明，諒有似于賢臣兮，于疏外而盡誠。
>
> （〈螢火賦〉）

士人當如螢火蟲般，不以無補於日月遂自喪其志，處幽晦猶自耀，尤
能昭顯其志潔，此與蕭和〈螢火賦〉之「悲扶桑之吐曜，翳微軀而不
明」，於基本人生態度上，已見顯然之差距；潘岳〈螢火賦〉亦詠「至
夫重陰之夕，風雨晦暝，萬物眩惑，翩翩獨征，奇姿燎朗，在陰益榮，
猶賢哲之處時，時昏昧而道明，若蘭香之在幽，越群臭而弭藻」，嘉
許其如芝蘭般處幽猶自清香，不以外界之無視而減其芬芳，此種孤貞
耿介之操守，尤令六朝賦家心儀不已。茲由詠物小賦中，賦家對「物」
之詠贊，以見士人理想道德操守之梗概。

　△芙蓉：結修根于重壤，泛清流以擢莖。（曹植〈芙蓉賦〉）

　△迷迭香：信繁華之速實兮，弗見彫于嚴霜。（曹植〈迷迭香賦〉）

　△松柏：若君子之順時，又似乎眞人之抗貞。（左芬〈松柏賦〉）

　△菊花：早植晚登，君子德也。（鍾會〈菊花賦〉）涉節變而不傷。
　　　　（盧諶〈菊花賦〉）

　△紫華：嘉其華純耐久，可歷冬而服。（傅玄〈紫華賦〉）

　△木蘭：抗節而矯時，獨滋茂而不雕。（成公綏〈木蘭賦〉）

　△長生樹：處陰多而愈茂。（嵇含〈長生樹賦〉）

△薺：貞固乎松竹。（夏侯湛〈薺賦〉）

△安石榴：耀靈葩于三春，綴霜滋于九秋。（張協〈安石榴賦〉）

△橘：由屈平見朱橘而申直臣之志。（傅玄〈橘賦序〉）

△舜華：佳其日新之美。（傅咸〈舜華賦〉）

△竹：凌驚風，茂寒鄉，藉堅冰，負雪霜。（江逌〈竹賦〉）

△甘：質葳蕤而懷風，性耿介而凌霜。（謝靈運〈甘賦〉）

△桃：凌寒而冬就，晚枯兮先茂。（伍輯之〈園桃賦〉）

△梅：梅花特早，偏能識春。（蕭綱〈梅花賦〉）

△冬草：眾芳摧而萎絕，百卉颯以徂盡，未若茲草，凌霜自保，
挺秀色於冰塗，屬貞心於寒道。（蕭子暉〈冬草賦〉）

△桐：枝封暮雪。（沈約〈桐賦〉）

△金燈草：既豔溢於時暮，方焰麗於霜分。（江淹〈金燈草賦〉）

△笙：可以易俗移風，興洽至教，弘義著於典薑兮，屬萬代而彌
劭。（王虔〈笙賦〉）

△琴：所以協和天下人性，爲至和之主。（傅玄〈琴賦〉）

△投壺：所以矯懈而正心也。（傅玄〈投壺賦〉）

△相風：桀然特立，不邪不傾，葳蕤清路，百僚允則。（陶侃〈相
風賦〉）

△蟬：茲蟲清潔，唯露是餐。（蕭統〈蟬賦〉）

綜合以上諸例，可知六朝士人最欣慕者，乃歲寒後凋、不流於俗、孤
貞耿介之節操，社會表面雖不乏以離經叛道相標榜者，士人內心仍以
志節自許。蓋才高而不自修持者，不免「猥陷身于醜穢，豈厥美之不
惜，與觸杓之長辭，曾瓦匜之不若」（傅咸〈汙巵賦〉），固爲士所非
薄；「不係根於獨立，故假物以資生」之無德無行、趨炎附會輩，亦
終如涪漚之「亡不長消，存不久寄，其成不欲難，其敗亦以易也」（左
芬〈涪漚賦〉），爲世人所不齒。是以敦勵修持，期有一朝「感恩養而
懷德兮，願致用于後田」（傅玄〈走狗賦〉），仍爲一般士子矢志之願。
晉武帝時，傅玄即曾上疏，主張「舉清遠有禮之臣」，亦期藉官方之

推動，期能如風行草偃，收效彌彰。於是士人自我期許之精神，維繫將斷未絕之道德血脈，爲六朝社會內部，提供安定之指標。

二、處世態度之雙重標準

《禮運‧大同篇》之祥和樂利社會，已爲公認之理想世外桃源，既爲理想，夫復何求？於六朝政治影響下之社會風氣，雖未必奸鄙淫亂如阮籍筆下所述之元父城，然「父子兄弟，殊情異計，君臣朋友，志乖怨結，鄰國鄉黨，務相吞噬，臺隸僮豎，唯盜唯竊」（仲長敖〈覈性賦〉）之蹇險風氣，已普遍存於目見耳及之範圍內，「面從背違，意與口戾，言如飴蜜，心如蠻厲，未知勝負，便相陵蔑」，既成之世風已然如此，士人徒歎人情偷薄亦於事無補：「達鼻耳、開口眼、納眾惡、距群善」之行爲既不容於方寸之間，明哲保身，另謀求全之道，或可行於一時。

（一）委命順勢

韜光養晦既爲身處亂世最佳求全之道，或順性以高蹈，或曲志以養生，則依士人秉性不同，所循各異。本小節先由持委曲求全論者之所思所據，以見六朝士人處世態度之一端。傅咸〈叩頭蟲賦〉云：

> 蓋齒以剛克而盡，舌存以其能柔，強梁者不得其死，執雌者物莫之讎，无咎生于惕厲，悔吝來亦有由，仲尼唯諾于陽虎，所以解紛而免尤；韓信非爲懦兒，出胯下而不羞，何茲蟲之多畏，人纔觸而叩頭，犯而不校，誰與爲讎，人不我害，我亦無憂，彼螳蜋之舉斧，豈患禍之能禦，此謙卑以自牧，乃無害之可賈，將斯文之焉貴，貴不遠而取譬，雖不能觸類是長，且書紳以自示，旨一日而三省，恆踽踽以祇畏，然後可以蒙自天祐之，吉無不利。

「堅強者，死之徒，柔弱者，生之徒」（《老子》），傅咸深受老子曲全枉直，弱勝強、柔勝剛之影響，以謙沖自牧處世；不以卑下爲恥，但以獲全爲榮。叩頭蟲與外物輕觸即叩頭之行爲，與尺蠖觀機而作，「逢險踟躕，值夷舒步」之作風，同可達「冰炭弗觸、鋒刃靡迕」（鮑照〈尺蠖賦〉）之泰境；傅玄〈潛通賦〉亦指出「尺蠖屈體以求伸」，皆

強調以退爲進、以虛爲盈之處世態度，此種「笑靈虵之久蟄，羞龍德之方戰」之養生方式，確實較梗直傷生更適合「國無道」之非常時期。張華亦主以愚爲智、以陋爲美，於是鷦鷯「色淺體陋，不爲人用，形微卑處，物莫之害」之特性，遂爲茂先吟詠對象。

> 育翩翾之陋體，無玄黃以自貴，毛弗施于器用，肉弗登于
> 俎味，鷹鸇過猶俄翼，尚何懼于罿罻，……其居易容，其
> 求易給，……委命順理，與物無患，伊茲禽之無知，何處
> 身之似智，不懷寶以賈害，不飾表以招累，靜守約而不矜，
> 動因循以簡易，任自然以爲資，無誘慕于世僞，鵰鶚介其
> 觜距，鵠鷺軼于雲際，鵾鷄竄于幽險，孔翠生于遐裔，彼
> 晨鳧與歸鴈，又矯翼而增逝，咸美羽而豐肌，故無罪而皆
> 斃，……蒼鷹鷙而受繳，鸚鵡惠而入籠，屈猛志以服養，
> 塊幽縶于九重，變音聲以順旨，思摧翮而爲庸，……提挈
> 萬里，飄颻逼畏，夫唯體大妨物而形瓌足瑋也。……鷦螟
> 巢于蚊睫，大鵬彌乎天隅，將以上方不足，而下比有餘，
> 普天壤以遐觀，吾又安知大小之所如。（〈鷦鷯賦〉）

是鷦鷯之爲物，形微體陋，雖巢不過一枝，食不過數粒，翱翔蓬蒿，怡然自樂也。彼鷹鵰鵠鷺，鸚鵡孔雀，徒以才高見縶，瓌瑋失志，美羽豐肌，無罪受斃。是以大巧若拙，大智若愚，「無用獲全所以爲貴，有用獲殘所以爲賤」（孫楚〈杕杜賦序〉），是非曲直之價值，已非昔日標準所可設限；體大妨物，形瓌足瑋，適爲士人招患之首魁。謝靈運〈鸂鶒賦〉云：

> 覽水禽之萬類，信莫麗乎鸂鶒，服昭晰之鮮姿，糅玄黃之
> 美色，命儔旅以翱遊，憩川湄而偃息，超神王以自得，不
> 意虞人之在側，網羅幕而雲布，摧羽翮於翩翻，乖沈浮之
> 諧豫，宛羈畜於籠樊。

恃才傲物之靈運，亦終如鸂鶒般，難逃網羅之限，英年棄市。是以庾闡自歎「豈獨蓬蔂可永而隆棟招患」（〈狹室賦〉）；萬人之上之曹丕亦不免生「信臨高而增懼，獨處滿而懷愁」（〈戒盈賦〉）之憂，則叩蟲、

鷦鷯之詠亦不足怪也。

（二）韜形順性

委曲求全、順勢求生輩之屈卑藏志、枉己辱身之處世態度，並不全爲士人所認同，清浦銑嘗云：「予讀傅長虞〈叩頭蟲賦〉，以其謙卑自牧，無往不利，心竊鄙之」〔註29〕；六朝士人亦頗持異端，賈彪〈大鵬賦序〉即云：

> 余覽張茂先鷦鷯賦，以其質微處褒，而偏于受害，愚以爲
> 未若大鵬，棲形邈遠，自育之全也。

傅咸〈儀鳳賦〉以爲「物生則有害，有害而能免，所以貴乎才智也」，雖與〈叩頭蟲賦〉之精神未迕，然形質迥然異趣矣，賦云：

> 隨時宜以行藏兮，諒出處之有經，豈以美而賈害兮，固以
> 德而見榮，曠千載而莫覯兮，忽翻爾而來庭，……敢砥鈍
> 于末蹤兮，則瓦礫于瑤瓊。

用之則行，舍之則藏，聖人所同也，然用舍之機，繫乎識見，方不至損性違時；儀鳳未必以德見榮，然千載一見，人間難得，韜形自適，世固少有，是與大鵬之棲形邈遠，怡然順性，共爲士人所心儀不已。

蓋委命順理、屈體求全之輩，非無「聊弘歌以屬志，勉奉職于閨闥」（繁欽〈愁思賦〉）之臣；宅心物外、隱迹遁形之士，亦多懷「冀王道之一平兮，假高衢而騁力」（王粲〈登樓賦〉）之思；「取全眞而保素，弘道德而爲宇，築無怨以作藩，播慈惠以爲圃，耕柔順以爲田」（曹植〈玄暢賦〉）之境界，固爲一般士人嚮往之修持自適之道；「內一心以奉朝兮，外結心以絕黨」（夏侯湛〈浮萍賦〉），更爲忠謹士子積極恪勉之主因，歷代動亂之世，士民取向莫不如是，然揚子矯節以事新莽，淵明任適歸隱田園，後世評價咸美陶鄙揚，取舍之際，孰可不慎！

〔註29〕浦銑於《復小齋賦話》中所認同之行爲，乃士之進退，必以禮義，枉己辱身，頗傷志操。六朝士人委曲求全之際，往往於禮義分寸或難把握，然亦不可謂其無也。

第四節　悵惘淒楚之情懷

由於遊仙慕道之挫敗，出世思想雖已不再爲士人所津津樂道，然而士人於追求過程中，體會自然界興廢盛衰之感，却較前代更爲深刻。由希望之破滅，無奈回返塵寰，不甘所處，却又無力改革，不敢面對現實，却又不得不正視之，是以含情之眼放觀宇宙，山川草木與我同悲，春秋陰陽莫不慘舒，賦家寄情對象幾乎無所不包，由是遂使六朝賦篇之傷感成分特重，推究其因，不得不歸之於用世之挫折、出世之不果，造成感世之悲情。

劉熙載《賦概》云：「叙物以言情，謂之賦」，「騷人之情深」，是賦乃抒情感懷之最佳體裁。六朝賦家更將此一特色發揮盡致，鄭振鐸《插圖本中國文學史》即指出：

> 漢人每喜誇誕的漫談，其失也淺薄，六朝人卻反了過來，
> 專愛在傷感的情緒上著力，遂多「哀感頑豔」、「情不自禁」
> 之作。

抒我情，寫我志，六朝賦篇個人色彩濃厚之因即在此。至於賦篇中顯現之憂鬱氣氛、傷感情緒，雖多無關社會大眾，至其所表現之個人情感，則多爲一般士民心中之共同隱憂。雖然，賦家亦難免有「爲賦新詞強說愁」之矯情作品，劉大杰評論此類作品時云：

> 運用清麗的辭句，描寫自然界的興榮衰謝，襯托出哀怨的
> 心情，而引起讀者的共鳴，但我們稍一分析，便會瞭解作
> 品中缺少作者自己的情緒與個性，與漢賦那種描寫宮殿遊
> 獵的創作，態度是一致的。(《中國文學發展史》)

由鋪敘事景轉爲鋪敘情感，亦可見六朝爲文造情之一斑。本節欲由登高覿物、季節催逼等外在因素所引發之內在感觸，探求其所予賦家感傷情懷之影響，並窺得激發士人「情不自禁」情結之所在。

一、登高覿物之情

《文心‧詮賦篇》云：「原夫登高之旨，蓋覿物興情。」登高以望遠，遼敻蒼穹，濶遠平野，往往使思緒馳騁，渺無涯涘；千腸百結，

萬種情端，莫不油然而生，其中尤以送遠懷歸之時，臨檻遙眺，最爲傷情。

> 登高壙兮望四澤，臨長流兮送遠客，春風暢兮氣通靈，草含幹兮木交莖，丘陵窟兮松柏青，南園蕤兮果戴榮，樂時物之逸豫，悲予志之長違，歎東山以逾勤，歌式微以詠歸，進無路以効公，退無隱以營私，俯無鱗以遊遁，仰無翼以翻飛。（曹植〈臨觀賦〉）

外在景觀雖是草暢木茂、松青果榮，一片欣然；賦家由時物之順性得所，進而感懷己身之枉性失所。「仰無翼以翻飛」隱指「進無路以効公」，「俯無鱗以遊遁」暗表「退無隱以營私」。蓋如周公東征佐主，勳績昭世正乃士人所欣羨不已，引以自許之事，曹植〈與楊德祖書〉云：「吾雖德薄，位爲藩侯，猶庶幾勠力上國，流惠下民，建永世之業，流金石之功。」如此以經國治世爲己志之士，却不得不興式微之咏，政治不遇情懷實乃構成文學悵惘風格之主因。至於王粲避難荊州，登樓陽城欲以銷憂，覽景感懷，遂生鄉關之思，情眞語摯，皆是發自性情：

> 登茲樓以四望兮，聊暇日以銷憂，……華實蔽野，黍稷盈疇，雖信美而非吾土兮，曾何足以少留，遭紛濁而遷逝兮，漫踰紀以迄今，情眷眷而懷歸兮，孰憂思之可任，憑軒檻以遙望兮，向北風而開襟，平原遠而極目兮，蔽荊山之高岑，路逶迤而脩迴兮，川既漾而濟深，悲舊鄉之壅隔兮，涕橫墜而弗禁。（〈登樓賦〉）

離憂避難，客居荊州，不見重用，是以登高臨遠，不禁悲從中來，而發信美非吾土之慨，辭情剴切，辭語憤直，一股「懷歸故國，出劍風塵」（魏謙升《賦品‧感興篇》）之慷慨悲壯之氣油然而生，於是冀望一統、適主逞才，乃爲賦家心志之所託：

> 人情同于懷土兮，豈窮達而異心，惟日月之逾邁兮，俟河清其未極，冀王道之一平兮，假高衢而騁力。（王粲〈登樓賦〉）

其後粲爲頌以美孟德有三王之舉者，〔註30〕亦顯露出士人待賈之身一

〔註30〕參見《三國志‧魏書‧王粲傳》。

且見用，幸逢明主，喜不自勝之圖報心情。晉代棗據仿仲宣而有〈登樓賦〉作，賦云：

> 懷離客之遠思，情慘惆而惆悵，登茲樓而逍遙，聊因高以遐望，感斯州之厥域，實帝王之舊疆，……原隰開闢，蕩臻夷藪，桑麻被野，黍稷盈畝，懷桑梓之舊愛，信古今之同情，……豈吾人之狹隘，能去心而無營，情戚戚於下國，意乾乾于上京。

棄臣戀國，忠耿之思溢於言表。身在江湖而心存魏闕，離鄉遠去乃情勢所迫，不得不然，士人登高而生出婦之哀，〔註31〕個人理想成為詭變政局下之犧牲品，桑梓之愛更因離鄉去京而遞增，感傷之餘，仍懷一試之情。觀棗據所詠，仍可見其滿腔之熱忱，屈原「雖九死其猶未悔」之高尚情操，於此端倪略現，至於冀望返京之情，則互越時空，有志一同。

> 辭京輦兮遙邁，將遠遊兮東夏，朝發軔兮帝墉，夕結軌兮中野，憑修坂兮停車，臨寒泉兮飲馬，眷故鄉之遼隔，思紆軫以鬱陶，步玉趾以升降，凌汜水而登虎牢，覽河洛之二川，眺成平之雙皋，崇嶺巋以崔嶸，幽谷谺以窅寥，路逶迤以迫隘，林廓落以蕭條。（潘岳〈登虎牢山賦〉）

> 陟巒丘之巉岿，升逶迤之脩岅，迴余車于峻嶺，聊送目于四遠，靈嶽鬱以造天，連岡巖以寒產，伊洛混而東流，帝居赫以崇顯，山川汨其常弓，萬物化而代轉，何天地之難窮，悼人生之危淺，歎白日之西頹兮，哀世路之多寒。（張協〈登北芒賦〉）

二篇之情調語氣遠規屈原，登高攬懷，所見無不浸染其情，崇嶺、幽谷、

〔註31〕出婦之作盛於曹魏，曹植〈出婦賦〉云：「以才薄之陋質，奉君子之清塵，承顏色以接意，恐疏賤而不親，悅新昏而忘妾，哀愛惠之中零，……遂摧頹而失望，退幽屏于下庭，……恨無愆而見弃，悼君施之不終。」王粲意與之同，其〈出婦賦〉云：「既僥倖兮非望，逢君子兮弘仁，……君不篤兮終始，樂枯荄兮一時，心搖蕩兮變易，忘舊姻兮棄之。」雖皆詠女子遭故夫離棄之心聲，亦可視為士人宦途之寵衰，去京出仕，猶故婦見棄於夫君，不再蒙人主之重用矣。

疏林、迴路，一皆哀寥如其心境，此種傷感之移情作用，正肇因於「在羈旅兮爲思，每居常而不樂」（劉孝儀〈歎別賦〉），潘岳〈秋興賦〉所詠「夫送歸懷慕徒之戀兮，遠行有羈旅之憤，臨川感流以歎逝兮，登山懷遠而悼近」正基於此旨，於是「觀尺景以傷悲，撫寸心而悽惻」，物我同悲，亦情之所必然。張協以巒丘之崛峛難登，岅道之逶迤難行，比爲世路宦途之蹇澀險陂；顯赫尊榮之帝王貴胄，雖扼殺不少士人之萬丈豪情，然於川流不息之時光下，終化爲北邙山下纍纍枯冢，除留予後人「壯漢氏之所營，望五陵之嵬峩」般嗟歎外，又與庶民何異？天地造化下，人生之危蹇無人或免，感由此生，能不愴然淚下乎？

二、季節催逼之感

人類思緒瞬息萬變，文人想像更無遠弗屆，向秀聞鄰人有吹笛者，發聲寥亮，遂生曩昔遊宴摯友之思（〈思舊賦〉）；夏疾湛夜中聽笳，乃由「越馬戀乎南枝，胡馬懷夫朔風」感及「惟人情之有思，乃否滯而發中」（〈夜聽笳賦〉）；江淹「登高谷、坐景山」，由「直視百里，處處秋烟」引發「齊景牛山、荆卿燕市」之悲（〈泣賦〉）。是外在刺激往往激發文人內在情緒之翻轉，其中尤以季節遞換影響心緒最爲普遍、深刻。江淹〈四時賦〉云：「測代序而饒感，加四時之足傷」，列舉四時更變所予內心之傷感情懷：

> 春則：旭日始暖，蕙草可織，……思舊都兮心斷，憐故人兮無極。
> 夏則：炎雲峯起，芳樹未移，……憶上國之綺樹，想金陵之蕙枝。
> 秋則：秋風一至，白露團團，……眷庭中之梧楸，念機上之羅紈。
> 冬則：冬陰北邊，永夜不曉，……何嘗不夢帝城之阡陌，憶故都
>   之臺沼。

四時既無怡情之日，甚且「軫琴情動，戞瑟涕落，逐長夜而心殞，隨白日而形削」，人生果如是言，則苦多樂絕矣。幸而一般文士多以春可樂而秋可哀，四時逼迫，以秋爲最，感時傷情，止於秋冬，文風方不致全然流於晦暗。

明汪芝《西麓堂琴統》云：「宋玉負才放志，不協于時，感秋氣而有悲哀之歎，後人因被之徽軫。」〔註32〕是外在景物之所以觸發內在感觸，必由文人內在已有不協于時之感，以故見秋光蕭瑟，遂興時逝之悲。

> 秋可哀兮，哀秋日之蕭條，……哀新物之陳蕪。（夏矦湛〈秋可哀〉）

> 悲九秋之爲節，物凋悴而無榮，嶺頹鮮而殞綠，木傾柯而落英，履代謝以惆悵，覩搖落而興情，……凡有生而必凋，情何感而不傷。（湛方生〈秋夜〉）

> 時旻秋之杪節，天旣高而物衰。（謝靈運〈歸塗賦〉）

此皆肇源於秋風起兮，草木搖落而變衰之景象。草木搖落所以感人至深者，湛方生〈懷春賦〉有云：「夫榮凋之感人，猶色象之在鏡。」春風吹拂下，「銜華兮佩實，垂綠兮散紅」之茵草，鮮豔光潤，一旦值肅殺之暮秋，終難逃「霜奪莖上紫，風銷葉中綠」之摧殘，只剩得「憔悴荒徑中，寒荄不可識」（沈約〈悠衰草賦〉）之殘敗景象；人生在世不過數十寒暑，較之斯草，榮凋之間不過一載，亦僅五十步與百步之隔矣。死生爲物，茲事體大，「逝物之感，有生固同」（謝靈運〈感時賦〉），文人踽踽於感秋之途而不嫌繁複者，蓋切身之痛終無所逃乎此，念此焉能不牛山飲泣、淚下沾襟？

> 顧秋華之零落，感歲暮而傷心。（曹植〈幽思賦〉）

> 秋日悽悽兮，感時逝之若積，曷時逝之是感兮，感年歲之我催。（傅咸〈鳴蜩賦〉）

> 節運代序，四氣相推，寒氣肅殺，白露霑衣，嗟行邁之彌留，感時逝而懷悲，……歲靡靡而薄暮，心悠悠而增楚。（陸機〈思歸賦〉）

暮秋隆冬之寒殺氣息，益添「春秋代序，陰陽慘舒」（《文心・物色》）之感。四時移轉，春始冬終，正似人生之遷化，黃髫白髮。賦家難免於玉機環轉，四運驟遷之際頓然傷感，「日往兮哀深，歲暮兮思繁」

〔註32〕此句乃饒宗頤《選堂賦話》引自《琴曲集成》。

（夏侯湛〈秋夕哀〉），亦如折柳送別般，成爲文人情思之固定程式。
〔註33〕至於鮑照睹日月之無常而興「此日中之幾時，彼月滿而將蝕，
生無患於不老，奚引憂以自逼」（〈遊思賦〉）之思，由春秋代序之大
範圍，縮小至日有陰晴、月有圓缺之現象上，而於物無恆存、時無終
止之觀念則一；於是曹植乃有「惟人生之忽過，若鑿石之未耀」（〈感
節賦〉）之感，陸倕遂生「感風燭與石火，嗟民生其如寄」（〈思田賦〉）
之歎，鮑照亦悵然賦曰：「因生以觀我，不可恃者年，憑其不可恃，
故以悲哉！」（〈觀漏賦〉）人生之至悲，無過於此也。

至於「物有恆姿，而思無定檢」（《文心·物色》），繁欽由「潛白
日于玄陰兮，翳明月于重幽，零雨濛其迅集，潢潦汨以橫流」（〈愁思
賦〉），以見「旻秋之懍悽」，此秋日之懍悽已非單純寫寒雨矣；雲雨
以比小人，日月以擬君主，霪雨成災，重雲掩日，小人蔽朝，士人感
傷欲進無門，是秋冬陰凜之氣，正合賦家此時心境。陸機〈感時賦〉
亦有此隱責之傾向：

> 悲夫冬之爲氣，亦何懍凜以蕭索，天悠悠其彌高，霧鬱鬱
> 而四幕，夜緜邈其難終，日晼晼而易落，……山崆巄以含
> 瘁，川蜿蜒而抱涸，望八極以曠莽，普宇宙而寥廓，伊天
> 時之方慘，曷萬物之能歡，……矧余情之含瘁，恆覩物而
> 增酸，歷四時以迭感，悲此歲之已寒，撫傷懷以鳴咽，望
> 永路而汍瀾。

士人礙於世間險阻，既不得直言力諫，亦徒秉香草美人之旨以抒抑鬱
之情。

季節之秋冬有時而盡，人心之秋冬無時或已，文士哀傷情緒甚且
自陽春之始，已懼秋冬之將至。「懼天河之一迴，沒我身乎長流」（曹
植〈感節賦〉），當世人咸歌春可樂之當下，時逝之步伐亦隨之而近，
「不見春荷夏槿，唯聞秋蟬冬蝶」（吳均〈吳城賦〉），如此心境豈不

〔註33〕劉若愚曾明白指出「春天的落花、秋天的枯葉、夕陽的餘暉——這些
　　　莫不使敏感的中國詩人想到『時間的飛車』，而且引起對自己的青春不
　　　再，以及老年和死亡來臨的憂傷。」杜國清譯，《中國詩學》第五章。

令人怵目心驚，無以爲繼乎！然「纖枝在榦，落葉去枝」，〔註34〕乃天道之必然，時移物易，人生既無法求得與松喬同遊、龜鶴同壽，亦唯有面對此必然之趨勢，高吟「異途同歸，無早晚矣」（陸機〈思親賦〉）。

〔註34〕陸機〈思親賦〉云：「羨纖枝之在榦，悼落葉之去枝。」

第四章　六朝小賦之寫物技巧

　　確立於六朝之唯美文學理論，最令文人流連忘返者，當爲藝術美之追求與確立，尤以「詩賦欲麗」主張下衍生之形式鋪寫技巧，更可顯現出賦家才情綺麗之一面。陸機〈文賦〉云：「詩緣情而綺靡，賦體物而瀏亮。……其爲物也多姿，其爲體也屢遷，其會意也尙巧，其遣言也貴妍，暨音聲之迭代，若五色之相宣。」蕭統〈文選序〉自言其選篇標準爲「讚論之綜輯辭采，序述之錯比文華，事出於沈思，義歸乎翰藻。」至於《南齊書・文學傳論》對文學技巧之探討更爲縝密，其言云：

> 今之文學，作者雖眾，總而爲論，略有三體：一則啓心閑繹，托辭華曠，雖存巧綺，終致迂迴，宜登公宴，本非准的，而疏慢闡緩，膏肓之病，典正可採，酷不入情。……次則輯事比類，非對不發，博物可嘉，職成拘制，或全借古語，用申今情，崎嶇牽引，直爲偶說，唯覩事例，頓失精采。……次則發唱驚挺，操調險急，雕藻淫豔，傾炫心魂，亦猶五色之有紅紫，八音之有鄭衛。

可見寫物技巧之講究，不惟著重聲色之美，沈思巧構尤爲賦家所尙。相如、揚雄、桓譚、王充固以思緩而擅名於兩漢，左思〈三都〉構思十稔，不讓張衡〈二京〉專美於前。「文之制體，大小殊功」（《文心・

神思》），至於「賦者，貴能分理賦物，敷演無方」（成公綏〈天地賦〉）
之則，卻不因題材、篇幅之有異而不同。六朝小賦作家同樣可於吟詠
草木鳥獸之際，達到「控引天地，錯綜古今」之格局氣勢，並以體物
密附、刻劃纖巧之手法，完成「窺情風景之上，鑽貌草木之中」（《文
心‧物色》）之形似寫實特色。後人雖鄙之，以爲「彩麗競繁，而寄
興都絕」，﹝註1﹞亦爲賦家積學酌理，凝神觀照，精思深慮，苦心經營
所致。《文心‧物色篇》云：

> 流連萬象之際，沉吟視聽之區，寫氣圖貌，既隨物以宛轉；
> 屬采附聲，亦與心而徘徊。

賦家以心、以目、以耳聆賞宇宙萬物之百態，其於體物、構思之雋新，
較之兩漢篇章，頗有後出轉精之勢。短短篇幅中，琳琅滿目，美不勝
收，有詩詞溫婉精蓄之語言，亦有類似戲曲小說之情節與人物；有抒
情小品之流利順暢，亦有論說散文必備之犀利條理。「賦」於各體文
學中，實爲一傑然特出之體系，賦文學經由唯美文學之發揮，可謂如
魚得水矣。茲分別由虛擬客主以達旨、巧言物狀以寫實、句法迭變以
盡興、音色相宣以窮文四方面略窺六朝小賦寫物技巧之概。

第一節　虛擬客主以達旨

賦篇中虛擬名詞之設立，或基於政治原因，隱晦曲折以避口實；
或求篇章變化，不致流於教條式之枯燥，卻又不失創作旨趣。我國文
學中，除賦體有此傾向外，至戲曲小說中，方大量取用，然其運用技
巧，亦不如賦篇之廣。六朝小賦除沿用前代問答方式衍篇達旨外；間
亦採用擬構之對比方式，強調世間事物彼此之差異；或直接虛設足以
涵括全篇旨意之主角名號，使讀者於覽觀人物名號外，進而體會作者
寄寓之言外深意，本節分由此三體式探述之。

﹝註1﹞《文心雕龍‧物色篇》，紀評云：「刻劃之病，六朝多有」，又云：「陳
　　　子昂謂：『齊梁間，彩麗競繁，而寄興都絕』，正坐此也。」

一、以主客問答闡理

　　韻文之有問答體，始于《詩經》之〈女曰雞鳴〉、〈溱洧〉、〈雞鳴〉等篇。〔註2〕然《詩經》受四言句法所限，是以稱述對問，亦僅採〈女曰雞鳴〉之「女曰雞鳴、士曰昧旦」般簡單方式；同一段內如再有對問，則採不具名方式，如〈溱洧〉「女曰觀乎，士曰既且。且往觀乎，洧之外，洵訏且樂」；抑或全篇俱不道明主賓，然問答語氣於情節推展中，昭然可見，〈雞鳴〉一篇云：「雞既鳴矣，朝既盈矣，匪雞則鳴，蒼蠅之聲。東方明矣，朝既昌矣，匪東方則明，月出之光。」雖未直言，亦可由生動之言語交流中，體會夫妻二人之心境。後世問答體式，於此初形已具。〈離騷〉中，屈原藉與女嬃、重華、靈氛、巫咸四大段對話，刻劃出己身之心路歷程，形式上雖仍未標明一問一答，已用「曰」字聯貫對句矣，描寫技巧則較《詩經》進步許多。〈卜居〉、〈漁父〉兩篇，已採一問一答方式，前者藉由與詹尹問答之際，表現屈原本身之悲劇命運；後者藉由屈原、漁父兩相衝突，呈顯出現實與理想之不可協調。宋玉諸賦更以假設問答爲篇章結構之主體，賦篇情節於楚襄王、宋玉、唐勒、景差諸人問答中漸次推展。荀卿五賦，假客主之辯以說理，雙方極力頌贊所詠事物之功用，以期達到倫理教化之主旨。此後如枚乘〈七發〉之楚太子與吳客，賈誼〈鵩鳥賦〉之主人與鵩鳥，司馬相如〈子虛〉、〈上林賦〉中之子虛使者、烏有先生及亡是公，揚雄〈長楊〉之子墨客卿與翰林主人，班固〈兩都〉之西都賓客與東都主人，及張衡〈二京〉之憑虛公子與安處先生等，篇中人物皆虛構也。〔註3〕另如東方朔〈答客難〉、揚雄〈解嘲〉、班固〈答賓戲〉、崔駰〈達旨〉、

〔註2〕羅錦堂先生於〈對話體韻文的發展〉文中指出，「在我國文學中，以韻文作對話的這種體裁，最原始的莫過於詩經中式微、雞鳴、溱洧、株林、斯干、無羊等篇，但大都不能在問答形式上很顯明的表示出來。」《大陸雜誌》第九卷第9期，另何沛雄先生〈讀賦零拾〉中亦持相同看法，見《賦話六種》頁152。

〔註3〕參見王師熙元〈楚辭對後世文學之影響〉一文及何沛雄先生〈讀賦零拾〉頁146。

張衡〈應閒〉、崔寔〈答譏〉、蔡邕〈釋誨〉、陳思〈辯問〉、郭璞〈客傲〉等長篇問答辭賦，亦莫不祖述詩騷而來。〔註4〕

六朝小賦不讓長篇賦體專擅於前，亦廣為運用問答形式，成績斐然。傅咸〈小語賦〉，藉楚襄王及其侍臣間之對答，敷衍成篇：

> 楚襄王登陽雲之臺，景差、唐勒、宋玉侍，王曰：能為小
> 語者處上位。景差曰：幺蔑之子，形難為象，晨登蟻垤，
> 薄暮不上，……唐勒曰：攀蚊髯、附蚋翼，……邇近有急
> 相切逼，竄于針孔以自匿。宋玉曰：折薜足以為擢，舫粒
> 糠而為舟，將遠遊以遐覽，越蟬溺以橫浮，若涉海之無涯，
> 懼湮沒于洪流……。

作者無意於興寓寄託，純藉問答形式，表現個人才力。此篇內容結構與宋玉大、小言賦相較，有顯著摹倣痕跡，如唐勒所云即出自〈小言賦〉中景差所言：「體輕蚊翼，形微蚤鱗，聿遑浮踊，凌雲縱身，經由鍼孔，出入羅中。」宋玉所云則與〈小言賦〉中唐勒之言「析飛糠以為輿，剖粃糟以為舟，泛然投乎杯水中，淡若巨海之洪流。」意頗相近，至於體式則可謂為〈大言賦〉之翻版。〔註5〕

六朝賦家使用問答體裁，於虛擬主客之際，喜借古人之名以為稱，陸機〈羽扇賦〉假楚襄王、山西與河右諸侯及大夫宋玉、唐勒等人，與傅咸同趣；仲長敖〈覈性賦〉假荀卿與弟子李斯、韓非，一教一悟間以寄意；謝莊〈月賦〉假陳王、仲宣之口以成篇；江淹〈登賦〉以淮南王與小山儒士相問答；至如庾信〈枯樹賦〉，將異代之殷仲文與桓溫同朝並坐，則賦家習性可見一斑。崔述有云：

> 作者託古人以暢其言，固不計其年世之符否也，謝惠連之
> 賦雪也，託之相如；謝莊之賦月也，託之曹植。是知假託

〔註4〕此類篇章乃一方有疑，一方為之解惑，「主」多為作者本身之投影，「客」僅出疑問，無關宏旨，於人物安排上，亦多不採虛設名號方式。

〔註5〕宋玉〈大言賦〉之形式乃「楚襄王與唐勒、景差、宋玉遊於陽雲之臺，王曰：能為寡人大言者，上座，王因唏曰……至唐勒曰……至景差曰……至宋玉曰……王曰未也，玉曰……。」可見傅咸〈小語賦〉沿襲之迹。

成文，乃詞人之常事。〔註6〕

文人喜藉託古人之言與事，顯然乃爲避免困擾與行文方便。陸機〈羽扇賦〉以諸侯竊笑，襄王不悅，宋玉趨而進問諸侯開展，待諸侯詰其何以舍扇而用羽，宋玉遂鼓其如簧之舌，鋪敘羽扇俊麗外貌與功用，繼而再言，竟使「襄王仰而拊節，諸侯伏而引非，皆委扇于楚庭，執鳥羽而言歸。」戰國談辯之犀利，六朝清談之縝密，對問答體賦之影響，顯而易見。仲長敖〈覈性賦〉，由荀卿弟子李斯、韓非詢問夫子才之善否何如起篇，作者假借荀卿之口，直斥「裸虫三百，人最爲劣」之端由，將社會陰狠狡詐，虛仁假義之風氣，徹底攻訐一番；又藉二徒聆聽後之反應：「韓非越席起舞，李斯擊節長歌，其辭曰：形生有極，嗜欲莫限，達鼻耳，開口眼，納眾惡，距群善……」，以諷士人逢此災殃，不知抗衡逆流，反助紂爲虐，使邪風愈熾，民俗愈澆，託意自在言外，有待讀者深思。

庾信〈竹杖賦〉與〈枯樹賦〉同作於身陷魏周之後，託詞隱意於問答之際，以自白於時主世人。〈竹杖賦〉首云：「桓宣武平荊州，外白有稱楚丘先生，來詣門下。」楚丘先生蓋自謂也，藉桓公曰「名父之子，流離江漢」，道出己身遭遇與身世；進而桓公又有「噫子老矣，鶴髮雞皮，蓬頭厲齒」之敘述，由外漸至於內，導入賦家內心傷痛之處；再以竹杖之贈，喻其逼己進仕。外在壓力之脅迫，藉由桓公之口，一一隱射而出，楚丘先生笑以明述己身已無情於仕祿，國破家亡之悲猶存，亂離憂時之傷正殷，不能死節，尚引以爲辱，豈堪蒙魏周爵祿之寵賜，做出「伯玉何嗟，丘明惟恥」之舉；末以楚丘先生高歌「秋藜促節，白藋同心，終堪荷條，自足驅禽，一傳大夏，空成鄧林」，強調己無羡於俗慾，而魏國強邀出仕，違性失志，誠非佳策矣。一問一答之間，將外在客觀環境與內在一己心態，委婉道出，卻無煩枯之感，問答體式調劑功能，於說理敘事之際，尤爲昭顯。

〔註6〕此句引自劉大杰《中國文學發展史》第四章。

上述賦篇乃直接以一問一答方式表現，雖不必強分主客之別，然主輕客重之地位，判然可分。另有一類近似「雞鳴」表現方式之問答體賦，雖未標明問答之詞，其爲對答體卻無庸置喙，如曹植〈鷂雀賦〉：

> 鷂欲取雀，雀自言：微賤，身體些小。……君欲相噉，實不足飽。
>
> 鷂得雀言，初不敢語：頃來軻軻，資糧乏旅。……今日相得，寧復置汝。
>
> 雀得鷂言，意甚怔營：性命至重，雀鼠貪生，君得一食，我命隕傾。……
>
> 鷂得雀言，意甚沮惋，當死弊雀，頭如果蒜，不早首服，捩頸大喚。……
>
> 雀得鷂言，意甚不移，……目如擘椒，跳躍二翅：我雖當死，略無可避。
>
> 鷂乃置雀，良久方去。
>
> 二雀相逢，……辛苦相語：向者近出，爲鷂所捕，賴我翻捷，……。

全篇以間接方法敘述，「甲得乙言」後，先置一緩衝語句，或狀形神，或言心志，再安置甲之答語，甲乙依次交替，組成賦篇整體，雖無明顯之問答形式，然對答語氣於行文中自然顯現。此種沿自《詩經》之隱藏式問答，於來往對話頻繁之際，能免除主詞重複出現所造成語氣之冗散，頗收精簡之效。左思〈白髮賦〉即基於此一原則，而益形生動創新：

> 白髮將拔，愁然自訴：稟命不幸，值君年暮，……。
>
> 咨爾白髮：觀世之途，靡不追榮、貴華、賤枯。……。
>
> 白髮臨欲拔，瞑目號呼：何我之冤，何子之誤。……。
>
> 咨爾白髮：事各有以，爾之所言，非不有理。……。
>
> 髮乃辭盡，誓以固窮。……。

賦家目的，乃闡述「髮膚至昵，尚不克終」，則人世之現實、寡義又何足怪？嚴肅之主題，經由白髮之申訴與主人「義正理富」之解釋，將人情百態刻劃得既深刻又不落俗套。此種簡短方式之敘述，亦乃問答體運用於短篇賦作後之應變與改良。由於字句縮短，節奏緊湊，戲

劇效果較一般長賦慣用之「某曰」，且主角語句又特別加重之形式，
更能引人入勝，達到作者預期之成效。

　　至於一般以表現作者才力爲主之小賦，爲便於鋪敍發揮，一氣
呵成，往往亦採長賦之問答形式，前述之陸機〈羽扇賦〉、仲長敖
〈覈性賦〉、謝莊〈月賦〉、庾信〈竹杖賦〉、〈枯樹賦〉等皆是；至
如張敏〈神女賦〉，借主人與神女間之問答，開展後半段之鋪述，
雖僅佔全篇之半，手法亦同。此種問答小賦，篇幅雖短，然寫事狀
物各具其態，情節推展遊刃有餘，與後世戲曲小說之敍事情節相
較，雛形已具，是以羅錦堂先生謂爲小說之濫觴；〔註7〕然以問答
體賦之發展方向，乃偏重於形式上之辭采鋪陳，故事情節非其所
重，亦陳世驤先生所謂「賦裏一旦隱現小說或戲劇的衝動，不管這
衝動多微弱，它都一樣被變形，然後被導入隱沒在詞藻堆砌的路線
上。」（《陳世驤文存》）賦文學終未能於敍事系統上有進一步之發
展，受中國文人鄙夷戲曲小說，以爲敍事系統，非純文學正統之觀
念影響，頗爲深鉅。

二、以虛擬名號破題

　　虛擬賦篇人物名號，使讀者見名即知其意者，以司馬相如〈子
虛〉、〈上林賦〉爲濫觴。〈子虛賦〉寫子虛與烏有先生談齊、楚諸侯
遊獵之事，〈上林賦〉由亡是公暢談天子遊獵之事，三位主角名號之
安排，皆經相如細心籌劃，寓以深意。司馬遷指出「相如以子虛虛言
也，爲楚稱；烏有先生者，烏有此事也，爲齊難；無是公者，無是人
也，明天子之義。」（《史記・司馬相如列傳》）賦家依己意所需，配
合賦篇情節內容，創造出不同名號之人物，且各具深意，此後張衡〈西
京賦〉之憑虛公子與〈東京賦〉之安處先生猶承此系統。六朝賦篇非
但襲其舊，更將名號由賦篇發言人地位，提昇至全賦吟詠之主題，以
賦家慣用之詠物方式，盡情鋪敍，推衍成篇。

────────────────

〔註7〕同註2。

　　菊花予人之意象，除貞芳有節外，當屬閒適安逸之表徵。〔註8〕孫楚〈菊花賦〉中，詠菊花之芳香敷榮，與和樂公子「雍容無為，翺翔華林，駿足交馳，薄言采之，手折纖枝，飛金英以浮旨酒，掘翠葉以振羽儀」之景象，構成一幅和諧畫面，故為賦家所並詠。張載〈羽扇賦〉詠出自雲鳥輕翼之羽扇乃「搜奇選妙，絕色寡雙，鵠質皜鮮，玄的點鋒，脩短雖異，而光彩齊同」，奇絕妙扇亦唯有傲世公子「俶儻踸踔，遺物獨出」，傲世而不流於俗之特性，方足與之匹配。至於束晳〈讀書賦〉，詠耽道先生「澹泊閒居，藻練精神，呼吸清虛，抗志雲表，戢形陋廬，垂帷帳以隱几，被紈素而讀書」，此時僅為進入書中廣濶境界，以充實自我之準備階段，此後遂竟日「抑揚嘈囋，或疾或徐，優游蘊藉，亦卷亦舒，頌卷耳則忠臣喜，詠蓼莪則孝子悲，稱碩鼠則貪民去，唱白駒而賢士歸」，融入經書境界後，方體會出何以「重華詠詩以終己，仲尼讀易于終身，原憲潛吟而忘賤，顏回精勤以輕貧，倪寬口誦而芸耨，買臣行吟而負薪。」彼等深入寶山之中，享受讀書之樂無窮之愉悅充實，是以懷存孜孜不倦之踏實精神，皓首窮經，樂此不疲。耽道先生因讀書而體悟「聖賢其猶孳孳，況中才與小人」之道理，使虛構人名與賦名顯現更深一層之含義。故不論孫楚〈菊花賦〉與和樂公子，張載〈羽扇賦〉與傲世公子，束晳〈讀書賦〉與耽道先生，抑或孫楚〈笑賦〉中度俗之公子，孫惠〈龜賦〉中緇衣之大夫，蕭綱〈玄虛公子賦〉中玄虛之公子，篇中虛擬之人物與賦名皆有相當程度之關聯性。

　　至如蕭綱〈舌賦〉，以奚茲先生與何斯逸士為賦篇人物名號，「奚茲」意與「何斯」同，均乃「莫須有」之意，蕭綱以此命名，表二人實為不存在之虛構個體，僅屬作者行文鋪敘之手段。庾信〈竹杖賦〉以桓宣武與楚丘先生對問，桓宣武指桓溫，楚丘先生則為作者自擬之名，〔註9〕此類篇章與〈上林〉、〈子虛〉屬同系之問答體賦，〔註10〕

〔註 8〕如淵明飲酒二十首之五「采菊東籬下，悠然見南山」，乃菊與悠適意象相聯之名作。

〔註 9〕蓋臺城陷後，信奔江陵，仕於梁元帝，江陵乃楚地，是以楚丘先生

與前述賦篇則略有不同。

　　要言之，虛擬名號以破題之賦篇，乃指作者斟酌內容，配合題意，特意虛構一切題之人物名號，使見名而知賦篇之含意。部份賦篇之人物與賦本身，意義內涵上更可謂爲一體，是以吟詠賦篇與吟詠人物，往往同時並進，交錯相雜而不覺乖舛。而由虛擬主客二人（或二人以上）之對答內容，發展爲以一人爲主體之自吟篇章，此與賦篇對象由苞括宇宙之頌詠至單一事項之賞玩，同爲六朝文人心思偏向纖巧之途影響下之必然結果。

三、以對比事物達意

　　對比事物所指，乃兩種形態類似而本質不同之事物，置於同篇賦作中，以爲作者表達意念或諷上刺下之用。此類篇章肇源於宋玉〈風賦〉所擬舉之「大王之雄風」與「庶人之雌風」，象徵兩種生活層面迥異之人物，前者「乘凌高城，入于深宮，邸華葉而振氣，徘徊於桂椒之間，翶翔於激水之上，將擊芙蓉之精，獵蕙草，離秦蘅，槩新夷，被黃楊。……徜徉中庭，北上玉堂，躋于羅帷，經于洞房，……」，所過之處，繁華壯盛，雕景綺麗，與夫庶人雌風所經「動沙堁，吹死灰，駭溷濁，揚腐餘」之陰陋雜穢相比，誠有淵壤之別也。宋玉之所以刻意強調二者差距，《六臣註文選》呂向曰：「襄王驕奢，故宋玉作此賦以諷之。」後之作者，採對比事物以構篇，雖未必出於宋玉諷諭之旨，至其強調彼此之差異則一。

　　謝朓〈擬風賦〉，以大王之盛風與幽人之風對列，大王盛風所過，嘉客雲集，樂遊娛樂，輕歌曼舞，觥籌交錯，歷盡人間歡娛之餘，不免興「朝役登樓之詠，夕引小山之謳，厭朱邸之沈邃，思輕舉而遠遊」之思，由絢爛歸於平淡。一般仕途顯赫、叱咤風雲之士，往往於曲終人散，燈燼火熄之時，驀然回首，百感交集，遂興侯門深似海之無奈，

乃自謂也。

〔註10〕此處之同系，乃指同爲虛擬名號兼含深意之問答體賦作而言。

然驟言退歸又談何容易？因而平明月旦，酬酢喧嘩依舊，豪氣威風不減，此大王之盛氣也。至於幽人之風，乃不得不懷隱退之志，彼雖有烟霞之色，荃蕙之芳，「山礪幽而泉冽，入山戶而松涼」之質，卻難爲世俗所識，不免孤芳自賞，於是「眇神玉於丘壑，獨起遠於孤觴」，豪情抑鬱，壯志困頓，兀自清寂於幽谷，獨懷子雲之怨、叔夜之思矣。是大王之盛風與幽人之風所表徵者，乃仕途上兩種截然不同之際遇、處境。至如王融、沈約均有擬風之作，雖斷簡殘篇，僅存其半，亦可推知當同源於宋玉〈風賦〉也。

江淹〈燈賦〉以大王之燈與庶人之燈相比，其言云：

> 若大王之燈者，銅華金檠，錯質鏤形，碧爲雲氣，玉爲仙靈，雙盌百枝，豔帳充庭，炤錦地之文席，映繡柱之明箏，恣靈脩之浩盪，釋心疑而永平，茲侯服之誇詡，而處士所莫營也。
>
> 若庶人之燈者，非珠非銀，無藻無繢，心不貴麗，器窮於樸。

大王之燈，縟采錯金，形質俱佳，處身豪貴之門，與一般庶人之燈，形陋質鄙，置身寒士之家，雖光明之用同，然世俗之對待則迥異也。蓋六朝閥閱觀念頗深，非世族子弟，往往宦途蹇澀，才位不稱，對此既定之命運，亦惟徒歎含光而不足以燭世矣。

逍遙、無爲乃莊子之處世哲學。逍遙境界不外乎「有所待」與「無所待」，鵬之飛，搏扶搖而上者九萬里，然而「風之積也不厚，則其負大翼也無力」（《莊子‧逍遙遊》），是以無論其培風、圖南，皆「有所待」也。列子御風而行，泠然善也，陶弘景〈雲上之仙風賦〉形狀列子有待之風乃「縹緲遙裔，亙碧海而颺朝霞，凌青煙而溥天際，出龍門而激水，度葱關以飛雪」，雖然「浮虛入景，登空汎雲，一舉萬里，曾不浹辰」，與大鵬同能御風而行，卻又均需「待風」而行，既「有所待」，則與逍遙之境有隔矣；必也如太虛無爲之風，「縣括宇宙，包絡天維，周流八極，回環四時，氣值節而動律，位涉異而離箕，徒見去來之緒，莫測終結之期」，亦即莊子所謂「若夫乘天地之正，而御六氣之辯，以遊無窮者」（〈逍遙遊〉），「無所待」也。陶弘景以列

子有待之風與太虛無爲之風，闡述「有所待」、「無所待」之境界，以明莊子逍遙之眞諦。由虛擬二種類同而質異之事物，各別形容鋪敘以達旨，成爲六朝賦家寓意、抒理之另一體裁。

第二節　巧言切狀以寫實

　　中國文學受儒家道德功用觀念之影響，內涵表現一向以精神意境爲重，氣格風骨爲高。東漢以降，社會、文風俱起變革，由於眞實自我之解脫與追求，使文人於「流連萬象」、「寫氣圖貌」之際，不再受道德禮法所約束，宇宙之眞、人生之美，得以生靈活現之貌，呈現於文人筆端，眞實反映出自然本色。《文心雕龍‧物色篇》云：

> 自近代以來，文貴形似，窺情風景之上，鑽貌草木之中，
> 吟詠所發，志惟深遠，體物爲妙，功在密附。故巧言切狀，
> 如印之印泥，不加雕削，而曲寫毫芥，故能瞻言而見貌，
> 即字而知時也。

劉勰之「巧言切狀」與鍾嶸「巧構形似」〔註11〕所表現之寫實精神，乃六朝文學作品共有之特色。賦家將日常生活之審美眼光移諸自然界，則天地日月山川既以各種形色面貌展示其生命之質性，鳥獸草木林泉亦以多樣姿聲美飾呈現其生命內涵，〔註12〕耳目所及，無不納入其吟詠範圍。〔註13〕降及齊梁，賦篇題材更集中於女子姿貌體態方面之描寫，情趣雖由入微傳神而終傷輕豔，此亦寫實態度發展過程中逐漸重形式、輕內涵之必然結果。本節分別由描寫自然景物現象、吟詠動植器物、摹繪人物形態三方面，探討六朝小賦之寫實精神。

〔註11〕《詩品》中論及詩人特色，嘗以張協「善巧構形似言」，謝靈運、顏延之「尚巧似」，鮑照「善製形狀寫物之詞，……貴尚巧似」，皆以巧構形似手法爲主。

〔註12〕此參考廖蔚卿先生〈從文學現象與文學思想的關係談六期巧構形似之言的詩（下）〉，《中國古典文學論叢》，詩歌之部，頁67。

〔註13〕J. D.Frodsham 於〈中國山水詩的起源〉中即以爲，漢朝既亡，賦家作賦轉向於描寫大自然之壯觀，是以文學中「對大自然的感受，最先是用賦表達的。」鄭仕樑譯，《英美學人論中國古典文學》。

一、逐狀風景之上

風景者，乃泛指自然界之景象，山川園囿、風雨雷電，行旅所觀、居家所覽，凡形體非囿於固定態勢，範圍非限於空間一點者，皆可屬之。〔註14〕六朝賦家將大自然之現象，透過心靈感受，以寫物之筆，擷取最深刻之部分，此種態度與《詩經‧關雎》藉以起興之動機固有差異；與《楚辭》藉諸寄託想像，非以敘景爲主旨之方式亦有不同；至與遊仙文學中，借自然景物以烘托飄渺虛無境界者，則有主從之別。要以寫實爲首要條件，以描景爲主要目的，賦中即使不以寫景爲主，亦頗大量刻劃山水景物，如敘山石則狀其峻嶸：

> 伊巫咸之名山，崛孤停而嶸峙，體岑峭以隆積，冠崇嶺以峻起。（郭璞〈巫咸山賦〉）

> 峻極之山，……盤柏基固，含陽藏霧，絕壁嶮巇，層巖迴互，……高岑直兮蔽景，修坂出兮架天，……促嶂萬尋，平崖億絕。（吳均〈八公山賦〉）

> 連山蔽虧，巨石嵌崎，上興雲而蔚會，下激水而推移。（張正見〈石賦〉）

述江海則壯其體勢：

> 覽滄海之體勢，吐星出日，天與水際，其深不測，其廣無枭，尋之冥地，不見涯洩，章亥所不極，盧敖所不屆，洪洪洋洋，誠不可度也。（王粲〈游海賦〉）

> 爾乃雲霧勃起，風流涸涽，排啞拒瀨，觸石興濤，澎湃洗潯，鬱怒咆哮，迴連波以岳墜，鑿后土而川官，總百川之殊勢，集朝宗乎滄浪，……齊山海以比量，冠百谷而稱王，此則水之勢也。（庾闡〈涉江賦〉）

> 瞻滄津之騰起，觀雲濤之來征，爾其勢也，發源溟池，迴衝天井，灑拂滄漢，遙爍星象，伍子結誓于陰府，洪湍應期而來騁，泪如八風俱臻，隗若崑崙抗嶺。（曹毗〈觀濤賦〉）

〔註14〕此說部分參考李瑞騰先生《六朝詩論》一書中對山水詩之定義。

　　六朝雖重極貌寫物，却非過分強調寫實，切狀之餘，尚留想像之
餘地，生動曲致外，亦存對自然界主觀之情懷，使作者於鋪敘之際，
既不致左隘右窒，難以發揮，亦不致坐觀宇宙，徒騁才思。六朝人士
對自然之喜好，已予此類題材以充分發揮之餘裕，狀山則雲石兼敘，
述海則魚鱉皆及。於是王粲游海，鳥魚賁蛟、貝鼅龍鱗，浮見競遊，
短短篇幅中，摹景狀物，琳琅繁富，雖虛實合轍，猶不失其真。至如
風雲雷電，氣貌不定，體勢無常，吟風之際，尤重觀察毫末之餘，予
想像以適當之發揮，如：

> 惟渾成之既載兮，統天地以資始，網宇宙以結羅兮，洞萬
> 形而通紀，莫適柔健，靡測陰陽，于音罔徵，在體無方，
> 假姿眾象，借韻宮商，若颭屬狂震，觸物怒號，卷揚江海，
> 迴拔陵嶠，巨鶤迸懾以退翼，爰居喪宿而遐逃。(江逌〈風賦〉)

> 有氣日周，出自幽冥，……啟慘冬之潛蟄，達青春之句萌，
> 因嚴霜以屬威，順和澤以開榮，故君德喻其靡草，風人假
> 以為名。及其猛勢將奮，屯雲結陰，洪氣鬱怫，殷雷發音，
> 勃然鼓作，拂高凌深，天無澄景，嶺無停林，六鶤為之退
> 飛，萬竅為之哀吟。亦有飄泠之氣，不疾不徐，飂飂微扇，
> 臺臺清舒，王喬以之控鶴，列子以之乘虛。若乃春惠始和，
> 重褐初釋，遨步蘭皋，遊晒平陌，響詠空嶺，朗吟竹柏，
> 穆開林以流惠，疏神襟以清滌，軒濠梁之逸興，暢方外之
> 冥適。(湛方生〈風賦〉)

風無形而有勢，即「在體無方，假姿眾象」也。湛方生自兩方面著筆，
虛筆者，前述風之性因時有異，隨境而改，以比君德化民，後由清虛之
風，以興翱翔之思，頗合道家方外之適；實筆分狀暴風之威與春風之惠，
判然兩別，情趣迴異。江逌〈風賦〉全然直敘，八十一字中將風之剛柔
曲直各種特性，涵括殆盡。無形之風尚且如此，至於成公綏筆下「去則
滅軌以無迹，來則幽闇以杳冥，舒則彌綸覆四海，卷則消液入無形」之
玄雲，瞬息萬變，眩人眼目，尤見賦家體物之細膩與刻劃之透徹：

> 或狃獵鱗次，參差交錯，上捷業以梁倚，下壘碨而相薄，

狀崴嵬其不安，吁可畏而欲落，或粲爛綺藻，若畫若規，
繁縟成文，一續一離，龍伸蠖屈，蜿蟬逶迤，連翩鳳飛，
虎轉相隨，或繡文錦章，依微要妙，縣邈凌虛，輕翔浮漂。
（〈雲賦〉）

眞乃「有輕虛之豔象，無實體之眞形」（陸機〈浮雲賦〉），變化多端，
令人歎爲觀止。

至於陸機賦雲，更狀以實物，林林總總，既嘆浮雲爲物之奇巧，
亦爲賦家構意之綺錦而傾心不已。觀其：

擬諸建築則有：「重臺高觀，層樓疊閣」。

形諸植物則有：「若靈園之列樹，攢寶耀之炳燦，金柯分、玉葉
散、綠翹明、巖英奐」，「若秬閟揚芒、嘉穀垂穎」，「芙蓉群披、蕣華
總會」。

比諸動物不外：「龍逸蛟起，熊虒虎戰，鸞翔鳳翥，鴻驚鶴奮，
鯨鯢泝波，鮫鱷衝遁，□龜甲、錯龍鱗」。

另有「車渠繞理，馬瑙縟文」乃以器物狀之，「朱絲亂起，羅袿
失領，飛仙凌虛，隨風游騁」則兼及人軌。是自然景物中，屬形之富，
莫過于雲；至爲聲之壯，則厥推雷電：

爾其發也，則騰躍濆薄，砰磕隱天，起偉霖于霄際，摧勁
木于巖巔，驅宏威之迅烈，若崩岳之寘寘，斯實陽靈之變
化，固大壯之宗源也。若乃駭氣奔激，震響交搏，濆淪隱
轔，崩摧磊落，來無徹跡，去無阡陌，君子恐懼而修省，
聖人因象以制作，審其體勢，觀其曲折，輕如伐鼓，轟若
走轂，業猶地傾，繢似天裂，比五音而無當，校眾響而稱
傑。（李顒〈雷賦〉）

李顒此篇，由雷之體勢、威力著筆，將雷隱行於霄際雲端、崩降於山
巔巖頂之駭聲裂狀，反覆鋪狀，使自然現象之威勢落實，亦顯示出士
人對天象之反應，由因象制作至握翰吟詠，實亦文學演進，奮力累世
之成果也。

此外，以描寫鄉居生活爲主之田園賦篇，雖偶及自然山水風景，

如張華〈歸田賦〉：

> 藉纖草以爲茵，援垂陰以爲蓋，瞻高鳥之陵風，臨儵魚于
> 清瀨。

陶潛〈歸去來兮辭〉：

> 雲無心以出岫，鳥倦飛而知還。……木欣欣以向榮，泉涓
> 涓而始流。

陸倕〈思田賦〉：

> 瞻巨石之前卻，玩激水之推移，雜青莎之霢靡，拂細柳之
> 長枝。

此類篇章，描景之旨，主在興情，或著重以寫意方式述景，嚴格分之，
雖不屬描景賦篇之範圍，亦不失山水逸趣。另有一類表面不以寫景爲
主，實則不乏寫景之文者，如江淹〈橫吹賦〉：

> 北陰之竹兮，百尺而不見，日石礚礴而成象，山沓合而爲
> 一，雲遲遲而孤去，風時時而塞出，木欽柯而攢岏，草騫
> 葉而蕭瑟，故左崎嶬，右硱磳，樹嵒崿，山泓澄，……。

此體乃倣王襃〈洞簫賦〉而作，部分描景，部分寫物，亦可歸爲描景
賦篇。〔註15〕

　　至於眞正遊覽風景之篇章，六朝小賦反不多見，如：

> 青石連岡，終南嵯峨，鳴鳩拂羽于桑榆，游鳧濯翅于素波，……
> 杞柳綢繆，芙蓉吐芳，俯依青川，仰翳朱楊。（孫楚〈登樓賦〉）

> 川洄瀾以澄映，嶺峭崿以霏煙，輕霞舒于翠崖，白雲映乎
> 青天，風透林而自清，氣扶嶺而載軒。（褚爽〈禊賦〉）

淡淡一筆，繪出悠閒自在之景致，雖著墨不多，却將天地一時之美，
完全勾勒而出，可見六朝描景賦之技巧絕不遜於一般山水詩篇。

　　小賦於極貌之餘，仍表現出賦家對自然界之參與；絕非冷眼旁觀
之描述，而爲熱烈之投入與深刻之體悟。劉熙載《藝概》云：「賦與
譜錄不同，譜錄惟取誌物，而無情可言，無采可發，則如數他家之寶，
無關己事，以賦體視之，孰爲親切且尊異耶！」因其用情，是以狀勢

───────────────

〔註15〕可參考〈中國山水詩的起源〉，頁129。

能駭人心志，描景能動人心意；更有甚者，覽景敘物之際，悲戚抑鬱之情瀰漫篇章，已由客觀自然之態，化爲主觀窮情之物，此則非寫實一詞所可界限矣。

二、極貌草木之中

此處所謂草木，乃泛指自然界中個別事物，具有固定形體、獨立特質者。賦家吟詠所重，自不外體物密附，瞻言見貌。俞琰於〈歷代詠物詩選序〉中云：

> 體物者不可以不工，狀物者不可以不切，於是有詠物一體，以窮物之情，盡物之態。

六朝詠物之盛，固與當時生活環境有關，文學上「巧言切狀」主張之建立，益使詠物體裁得以盡情發展。賦家重點由「覿物興情」之詠物，轉至以「寫物圖貌」爲主之純詠物賦篇上，曲寫毫芥，體物瀏亮之特色因得以闡發盡致，《文心・詮篇篇》云：

> 至於草區禽旅，庶品雜類，則觸興致情，因變取會，擬諸形容，則言務纖密，象其物宜，則理貴側附，斯又小制之區畛，奇巧之機要也。

是辭賦一體，極適合詠物之發揮，《復小齋賦話》亦云：「作小賦不嫌纖巧，于詠物題尤宜。」賦家於極貌之鋪寫、客觀之吟詠中，間亦參入主觀情感，〔註16〕於事物紛雜百態中，提取意象最爲深刻突顯者，或繪形狀，或述性質，然終不免「雕蟲霧縠」（《文心・詮賦》）之譏者，亦當時重文輕質風氣下所不可或免之趨勢。〔註17〕

六朝詠物小賦作家，吟詠對象既多且廣，由庭園林木至宮苑器物，由鳥獸蟲魚至絲竹書畫、俗物珍寶，無不納入賦篇範圍。茲統計其吟詠題材，計分三大類：

器物：瑪瑙勒、瑇瑁椀、車渠椀、琉璃椀、車渠䲔、瑪瑙盌、承

〔註16〕參考李瑞騰先生《六朝詩論》中〈六朝詠物詩研究〉，頁29。
〔註17〕晉摯虞《文章流別論》云：「古詩之賦以情義爲主，以事類爲佐。今之賦以事形爲本，以義正爲助。」

露盤、寶刀、雀釵、眼明囊、玉──飾器

箏、琴、筑、笙、角、笛、琵琶、箜篌、金錞──樂器

車、筆、硯、紙、櫛、鏡、燭、燈、扇、杖、拂塵篠、枕、合歡被、竹簞、香鑪、八磨、棊、弩──日用之器

豆羹、酒、餅、耳、奇布──其它

植物：槐、柳、橘、桑、桐、竹、甘樹、松柏、朳杜、文木、木槿、浮查、木蘭、長生樹、冬蕉、都蔗──木類

蓍、薺、菽、莽、黍、艾、茱萸、杜若、浮萍、青苔、金燈草──草類

芙蓉、蜀葵、紫華、舜華、蓮華、梅花、芙渠、山蘭、鬱金、日及、石榴、宜男花（萱草花）、款冬花、芍藥花、安石榴──花類

木瓜、枇杷、桑椹、葡萄、安石榴、桃、李、棗、都蔗──果類

迷迭香（辣迷迭）、懷香、芸香、槐香──香類

動物：鷹、鶩、鷦、鶴、雁、雉、鳳、鵬、梟、鶩、鷦、鵲、鳩、燕、烏、水鳥、鵬鳥、白鷺、野鶩、鸚鵡、孔雀、鷓鴣、鷦鶇、鸊鵜、鷺鶿、翡翠──飛禽

魚、龜、鼈、犬、馬、兔、雞、鵝、蝙蝠、猨猴、犛牛──魚獸

蟬、蠶、蛾、蟋蟀、蜜蜂、青蠅、鳴蜩、蜉蝣、蜘蛛、尺蠖、蚍蜉、叩頭蟲、螢火蟲、蝦蟇、蚤蝨──昆蟲

不同題材固可各見異趣；相同題材，更可體會作者構思之奇巧特色。如詠扇之作多達十五，鸚鵡之賦亦達十四，爭奇鬥豔，各逞所能，反映出六朝文人之生活型態。詠物之物色疆界亦隨之而拓展，為巧構手法提供多樣性之題材。關於巧構之描寫技巧，廖蔚卿先生有云：

它在描寫物象上求客觀之真外，更加強利用人的生理感覺如視覺、聽覺、觸覺、嗅覺及運動的感知，以引發主觀經

驗的聯想與想像，激刺紛紜揮霍的情緒的昂揚。(〈從文學現
象與文學思想關係談六朝巧構形似之言的詩〉)

觀其狀物，述物之特性者，如：

笙：其制器也，取不周之竹，……舞靈蛟之素鱗，銜明珠於帶垂，
弱舌紙薄，鈆錘內藏，合松腸以密際，糅彤丹以發光。(王
廙〈笙賦〉)

箜篌：龍身鳳頸，連翩窈窕，纓以金采，絡以翠藻，其絃則烏號
之絲。(曹毗〈箜篌賦〉)

犬：足懸鉤爪，口含素牙，首類驤螭，尾如騰虵，修頸闊腋，廣
前捎後，豐顱促耳，長叉緩口，豹耳龍形，蹄如
結鈴，五魚體成，勢若凌青雲，目若泉中星。(傅玄〈走狗賦〉)

鷹：其爲相也，疏尾闊臆，高髻圓顱，深目蛾眉，狀似愁胡，曲
觜短頸。(孫楚〈鷹賦〉)。句爪懸芒，足如枯荊，觜利吳戟，
目穎星明，雄姿邈世，逸氣橫生。(傅玄〈鷹賦〉)

蜜蜂：爰翔爰集，蓬轉飆迴，紛紜雪亂，混沌雲頹，景翳耀靈，
響迅風雷。(郭璞〈蜜蜂賦〉)

狀物之行舉動作者如：

鷂：若有翻雄駮逝，孤雌驚翔，則長鳴挑敵，鼓翼專場，踊高越
壑，雙戰隻僵。(曹植〈鷂賦〉)

鬥雞：擢身竦體，怒勢橫生，……揚翅因風，撫翮長鳴，猛志橫
逸，勢凌天廷，或蹢躅跙躕，或跢躐容與，或爬地俯仰，
或撫翼未舉，或狼顧鴟視，或鸞翔鳳舞，或伴背而引敵，
或畢命于強禦，于是紛紜翕赫，雷合電擊，爭奮身而相戟
兮，竟隼鷙而鵰眄。(傅玄〈鬥雞賦〉)

螳螂：冠角峩峩，足翅岐岐，尋喬木而上綴，從蔓草而下垂，戢
翼鷹峙，延頸鵠望，推翣徐翹，舉斧高抗，鳥伏地騰，鷹
擊隼放，俯飛蟬而奮猛，臨蟪蛄而逞壯。(成公綏〈螳螂
賦〉)

鳥：矜形遼廓，馮虛安翔，翩翻徘徊，上下頡頏，動素羽之習習，
　　亂白質于日光，玩流氣以差池，弄長風以抑揚，攝雙翅以高
　　舉，舒修頸以僛僛。（夏侯湛〈觀飛鳥賦〉）

鵁鶄：其在水也，則巧態多姿，調節柔骨，一低一仰，乍浮乍沒，
　　　或遊或舞，繽翻倏忽。（摯虞〈鵁鶄賦〉）

黿：方盤跚而雅步，或延首以鶴顧，或頓足而鷹距，或曳尾于泥
　　中，或縮頭于殼裏。（潘尼〈黿賦〉）

馬：奔電無以追其蹤，逸羽不能企其足，狀若騰虬而登紫霄，目
　　似晨景之駮扶木，體與機會，動躡驚風。（曹毗〈馬射賦〉）

狀物色之華豔光采者，如：

車渠椀：扇不周之芳烈，浸瓊露以潤形，蔭碧條以納曜，噏朝霞
　　　　而發榮，紛元黃以彤裔，曄豹變而龍華，象蜿虹之輔體，
　　　　中含曜乎雲波。（應瑒〈車渠椀賦〉）

孔雀：戴翠旄以表弁，垂綠蕤之森纚，裁修尾之翹翹，若順風而
　　　揚麾，五色點注，華羽參差，鱗交綺錯，文藻陸離，丹口
　　　金輔，玄目素規。（鍾會〈孔雀賦〉）

鸚鵡：丹喙翠尾，綠翼紫頸。（左芬〈鸚鵡賦〉）。紅腹赬足，玄
　　　頷翠頂。（桓玄〈鸚鵡賦〉）。森森脩尾，蔚蔚紅臆，金采
　　　員嬰于雙晬，朱藻爛暉于首側。（曹毗〈鸚鵡賦〉）。乍青
　　　質而翠映，或體白而雪明。（蕭統〈鸚鵡賦〉）

芙蓉：迴縈外散，菡萏內離，的出豔發，葉恢花披，綠房翠蔕，
　　　紫飾紅敷，黃螺圓出，垂蕤散舒，纓以金牙，點以素珠。
　　　（夏侯湛〈芙蓉賦〉）

六朝文士多興文會，集體吟詠，既可逞能競技，亦可趨附風雅，成為
閒暇生活之高尚點綴。建安才子吟詠車渠珍玉之纖理縟文，曹丕、曹
植、應瑒、王粲相與並作，俱見妙句佳趣；至於潘尼以璠瑜之美「光
曜炫晃」，曹植則以芙蓉之麗「晃若九日出暘谷」，物雖不一，情實可
通；況於同詠萱草，傅玄有「遠而望之，煥若三辰之麗天，近而察之，

明若芙蓉之鑒泉」之語，夏侯湛亦出「遠而望之，若丹霞照青天，近而觀之，若芙蓉鑒綠泉」之辭，賦家所見或有偶合，未必相襲也。雖然，賦篇所持觀點多因人而異，所狀形容亦各具特色，如詠蓮華：

> 爾乃紅花電發，暉光煒煒，仰曜朝霞，俯照綠水，潛纖房之奧密，含珍藕之甘腴，攢聚星列，纖離相扶，微若玄黎披幽夜，粲若鄧林飛鸘鷜。(孫楚〈蓮華賦〉)

> 眳清池，翫蓮花，舒綠葉，挺纖柯，結綠房，列紅葩，仰含清液，俯濯素波，修柯婀娜，柔莖苒弱，流風徐轉，迴波微激。其望之也，暐若曉日燭崑山，其即之也，晃若盈尺映藍田。(潘岳〈蓮花賦〉)

> 方翠羽而結葉，比碧石而爲莖，蕊金光而絕色，藕冰拆而玉清，載紅蓮以吐秀，披絳華以舒英。(江淹〈蓮華賦〉)

蓮之根、莖、花、葉均在賦家吟詠範圍，或遠或近，或開或合，或俯或仰，由各個不同角度描繪蓮花自然秀美之實與出淤泥而不染之性，手法雖異，亦各具物態之美，生動清麗而不壅澀，六朝小賦文字運用之純熟巧鍊，由此可略見端倪。

除外在形體之吟詠外，六朝賦家亦頗用心於聲音之表達，舉凡鳥聲、樂聲皆是。蓋聲乃物之抽象面，較諸有形實體尤難切狀，凡描摹之文，亦非僅以數狀聲詞，即可體「聲」切「調」而恰如其分，以耳聆聽，以心體會，以筆傳神，言由「心」生，洵非虛言。

> 迫赴促彈，急擊扣危，洪纖襍奮，或合或離，陰沈陽升，柔屈剛興，玄黃之分，推故引新。(傅玄〈箏賦〉)

> 銜長葭以汎吹，嗷啾啾之哀聲，奏胡馬之悲思，詠北狄之遐征，順谷風以撫節，飄逸響乎天庭。(孫楚〈笳賦〉)

> 抑揚噓吹，或呵或吹，擘拈挹按，同覆互移，初進飛龍，重繼鵾雞，振引合和，如會如離。(夏侯湛〈笙賦〉)

> 浮音穆以遐暢，沈響幽而若絕，樂操則寒條早榮，哀曼則晨華朝減，邈漸離之清角，超子野之白雲，……于是數轉難測，聲變無方，或冉弱以飄沈，或頓挫以抑揚，或散角

以放羽，或攎微以騁商。（孫瓊〈箜篌賦〉）

或藉樂音之旋律以刻劃狀聲，或藉外景之烘托以彰樂音之內涵，是狀聲者，必通曉音律也。更有藉五音表現之主調推及人事者，阮瑀〈箏賦〉以爲「不疾不徐，遲速合度，君子之衢也；慷慨磊落，卓礫盤紆，壯士之節也」。夏侯淳亦指出「若夫纏縣約殺，足使放達者循察；通豫平曠，足使廉規者棄節；沖虛冷澹，足使貪榮者退讓；開明爽亮，足使慢惰者進竭。」音樂果可化性導善，聖人制禮作樂，良有以也。

至於咏狀鳥音之悅耳者，蕭子暉〈反舌賦〉云：

> 爾其聲也，嘹唳胃結，鬱抑縈咽，繁音瑣碎，眾響攢叢，或急囀赴機，或緩引趨節，或洪纖共起，或長短俱折，意疑續而更斷，謂當舉而忽垂，聲憑林而逾屬，響因風而益危。

令鳥自鳴枝頭，展其宛囀之聲，或急或緩，或洪或纖，或長或短，或續或離，曲折變化，極盡聲態之妍。沈約亦作〈反舌賦〉，將庶鳥棲立枝頭，引吭高歌，悠然自得之狀與宛轉歌聲，一併呈現於賦篇，其狀鳥聲云：

> 其聲也，驚詭嘖嚌，縈紆離亂，駢浮迴合，嵒危瑣散，或發曲無漸，或收音去半，既含意於將曉，亦流妍於始旦，雜沓逶迤，嗷跳參差，攢嬌動葉，促囀縈枝，分宮析徵，萬矩千規，因風起嘖，曳響生奇。

凡鳥之音，未必眞如黃鶯之傾心悅耳，然經由賦家巧思之運作，亦能各自呈現絕佳之風貌。

是以詠物之體，所重不外「繪聲、繪影」之實體刻劃，然藉一、二恰切之字，而能達到「體物得神，參化工之妙，使神態盡出」之境，〔註18〕更爲詠物上乘之法：

> 桑實離離，含甘吐液。（傅玄〈桑椹賦〉）

> 布繁枝之沃若，播密葉以垂陰。（傅咸〈桑樹賦〉）

〔註18〕黃永武先生〈詠物詩的評價標準〉文中指出「詠物詩的基本條件是體物得神，參化工之妙，使神態全出。」《古典文學》第一集。頁 168。

傅玄藉「離離」以狀桑椹顆顆成串，粒粒皆實之似合還離狀。《詩經・
氓》：「桑之未落，其葉沃若」，桑葉厚實綠潤之感，亦唯「沃若」二字，
方足稱之，傅咸以之詠桑，既得其形，亦得其實。是以適當形容詞之
運用，益可顯出物性之特色，其中尤以疊字形容物色，廣爲賦家所採：

　　布窠巢之列列，孕子鷇之嚶嚶。(盧湛〈燕賦〉)

　　體郁郁以敷文，音邕邕而有序。(傅咸〈班鳩賦〉)

　　森森豐林，在海之洲，煌煌烈火，禁焉靡休。(殷巨〈奇布賦〉)

然同一語詞用於不同場景，亦可產生截然不同之搭配對象與效果，如
應瑒以「翩翩」狀矢射神屬之勢(〈馳射賦〉)，阮瑀以「翩翩」狀鸚
鵡優雅之態(〈鸚鵡賦〉，曹植〈蟬賦〉以之狀童子機靈狡捷之身姿，
夏侯湛〈朝華賦〉「茂樹蒼蒼，枝翩翩」則以之狀枝葉之纖柔，〈雀釵
賦〉則以「翩翩」狀女子體態之輕柔，一詞數用，亦各得其宜。另有
以一字維繫全句精神動態之描繪，亦屢爲六朝賦家所採，如潘岳〈螢
火賦〉：「熲」若飛焱之霄逝，「暳」似移星之雲流。非「熲」無以狀
火花稍縱即逝之光采，非「暳」無以表星逝之眩亮迅促，此種夸飾手
法，雖與寫實精神不合，却爲辭賦修飾所不可或缺。蓋文學作品欲「切
狀」，必得突顯其特色，夸飾現象亦應運而生，要則不以文害辭，不
以辭害意。兩漢辭賦夸飾過當，「虛用濫形」，遂引起晉朝人士之反動。
徵實文學之主張雖未蔚爲風氣，六朝文辭却因此循節檢度不少，植基
於眞、飾而不誕，增加作品之可親性，則所摹所狀，除目見耳聞之紀
錄外，更予人感同身受之親和力。如鍾會狀葡萄之甘潤云：「滋澤膏
潤，入口散流」(〈葡萄賦〉)，傅玄狀桃則「既甘且脆，入口消流」(〈桃
賦〉)，狀李則「入口流濺，逸味難原」(〈李賦〉)，狀瓜則「嘉味溢口，
異類寡儔，一齧之頃，至三搖頭」(瓜賦)，束皙狀湯餅之色香味醇，
以致「氣勃鬱以揚布，香飛散而遠遍，行人失涎于下風，童僕空嚼而
斜眄，擎器者呧唇，立侍者乾咽」(〈湯餅賦〉)，將美食誘人之情狀，
刻劃極爲生動而平實。《文心・神思篇》云：「物沿耳目，而辭令管其
樞機」，巧言切狀之辭正所以極貌窮物也。

三、繪姿眉黛之際

「體物爲要，功在密附」之寫實手法，由大範圍之描景賦而小範圍之詠物賦，取材已自宇宙自然縮小至庭園室內。齊梁以後，寫作對象更專注於身旁女性容止情態之描繪，賦家大膽承襲「巧構形似」之寫實精神，透過純粹審美態度，將女子神態盡情呈現筆端，使唯美文學陷入嫟嬲輕豔之窠臼，〔註19〕終至無以自拔。

描繪女性容止之美，最早可溯自《詩經・衛風・碩人》，其中「手如柔荑，膚如凝脂，領如蝤蠐，齒如瓠犀，螓首蛾眉，巧笑倩兮，美目盼兮」一段，由莊姜之手、膚、頸、齒、額、眉、笑姿、眼神等處，細心刻劃，傳神動人，眞乃「千古頌美人者，無出其右，是爲絕唱。」（姚際恆評語）此後除古詩〈羽林郎〉、〈陌上桑〉外，周秦西漢間，亦唯辭賦中方得見之。宋玉〈高唐賦〉、〈神女賦〉、〈登徒子好色賦〉，司馬相如〈美人賦〉雖爲碩果僅存之詠美人賦，從題材、技巧上言，却予六朝賦家極大之影響。六朝小賦中，繼承宋玉〈神女賦〉之系統者，有應瑒、楊修、王粲、陳琳與張敏等人之〈神女賦〉，至於應瑒〈正情賦〉、王粲〈閑邪賦〉、陳琳、阮瑀之〈止欲賦〉、徐幹〈嘉夢賦〉、繁欽〈弭愁賦〉與張華〈永懷賦〉等，表面雖自成一類，實與〈神女賦〉無異。此類篇章所詠女子，多爲可遇而不可求之天仙神女之屬，作者往往將精神上完美之象徵寄託於賦篇，〔註20〕陳琳筆下之神女「允宜國而寧家，實君子之攸嬪」（〈止欲賦〉），實即作者自詠之詞。賦家對此類「陶陰陽之休液」「吸朝霞之芬液」之玄媛逸女，有極精切之描繪：

> 體纖約而方足，膚柔曼以豐盈，髮似玄鑒，鬢類削成，質素純皓，粉黛不加，朱顏熙曜，曄若春華，口譬含丹，目若瀾波，美姿巧笑，靨輔奇葩，戴金羽之首飾，珥照夜之

〔註19〕《梁書・簡文帝本紀》曰：「（帝）雅好題詩，其序曰『余七歲有詩癖，長而不倦』，然傷於輕豔，當時號爲『宮體』」。

〔註20〕許世瑛先生於〈我對洛神賦的看法〉中云〈高唐賦〉乃以神女比賢人，正如〈離騷〉所云美人一樣。所採看法即此。見《中國文學史論文選集（二）》。頁493。

珠璫，襲羅綺之繡衣，曳緤繡之華裳，錯繽紛以雜佩，袿
熠爚而焜煌。（王粲〈神女賦〉）

巧妍之容飾，輕媚之體態，美豔之姿貌，仍不免有霧裏看花，終隔一
層之感，此蓋賦篇所述女子爲作者理想化身，非眞實仕女之描繪也。

純正描摹女性題材之寫實宮體賦，南朝以前雖有，亦僅止於女子
日用器物之描繪，尚存詠「物」之旨。眞正涉及人身細膩表達者，必待
齊梁以降，君主之愛好倡導於前，[註21] 貴族之淫逸附聲於後，加以江
南秀媚風光之啓發，吳歌西曲坦放風格影響下，[註22]「情靈搖蕩」、
務崇華侈、期叶宮商之宮體賦方正式成立，是謂專詠女性美之宮體文學
發端於齊梁，亦無不可。[註23] 至於盛行於六朝之構思曲致、刻劃纖巧
之寫實技巧，亦爲宮體賦所沿襲，其中個別描繪女子姿容者，如：

重闈佳麗，貌婉心嫻。（蕭綱〈梅花賦〉）

狹斜才女，銅街麗人，亭亭似月，嬝婉如春。（沈約〈麗人賦〉）

信美顏其如玉。（沈約〈傷美人賦〉）

狀女性衣飾體態者如：

流盼閑步，輕袂翩翩。（夏矦湛〈雀釵賦〉）

夏天金薄漠，秋日寶茱萸，銀纏辟鬼叩，翠厄護身符，空
處宜應描，非是畏釵梳。（劉緩〈照鏡賦〉）

小腰微骨，朱衣皓齒。（謝靈運〈江妃賦〉）

袂衣始薄，羅袖初單。（蕭綱〈梅花賦〉）

芳踰散麝，色茂開蓮，陸離羽珮，雜錯花鈿，……垂羅曳

〔註21〕《隋書‧經籍志‧集部》序云：「梁簡文帝之在東宮，亦好篇什，清
辭巧製，止乎衽席之間，雕琢蔓藻，思極閨闈之內，後生好事，遞
相放習，朝野紛紛，號爲宮體，流宕不已，訖於喪亡。」可知上有
所好，下必同焉。

〔註22〕吳歌西曲，乃南北朝時代南方之民歌，內容乃描寫男女戀愛，風格
浪漫而柔豔，除此予宮體文體相當影響外，晉宋樂府側豔之詞亦頗
助之。見劉申叔《中古文學史》，頁 91。

〔註23〕參見林承〈南北朝文學流變綜論〉，《國立編譯館館刊》第四卷 1 期，
頁 241。

錦，鳴瑤動翠，來脫薄妝，去留餘膩，……落花入領，微
風動裾。（沈約〈麗人賦〉）

釵朵多而訝重，髻鬟高而畏風，眉將柳而爭綠，面共桃而
競紅，影來池裏，花落衫中，……縷薄窄衫袖，穿珠帖領
中。（庾信〈春賦〉）

狀女子行止嬌姿者：

眄鼓微吟，迴中自擁，髮亂難持，簪低易捧。（蕭綱〈舞賦〉）

素腕舉、紅袖長、迴巧笑、墮明璫，荷稠刺密，亟牽衣而
縮裳，人喧水濺，惜虧朱而壞妝。（蕭綱〈採蓮賦〉）

恐沾裳而淺笑，畏傾船而斂裾，……荇溼霑衫，菱長繞釧。
（蕭繹〈採蓮賦〉）

此類描繪手法較宋玉「婉若遊龍乘翔雲」（〈神女賦〉），子建「翩若驚
鴻，婉若遊龍」（〈洛神賦〉）固有差異，與宋玉「眉如翠羽，肌如白
雪」（〈登徒子好色賦〉），蔡邕「色如蓮葩，肌如凝蜜」（〈協初賦〉）
亦略有不同。六朝宮體小賦著色雖不離女性之容止形狀，卻非專注於
耳目口鼻、指趾髮膚單純之靜態刻劃，乃著重女性整體美之動態表
現，活潑生動之儀容，輕俏巧麗之嬌姿，一舉一顰，萬種風情，顧盼
之間，千嬌百媚。此種細膩生動之手法，較諸吳歌西曲之白描輕靡，
固不可同日而語；比之宮體詩，亦頗存詩人麗則之旨。內容除女性外
在之描寫外，亦偶及內心情愫之表達，〔註24〕非徒一味以淫豔取勝也。

至於女性日用器物，以往賦篇雖亦曾言及，然多於文中一筆描
過，六朝亦不例外：

拂螭雲之高帳，陳九枝之華燭，虛翡翠之珠被，空合歡之
芳褥。（沈約〈傷美人賦〉）

翡翠珠被，流蘇羽帳，舒屈膝之屏風，捲芙蓉之行障，卷

〔註24〕如蕭綱〈採蓮賦〉「葉滑不留誕，心忙無假薰」，狀出仕女出遊時，
高亢之興致，與〈溱洧〉之女同趣；〈梅花賦〉「恨鬢前之大空，嫌
金鈿之轉舊」，非但狀出女子妝飾求全之心態，亦蘊含年華漸逝之
怨，較諸明言更具婉約餘裕。

衣秦后之牀，送枕荊臺之上。(庾信〈燈賦〉)

如沈約、庾信此作，乃師法前代而來，然於詠物風盛之六朝，自亦有專以女性日用器物為主題之宮體賦篇出現。如劉緩〈照鏡賦〉，夏侯湛〈雀釵賦〉、蕭綱〈眼明囊賦〉、庾信〈燈賦〉、〈鏡賦〉等，至於蕭綱、蕭繹、庾信之〈對燭賦〉，蕭繹、庾信之〈鴛鴦賦〉與庾信〈春賦〉等篇，亦頗有情靈搖蕩之思。故嚴格說來，宮體賦乃因甚纖巧之風而立名，非以題材立義，〔註25〕是以所詠不當以美人之容貌姿態物用為限，凡賦篇情調綺旎柔媚者，雖題為詠物，亦可列諸宮體之疇。

觀庾信賦鴛鴦：

見鴛鴦之相學，還敧眼而淚落，南陽漬粉不復看，京兆新眉遂嬾約，況復雙心竝翼，馴狎池龍，浮波弄影，刷羽乘風，共飛簷瓦，全開魏宮，俱棲梓樹，堪是韓馮，……必見此之雙飛，覺空牀之難守。

此類篇章，作者往往於詠物之餘，附加數句詩語作結，全篇纖柔之情彌彰，如蕭繹〈鴛鴦賦〉末句之「願學鴛鴦鳥，連翩恆逐君」、〈對燭賦〉之「燭光燈火一雙炷，詎照誰人兩處情」，遂使賦篇明顯納入宮體範圍。是以少數以物題名之賦篇，雖含詠物之體勢，然其中蘊含女子形貌或男女之情者，即當屬宮體之疇；至其寫實手法與精神，則由刻劃自然風景篇章，一脈相傳，並無二致；論其內容風格，則與抒情詩近。「漢人恆言賦出於詩，至此而賦復合於詩」，〔註26〕詩賦合流之勢至此底定。

第三節　裁對調句以盡興

賦篇之辭麗句美，除錯采騰聲以為質外，離章合句、調經定緯以

〔註25〕洪順隆先生云：「宮體詩，嚴格的說，是因詩風而立名，題材大多以詠美人、人體、姿態為主，卻不是以題材立義。」《六朝詩論》，頁1。
〔註26〕引自馮承基先生〈六朝文述論略〉，另王運熙《漢魏六朝唐代文學論叢》中亦指出「抒情小賦之題材風格，實際同五言抒情詩已近，詩歌與辭賦，在內容、風格上，這時期已進一步合流了，主要區別為句式不同罷了。」可知六朝宮體小賦抒情意味頗為濃厚。

極形式變化之功，更乃驅辭騁物所不可或缺。「合綦組以成文，列錦繡而爲質，一經一緯，一宮一商」（《西京雜記》），實賦篇精髓所在，句法上巧妙之合組翦裁，架構成堅實之骨幹，使錦繡之文更臻極致。本節藉由句法之「隨變適會」〔註27〕審其安排技巧，並由駢體好繁、分一爲偶、窮力鋪敍之特色，申論小賦句法上之排敍表現，以見六朝賦家裁對調句之方。〔註28〕

一、麗辭駢偶以顯意

　　麗辭者，辭之相偶也。整齊和諧之美，由自然界映諸文學作品，便有對偶麗辭之產生，《文心・麗辭篇》云：「造化賦形，支體必雙，神理爲用，事不孤立。夫心生文辭，運裁百慮，高下相須，自然成對。」是以麗辭之生，乃依於天地化生萬物之理，非人力矯作而成，先天上已見其普遍性，加以中國文字獨體單音，造成字形、音調上之特性，此對偶之句，輻輳不絕於中國文壇之故也。

　　駢偶之用，先秦已頗見之，《文心》有謂「序乾四德，則句句相銜；龍虎類感，則字字相儷；乾坤易簡，則宛轉相承；日月往來，則隔行懸合；雖字句或殊，而偶意一也。」（〈麗辭篇〉）漢以降，文辭運用技巧進步，漸生刻形鏤句之勢，至六朝「析句彌密，聯字合趣，剖毫析釐」，已生巧假浮飾之弊，胡應麟《詩藪》云：

　　　　魏承漢後，雖寖尚華靡，而淳朴餘風，隱約尚在，……士
　　　　衡安仁一變而排偶開矣，靈運延年再變，而排偶盛矣，玄
　　　　暉三變而排偶愈工，淳朴愈散，漢道盡矣。

詩已如此，賦則尤甚。曹魏晉初，駢偶已行，賦家對仗雖求藻飾，尚不至密求精繽。江左以來，益趨巧飾，以至「浸假而無體不作偶語」（劉永清《文心校釋・麗辭篇》）；先秦「詩人偶章，大夫駢體，奇偶

〔註27〕《文心・章句篇》云：「離章合句，調有緩急，隨變適會，莫見定準。」
〔註28〕王忠林先生於〈文心雕龍所述辭格析論〉中指出「對偶就是句法上的一種安排。」《南洋大學學報》第 4 期。

適變，不勞經營」（《文心・麗辭》）之自然情意，幾已蕩然無存，至於形式技巧之講究，則已無懈可擊。辭賦本爲韻文一體，兼具聲色之美，駢偶益添，謂其瓌瑰炫爛，雕繢滿眼，實不爲過，若通篇繡錯綺縟，聲色整鍊，「固非古音之洋洋，亦如律體之靡靡」（孫梅《四六叢話》）者，則爲典型之俳賦矣。如蕭綱〈列燈賦〉：

　何解凍之嘉月，

　　值蕤萊之盡開。

　┌草含春而動色，

　└雲飛采而輕來。

　┌南油俱滿，

　└西漆爭然。

　┌蘇徵安息，

　└蠟出龍川。

　┌斜暉交映，

　└倒影澄鮮。

　┌九微閒吐，

　└百枝交布。

　┌聚類炎洲，

　└跡同火樹。

　┌競紅蕊之晨舒，

　└蔑丹螢之昏鶩。

　┌蘭膏馥氣，

　└芬炷擎心。

　┌寒生色淺，

　└露染光沈。

〈註〉：＊押咍韻，●押仙韻，△押模韻去聲暮韻，▲押虞韻去
　　　聲遇韻，◎押侵韻，△▲可通押。

全篇廿句，即有九對麗辭，實盡美矣。

　　至論對偶之法，劉勰所舉凡四：「言對為易，事對為難，反對為
優，正對為劣。」（《文心・麗辭》）要言之，僅言對、事對二種，再
於二對中各分正反，總為四對。至其義涵：言對者，「雙比空辭者也」，
對比範圍僅限於辭句表面，不涉及事理意義，劉勰以相如〈上林賦〉
「修容乎禮園，翱翔乎書圃」為例；事對者，「並舉人驗者也」，舉出
範屬人事徵驗之二事相對比，字義、人事均須對偶，如宋玉〈神女賦〉
「毛嬙鄣袂，不足程式，西施掩面，比之無色」；反對者，「理殊趣合
者也」，一隱一顯，一幽一昌，以對偶之一事，分屬不同處境，表達
之旨趣則同，如王粲〈登樓賦〉「鍾儀幽而楚奏，莊舄顯而越吟」；正
對者，「事異義同者也」，以對偶二事，表達相同之事理，如張載〈七
哀詩〉「漢祖想枌榆，光武思白水」。簡言之，事、言二對，一用典，
一不用典；正對舉同義詞，反對舉反義詞。茲列六朝賦篇數例相附，
以見麗辭概端：

（一）言　對

1. 正　對

獸喘氣于玄景，鳥戢翼于高危，農畯捉鏟而去疇，織女釋
杼而下機。（劉楨〈大暑賦〉）

凱風發而時鳥謹，微波動而水蟲鳴。（曹植〈節遊賦〉）

息徒蘭圃，秣驥華田，目送歸鴻，手揮五絃。（夏侯湛〈獵兔賦〉）

雲上騰而雁翔，霜下淪而草腓。（謝靈運〈歸塗賦〉）

軍魚麗而齊上，陣龍膝而俱行。（蕭綱〈金錞賦〉）

苔染池而盡綠，桃含山而併紅，露沾枝而重葉，網縈花而
曳風。（蕭繹〈春賦〉）

2. 反　對

沈光內炤，浮景外鮮。（曹丕〈馬瑙勒賦〉）

清者感天，濁者含地。(阮瑀〈箏賦〉)

泰則攄志於宇宙，否則澄神于幽昧。(摯虞〈愍騷〉)

是故其生也榮，雖萬物咸被其仁，其仁也哀，雖天網猶失其綱。(陸機〈述先賦〉)

葉斷禽蹤，枝通猿路。(沈約〈高松賦〉)

陰翻則顧兔先出，陽變則靈烏獨明。(庾信〈象戲賦〉)

（二）事　對

1. 正　對

思薛翁于西土兮，望伯氏于東隅。(應瑒〈愍驥賦〉)

李氏韜光，類隱龍而怡情，王喬脫屣，斅飛鳧而上征。(王羲之〈用筆賦〉)

慕右公之胥宇，羨孟氏之審鄰。(潘尼〈東武館賦〉)

君奭鞅鞅，不悅公旦之舉，高平師師，側目博陸之勢。(陸機〈豪士賦序〉)

殄張儀之餘，殲蘇秦之後，粉虞卿之白璧，碎漢王之玉斗。(蕭綱〈舌賦〉)

似延州之如舊，同伯喈之倒屣。(陸倕〈感知己賦贈任昉〉)

2. 反　對

嘉法言之令揚，悼說難之喪韓。(丁儀〈厲志賦〉)

伍被刑而伏劍，魏和戎而擁樂。(陸機〈遂志賦〉)

朝役登樓之詠，夕引小山之謳。(謝朓〈擬風賦〉)

歡柏梁之有賦，恨相如之異時。(任昉〈靜思堂秋竹應詔〉)

軫工遲於長卿，踰巧速於王粲。(陸倕〈感知己賦贈任昉〉)

欲同吃如鄧士載，欲作辯似妻君卿。(陳暄〈語賦〉)

對句中，事對較言對除字義相偶外，尚須附以人事相對，是以彥和謂「言對為易，事對為難」；反對藉正、反兩方面立場突顯主題，較正對之平敘更富衝擊性，遂以「反對為優，正對為劣」，六朝對仗方法雖多，

要皆賅入此中。雖然，駢偶之用可增加形式美觀，增強主題印象，至於意義重複，甚且詞意未治，勉強湊合之對，則非所求。〈麗辭篇〉云：「是以言對爲美，貴在精巧，事對所先，務在允當，若兩事相配，而優劣不均，是驥在左驂，駑爲右服也」，於是「事或孤立，莫與相偶」，「若氣無奇類，文乏異采，碌碌麗辭，則昏睡耳目」，於麗辭盛行之齊梁已見不少弊病，故彥和力主任隨自然，勿師心自守、食古不化，勉強成偶，反傷雅致，流於拙劣，若取舍合宜，則優劣自見。

　　言事四對頗爲簡易，後人屢爲詳分，尤以日人遍照金剛《文鏡祕府論》中「論對」分爲二十九種，殊爲細瑣。今以劉麟生《中國駢文史》、張仁青《中國駢文發展史》中有關形式、內容之對偶分類爲主，益參他說己意，將六朝小賦常用之法略分十三：

（一）句中對（當句對）

鷥鶒龜背，戴玄珥白。（摯虞〈鵁鶄賦〉）

玉壺銀臺，車廂井欄。（蕭衍〈圍棋賦〉）

別豔姬與美女，喪金輿及玉乘。（江淹〈恨賦〉）

（二）單句對

對淥水之素波，背玄澗之重深。（曹植〈九華扇賦〉）

黎民布野，商旅充衢。（孫楚〈登樓賦〉）

仰浮清之藐藐，俯況奧之茫茫。（顏之推〈觀我生賦〉）

（三）隔句對（複句對）

結根建本，則固于泰山，兼覆廣施，則均于昊天。（傅玄〈柳賦〉）

遊梁之客，徒馬疲而不能去；兔園之女，雖蠶飢而不自禁。（江淹〈青苔賦〉）

寄根江南，淼淼幽潭，傳節大夏，悠悠廣野。（庾信〈邛竹杖賦〉）

（四）雜句對

或攜手悲嘯，噓天長叫，遲重則如陸沉，輕疾則如水漂。（孫

楚〈笑賦〉)

若夫長風鼓怒，涌浪砰磕，颮波於萬里之閒，漂沫於扶桑之外。(蕭綱〈海賦〉)

若乃邯鄲之女，宛洛少年，顧影自媚，窺鏡自憐，極車馬之光飾，盡衣裳之妖妍，既徙倚於丹墀，亦徘徊於青閣。(張率〈繡賦〉)

（五）同類對（順句對）

冬奧處于城邑，春遊放于外廬。(張華〈歸田賦〉)

毛弗施于器用，肉弗登于俎味。(張華〈鷦鷯賦〉)

水黯黯兮蓮葉動，山蒼蒼兮樹色紅。(江淹〈哀千里賦〉)

儒不隱迹，墨無遁形。(江淹〈知己賦〉)

（六）異類對

聽屯雷之恆音兮，聞左右之歎聲。(應瑒〈愁霖賦〉)

感亡景于存物，惋隤年于拱木。(陸機〈懷土賦〉)

地鼎沸于袁曹，人豺狼于楚漢。(庾信〈傷心賦〉)

（七）雙擬對

或遲或速，乍止乍旋。(卞蘭〈許昌宮賦〉)

非劫非持，兩懸兩生。(蕭衍〈圍棊賦〉)

不封不樹，惟棘惟欒。(庾信〈傷心賦〉)

（八）聯緜對

舒飄飆以遐洞，卷徘徊其如結。(陸機〈鼓吹賦〉)

歲崢嶸而愁暮，心惆悵而哀離。(鮑照〈舞鶴賦〉)

情嬋娟而未罷，愁爛漫而方滋。(江淹〈去故鄉賦〉)

（九）連珠對（疊字對）

風淚淚而動柯，露零零而隕樹。(盧湛〈蟋蟀賦〉)

歲靡靡而薄暮，心悠悠而增楚，風霏霏而入室，響泠泠而愁予。(陸機〈思歸賦〉)

流漫漫以莽莽，吁鑿鑿以粲粲。(郭璞〈鹽池賦〉)

（十）雙聲對

潔文襟以交頸，坑莘麗之豔溢。（阮籍〈鳩賦〉）

對蒹葭之遂黃，視零露之方白。（鮑照〈遊思賦〉）

（十一）疊韻對

始連軒以鳳蹌，終宛轉而龍躍。（鮑照〈舞鶴賦〉）

共魍魎而相偶，與蟪蛸而爲鄰。（江淹〈待罪江南思北歸賦〉）

（十二）雙聲疊韻對

1. 雙聲對疊韻

躑躅徘徊，振迅騰攇。（鮑照〈舞鶴賦〉）

踟躕七教，徘徊五禮。（丘遲〈還林賦〉）

2. 疊韻對雙聲

繽紛霧會，迴皇塵亂。（成公綏〈烏賦〉）

徘徊房露，惆悵陽阿。（謝莊〈月賦〉）

（十三）連環對

1. 迴　文

納谷風以疏葉，含春風以濯莖，濯莖夭夭，布葉藹藹。（夏
侯湛〈愍桐賦〉）

春草暮兮秋風驚，秋風罷兮春草生。（江淹〈恨賦〉）

詠河宛之故俗，眷徐揚之遺風，眷徐揚兮阻關梁，詠河宛
兮路未央。（江淹〈泣賦〉）

2. 層　遞

南閣兮拊掌，北閤兮鳴筎，鳴筎兮協節，分唱兮相和，相
和兮哀諧，慘激暢兮清哀。（夏侯湛〈夜聽筎賦〉）

覽蓼莪之遺詠，詠肥泉之餘音。（孫瓊〈悼艱賦〉）

挂青蘿兮萬仞，豎丹石兮百重，百重兮嶜崟，如斲兮如削。

（江淹〈江上之山賦〉）

3. 倒　置

誠有無而大觀，鑒希微於清泉，泉清恬以夷淡，體居有而
用玄。（王彪之〈水賦〉）

眺徂歲之驟經，覩芳春之每始，始春芳而羨物，終歲徂而
感己。（謝靈運〈傷己賦〉）

秋何月而不清，月何秋而不明。（蕭繹〈蕩婦秋思賦〉）

　　各種不同方法、技巧之表現，使賦篇所欲傳達之意旨益加深刻
有力、美妍悅耳。現有之駢偶分類，雖或未能涵括殆盡，然亦可由
劉勰四對，上述十三對中略窺六朝麗辭纂組英華、巧用心思之一
斑；其間對仗之工整、音韻之鏗鏘，南朝又勝於魏晉。十三種對仗
之聯緜對、連珠對、雙聲對、疊韻對，除却字句之講究外，更要求
音調上之悅耳熨貼；至於隔句對之流衍，雖有四四、四五、四六、
四七等相隔對句，然蕭梁以降，徐庾奮袂推展，駢四儷六漸蔚爲風
尙，影響後世文壇尤鉅。〔註29〕近人胡適之《白話文學史》於此論
之尤詳：

　　辭賦化與駢儷化的傾向，到了魏晉以下更明顯了，更急進
　　了，六朝的文學，可說是一切文體都受了辭賦的籠罩，都
　　駢儷化了，議論文也成了辭賦體，記敘文也用了駢儷文，
　　抒情詩也用駢偶，記事與發議論的詩也用駢偶，甚至於描
　　寫風景也用駢偶，故這箇時代，可說是一切韻文與散文的
　　駢偶化的時代。

是六朝辭賦本身駢偶化之趨勢，影響可謂無遠弗屆。駢偶成分增加結
果，遂有駢賦、俳賦之稱，其所以異於駢文者，有韻無韻耳。孫梅《四
六叢話》論及賦體之駢儷化云：「左陸以下，漸趨整鍊，齊梁而降，
益事妍華，古賦一變而爲俳賦，江鮑虎步於前，金聲玉潤，徐庾鴻騫
於後，繡錯綺交」，已是辭豐而意寡，體亡而情失；〔註30〕至唐宋律
賦講究太過，遂爲格律工整而韻趣全無之形式文學矣。

〔註29〕《六朝麗指》云：「至徐庾兩家，固多四六語，已開唐人之先，但非
　　　　如後世駢文，全取排偶，遂成四六格調也。」頁4，新興書局。
〔註30〕王昌會《纂輯詩話類編》卷之一「體格」，論及賦體時云：「簇事對
　　　　偶以爲博物洽聞，有辭無情，體亡義失，此六朝之賦，去古益遠。」
　　　　廣文書局。實則簇事對偶僅六朝辭賦乏情失義之一因，推究其源，
　　　　亦時代文風使然也。

二、雜體散行以暢情

　　由句法之安排，字數之選擇上論，六朝小賦較詩富於變化，較散文又爲工整，謂爲介於詩、文間之文體，最是恰當。

　　字數選擇方面，六朝小賦一方面已自《詩經》四言影響中成熟以至獨立，一方面則採《楚辭》中大量使用之六字句爲賦篇句式主體，〔註31〕此種趨勢尤以魏晉賦家爲最。如應瑒〈慜驥賦〉、陳琳〈迷迭賦〉、曹丕〈戒盈賦〉、曹植〈幽思賦〉、〈愍志賦〉、夏侯湛〈薺賦〉、曹攄〈述志賦〉等，通篇皆由六字句構成（連接詞及句末語助詞除外），可見適於敷情寫懷之六字句於賦篇運用日廣之一斑；至如丁儀〈厲志賦〉、曹植〈節遊賦〉、劉劭〈嘉瑞賦〉、摯虞〈愍騷〉、蔡洪〈鬭鳧賦〉、江淹〈翡翠賦〉等篇，雖間雜以三、四、五、七言不等，然其它字數僅用以略緩語氣，居陪襯地位，六字句主宰之位仍未動搖。然小賦雖短，數百字間全由六字組句，亦頗嫌單調，參錯句法乃爲必然需求，《詩經》以來即爲賦家慣用之四字句穩健簡潔之特色，乃爲婉轉暢達之六字句最佳搭配，〔註32〕一密一疏、一緩一驟，非但合於音節，更便於情志之舒暢。是以四六言參差之句法，遂爲六朝賦篇之主要句式，諸如曹植〈鷂賦〉、繁欽〈桑賦〉、劉劭〈龍瑞賦〉、成公綏〈螳蜋賦〉、潘岳〈狹室賦〉、潘尼〈桑樹賦〉、傅亮〈感物賦〉、謝靈運〈歸塗賦〉、謝莊〈赤鸚鵡賦〉、謝朓〈高松賦〉、〈杜若賦〉、沈約〈愍塗賦〉、陸倕〈感知己賦贈任昉〉等，統由四、六字句架構成篇；然其間仍多四四、六六成章之句。四六交錯之體，必待唐以後使用方普遍；而六朝處於四六草創之初，純四六成篇之賦究屬少數，多數篇章之字句，仍間雜以三至八九言不等，整齊中偶現雜沓，使略嫌平直之形式爲之生動不少。如庾闡〈狹室賦〉：

〔註31〕兒島獻吉郎於《中國文學概論》中云：「騷之句法，以六言爲最多，而七言、五言次之。」
〔註32〕《文心・章句篇》云：「四字密而不促，六字格而非緩，或變之以三五，蓋應變之權節也。」是四六搭配使用有其互補之效。

居不必阤，食不求簞。（四言）

豈獨蓬藜可永而隆棟招患，奚必膏梁非美而飲疏以澆。（十一言）

醪俎可以充性，不極欲以析龍肝；清室可以避暑，不冽泳而興夏寒。（六、七言）

于時融火炎炎，鶉精共耀，南羲熾暑，夕陽傍照。（四言）

爾乃登通扉、闢櫳幌、絺幕褰、閑堂敞。（三言）

微颷淩閨而直激，清風乘虛以曲蕩，……。（七言）

全賦以五種句法參差其間，隨情應動，不拘一制。孫鑛評點《楚辭》，謂其「或長言、或短言、或錯綜、或對偶、或一事而累累反覆，……其文或峭險、或淡宕、或佶倔、或流利，諸法備盡，可謂極文章之變態。」（引自游天思《楚辭概論》）以此比諸小賦散行之變化句法，亦頗相稱。

　　散行句法之運用，除賦中參差不齊之句型外，賦首之序與賦末之亂，亦往往寓含散文體式。明徐師曾《文體明辨・文賦類》云：「按楚辭卜居、漁父二篇，已肇其（指〈散文賦〉）端，而子虛、上林、兩都等作，則首尾是文，後人倣之，純用此體，蓋議論有韻之文也。」首尾是文者，即指序、亂而言。蓋序之目的，主在彰顯全篇義理，以明旨趣之所在，〔註33〕如曹植〈藉田賦序〉：

大凡人之為圃，各植其所好焉，好甘者植乎薺，好苦者植乎荼，好香者植乎蘭，好辛者植乎蓼，至于寡人之圃，無不植也。

實為一篇暢潔之賦序，駢散交雜，語既麗，旨亦曉，是以適當之散文夾雜賦中，非但意旨明晰，且可調和駢文之晦澀。孫德謙力主駢文中必參之以散體，以為「如是則氣既舒緩，不傷平滯，而辭義亦復軒爽。」（《六朝麗指》）六朝賦序往往即是一篇極佳之散文或駢散相間之雜體賦，價值甚且不在賦篇之下。〔註34〕

〔註33〕可參考孫德謙《六朝麗指》，頁50。
〔註34〕如陸機〈豪士賦序〉，即是一篇絕佳之駢散合雜之散體賦；至於長賦

至於亂者，王逸曰：「亂，理也，所以發理辭指，總撮其要也。」（《楚辭章句》）洪興祖補註曰：「凡作篇章既成，撮其大要，以爲亂辭也。離騷有亂有重，亂者，總理一賦之終，重者，情志未申，更作賦也。」蓋亂曰、重曰與歌曰、詩曰、謠曰等性質相同，皆爲篇末之總結辭。至其韻文形式，較序爲強，如鮑照〈蕪城賦〉歌曰：

> 邊風急兮城上寒，井逕滅兮丘隴殘，千齡兮萬代，共盡兮何言。

江淹〈去故鄉賦〉重曰：

> 江南之杜衡兮色已陳，願使黃鵠兮報佳人，橫羽觴而淹望，撫玉琴兮何親，瞻層山而蔽日，流餘涕以沾巾，恐高臺之易晏，與螻蟻而爲塵。

押韻對仗情形較序嚴整，論形式實與賦篇本身無異。至於孫該〈三公山下神祠賦〉，其亂辭全爲四字句式，無怪乎黃宗羲云：「作賦者，末有重曰、亂曰，總之是賦，不可謂重是重，亂是亂也。」（《金石要例·墓誌無銘例》）此言乃針對體式而言，以爲亂與賦當無不同也。蓋六朝賦之「亂」句型雖亦間採參差方式，以達散行效果，然已有詩化象徵，蕭綱〈對燭賦〉、江淹〈娼婦自悲賦〉、徐陵〈鴛鴦賦〉皆以五七言句法入賦，且以詩作結；劉緩〈照鏡賦〉、江總〈南越木槿賦〉五七言句則占全篇一半以上；沈約〈愍衰草賦〉除四言六句，三言一句外，全由五言架構而成，此與序之發展愈偏散文相較，[註35] 相去日遠，然亦正可見辭賦介於詩文間之特質。

雜體散行之特色，除句法之參差變化外，轉折連詞之使用，亦頗收舒緩之效。六朝小賦於極盡鋪陳中開展賦篇之吟詠，篇幅雖短，藉由轉折連詞之用，可將各個不同觀點之描敘聯結爲一體，且可溝通參差之句法，使不相扦格，藉以貫通枝節、承上啓下，亦可於連續詞句

之序如〈哀江南賦〉與〈小園賦〉，仍以四六俳句敘事，唯不押韻耳。可參閱《中國文學流變史（二）·辭賦編》，頁137。

[註35] 馮承基先生〈六朝文述論略〉中云：「賦前有序，初視之不過多出一段文字，未覺甚異，實則此乃自有韻文逐漸向無韻文發展之途徑。」

中稍作間歇，緩衝語氣之一瀉千里，不可收拾之勢，使賦篇呈現整體和諧之美。孫德謙曰：「作駢文而全用排偶，文氣易致窒塞，即對句之中，亦當少加虛字，使之動宕。」(《六朝麗指》)如江淹〈學梁王兔園賦〉中，轉折連詞即出現十次之多，或置於同字句間，或置於異字句間，其所非一，其用則同。

六朝小賦常見之連詞有爾乃、於是、及夫、及至、至於、至若、是以、是故、若其、及其、既乃、若乃、乃有、故、夫、或等，種類繁多，皆以連章合句爲旨。

> 于是宅鄰京郊，……既乃青陽結蔭，……顧有崇臺之觀，……若夫左瞻天宮，……至于體散玄風，……故細無形骸之狹，……。(庾闡〈閒居賦〉)

> 若乃旭日始暖，……至若炎雲峯起，……及夫秋風一至，……至於冬陰北邊，……何嘗不夢帝城之阡陌，……是以軫琴情動，……故秦人秦聲，……實由魂氣愴斷，……。(江淹〈四時賦〉)

> 或秋藏冬發，或春醞夏成，或雲沸川涌，或素蟻如萍，爾乃王孫公子，……于是飲者竝醉，……或揚袂屢舞、或扣劍清歌、或輦蹴辭觴、或奮爵橫飛，或歡驪駒既駕，或稱朝露未晞，于斯時也，質者或文，……于是矯俗先生聞之而歎曰：噫夫言何容易，此乃淫荒之源，……若耽于觴酌……。(曹植〈酒賦〉)

「或」字連續出現，已非單純連詞功用；逐層鋪敘、一一引述之分別效果，更爲賦家重心所在。將鬆散之敘述轉爲緊湊之排比，將一言難盡之事物委婉分述，一時難詳之狀況個別詳道，使事物之整體觀念，於先後鋪敘中，明白曉暢而無冗亂之弊。小賦排比技巧將於下目探述之，至於一般小賦之連詞，仍以轉折語氣之用法居多。

除銜轉數句間之獨立連詞外，單句間亦有非獨立連詞之使用，雖不明顯，亦有跡可循。如夏侯湛〈觀飛鳥賦〉「苟臨川而羨魚，亦歡翔而樂飛」，顧愷之〈雷電賦〉「豈直驚安竦寐，乃以暢精悟神」，沈

約〈高松賦〉「既梢雲於清漢，亦倒景於華池」等，乃句間連詞，連接上句、扣緊下句之用；至於一句之連詞，則可造成文氣流動之效果，如「始圍寸而高尺，今連拱而九成」（曹丕〈柳賦〉），「飛金英以浮旨酒，掘翠葉以振羽儀」（孫楚〈菊花賦〉），「看朝雲之抱岫，聽夕流之注澗」（謝靈運〈嶺表賦〉），或用「而」、「以」、「之」，形式靈巧多變，益使六朝小賦對稱之美得以盡其全貌，不致流於唐宋四六律賦之纖巧俳弱矣。〔註36〕

三、逐層排敘以敷旨

　　兩漢長賦之閎巨篇幅，經由逐層分敘之方式，結合一種或數種形構相似之句法，將類同性質之事物排比並列、依次敘述，使琳瑯滿目、事物紛陳之內容，於眩目中仍有跡可循，不致流於毫無規律之鋪陳，表現完整和諧之概念。此種句法之安排方式，降及六朝，雖然賦篇形式縮小，仍為賦家所樂於採用，使精簡之篇章益形井然有序、曉暢有體。茲將六朝賦家慣用之排比方式，分三方面敘述。

（一）地理方位之排敘

　　地理方位者，上下四方也。《詩經》中雖已大量出現此種方位詞，然多屬名詞性質，如〈邶風〉之〈北門〉、〈北風〉，〈王風〉之〈中谷〉，〈鄭〉之〈東門〉，〈齊〉之〈南山〉等，皆此類也；至如「蝃蝀在東，……朝隮於西」（〈鄘風·蝃蝀〉），「泉源在左，淇水在右」（〈衛風·竹竿〉）等用於地理方位者，僅占少數，且多兩兩並用。至《楚辭·招魂》，方位鋪陳已具形勢：

> 魂兮來歸，去君之恒幹，何為乎四方些，……東方不可以
> 託些，……南方不可以止些，……西方之害，流沙千里
> 些，……北方不可以止些，……君無上天些，……君無下
> 此幽都些，……入脩門些，……反故居些，……。

〔註36〕王瑤於〈中古文學風貌·徐庾與駢體〉一節中指出「後來四六律賦的纖巧俳弱，就是因為形式凝固了的原因。」

屈原敘述「天地四方,多賊姦」、不可處,百途俱險情況下,唯有入脩門、反故居爲唯一可循之徑。作者藉地理方位之鋪展,循序導入作品中心主題,此種手法,至兩漢乃大量運用於賦篇中,環環包圍所待鋪敘之對象,極力向四方延伸,成就斐然。六朝沿其體例,限於篇幅,雖無廣袤繁複之陳敘,亦不失其苞括宇宙之體勢,描繪技巧甚且較兩漢篇章尤富變化,亦後出轉精者也。如曹植〈閑居賦〉:

> 登高丘以延企,時薄暮而起予,仰歸雲以載奔,過蘭蕙之長圃,……入虛廓之閑館,步生風之廣廡,踐密邇之脩除,即蔽景之玄宇,翡鳥翔于南枝,玄鶴鳴于北野,青魚躍于東沼,白鳥戲于西渚,遂乃背通谷,對綠波……。

全篇之流動感極強,由高丘之企望至玄宇之四覽,途中天地四方之景物一筆帶過,簡潔醒目;至玄宇四合之景,則分由南方之樹林、北方之原野、東境之池沼、西界之洲渚、正面之綠池、背面之通谷敘述,眞切而詳實之排敘,使畫面生動自然,歷歷如在目前。茲圖示如下:

張載〈濛汜池賦〉,描寫華池本身與周遭景致,「既乃北通醴泉、東入紫宮、左面九市、右帶閬風,周墉建乎其表,洋波迴乎其中,幽濆傍集,潛流濁注,仰承河漢,吐納雲霧,緣以采石,殖以嘉樹,……

綠葉覆水，玄蔭夾岸，紅蓮煒而秀出，繁葩爍以煥爛，游龍躍翼而上征，翔鳳因儀而下觀，……。」圖示如下：

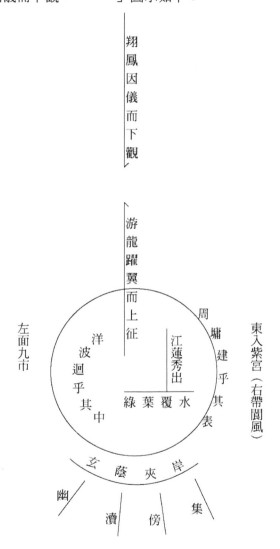

賦篇發展由遠而近，由外而內，再由中心而四周，由上而下，三度空間之立體描述，使單純之池面異常活潑生動。至於張協登北芒時「前瞻南山，卻闚大岯，東眺虎牢，西睨漺耳，邪亙天際，旁極萬里」

〈〈登北芒賦〉〉之描寫與庾信「東海有白木之廟，西河有枯桑之社，北陸以楊華爲關，南陵以梅根作冶，……豈獨城臨細柳之上，塞落桃林之下」（〈枯樹賦〉）之排敘方式，較漢賦慣用之「其中有……其東則有……其南則有……其西則有……其北則有……其上則有……其下則有……」（〈子虛賦〉），使用技巧上，顯見小賦作家已逐漸捨棄單純之方位排比，而採以較曲折變化方式表達，用詞亦簡明無贅，不復兩漢堆砌累積之巍巍大觀矣。

（二）自然景觀之排敘

自然界中各類事物、各種現象既無不可入賦家吟詠範圍，是以賦家於組合章句之際，亦往往藉其所見，一一排比入賦，以表意抒懷，逞才肆志也。

> 滄浪浩兮迴流波，水石激兮揚素精，夏木兮結莖，春鳥兮愁鳴，平原兮決溿，綠草兮羅生。（王粲〈思友賦〉）

> 天悠悠其彌高，霧鬱鬱而四幕，夜縣邈其難終，日婉婉而易落，敷曾雲之葳蕤，墜零雨之揮霍，寒冽冽而寖興，風謖謖而屢作，鳴枯條之泠泠，飛落葉之漠漠，山崆巄以含瘁，川蜿蜒而抱涸，望八極以矖溿，普宇宙而寥廓，伊天時之方慘，曷萬物之能歡，魚微微以求偶，獸岳岳而相攬，猿長嘯于材杪，鳥高鳴于雲端。（陸機〈感時賦〉）

> 悲陽鴻之赴翔，憐春鶯之入楹，天晻曖而流雲，日陰黤而渝精，風淑穆而吹蘭，雨濛濛而洗莖，草承澤而擢秀，花順氣而飛馨。（蕭義恭〈感春賦〉）

藉自然景觀之排比，托顯出作者心境，範圍由天地四時、陰陽風雨至草木鳥獸，凡自然所有，日常所見，均可入篇。此種排比方式，《莊子‧齊物論》「似鼻、似口、似耳、似枅、似圈、似臼、似洼者、似污者。激者、謞者、叱者、吸者、叫者、譹者、宎者、咬者，前者唱于，而隨者唱喁。」已爲濫觴，至如潘尼〈惡道賦〉「車低個于潛軌，馬佗際于險徒，狗肘還句，羊角互戾，菟窟連投，十數億計。……馬則頓躓

狼傍，虺頹玄黃，牛則體疲力竭，損食喪膚。」幾乎全藉動物情狀，
將路途之險阻曲狀而出；裴子野遊華林園，則將整個園景分四面排敘：

> 正殿則華光弘敞，重臺則景陽秀出，……溪谷則沱潛派別，
> 峭峽則險難壁立。

阮籍〈元父城賦〉，更將所見所感分敘層列，以為民風詭亂之引詞：

> 其城郭，卑小局促，危隘不遐；其土田，則汙除漸淤，泥
> 涅槃泠，……其區域壅絕斷塞，分迫旋淵，……于其遠險，
> 則右金鄉而左高平，崇陵崔巍，深溪崝嶸，……爾之近阻，
> 則鳴鳩蔭其前，曲城發其後。

將元父城附近地理環境之險惡，以致民風澆薄，作一概要之敘述，由
內而外，由遠而近，層層鋪敘，有條不紊。

至於潘岳〈滄海賦〉，除由測之、望之、陰霖、陽霽四方面描寫
滄海之態外，尚臚列自然界同類異物之名，以相排比，此種方式最早
當可推至《楚辭》，〈招魂〉中將帝室設備、宮中女侍、高堂雕飾與飲
食之美，同類並舉排比，個別陳述鋪敘，如其描寫飲食美盛一段：

> 食多方些。稻粢穱麥，挐黃粱些。大苦鹹酸，辛甘行些。
> 肥牛之腱，臑若芳些。和酸若苦，陳吳羹些。胹鱉炮羔，
> 有柘漿些。鵠酸臇鳧，煎鴻鶬些。露雞臛蠵，厲而不爽些。
> 粔籹蜜餌，有餦餭些。瓊漿蜜勺，實羽觴些。挫糟凍飲，
> 酎清涼些。華酌既陳，有瓊漿些。

鋪排比敘中雖間雜形容詞句，亦可見出篇中列舉美食珍味種類之繁多。
此後，同類事物之鋪排，漢賦最為擅長，後人直鄙其為「徧搜奇字，窮
稽典實」(《插圖本文學史》)之代名詞，即指此也。〔註37〕六朝辭賦此
類篇章絕少，潘岳〈滄海賦〉乃小賦中之鳳毛麟角，茲列其所敘如下：

> 山　則：其中有蓬萊名嶽，青丘奇山，阜陵別島，崑環其閒。
> 魚　則：有吞舟鯨鯢，鰇鰄龍鬚，鮥魚鮁鱨，蜂目豺口，貍斑雉
> 軀。

〔註37〕徐嘉瑞先生〈中古文學概論〉中曾指出漢賦五大弊端，其二：「堆砌」，
即本段所指。頁 127。

蟲獸則：素蛟丹虬，元龜靈黿，修蠶巨鼈，紫貝螣蛇，玄螭蚴虯，
　　　赤龍焚薀。

禽鳥則：鷗鴻鸜鵒，鳩鷥鳲鶬。

茲篇雖為僅有之例，亦可見六朝小賦於列舉同類事件時，鋪排方式雖
延承兩漢賦篇而來，然與其堆砌累積，形同字典類書情形相較，相去
已非咫尺。

（三）特定對象之排敘

個別詠物題材既佔六朝小賦之絕大比例，特定對象之排敘自亦為
賦家重心所在。作者於固定範圍內，將吟詠對象之特徵、細節以層層
推展手法鋪寫，於唯美至上風氣影響下，排敘技巧已由字句堆砌轉至
狀詞之奇巧與特殊，排比方式亦從而多變且豐富。如將特定對象依外
形特徵分別排敘者：

> 勁翮二六，……句爪縣芒，足如枯荊，觜利吳戟，目顥星
> 明。（傅玄〈鷹賦〉）

> 去則滅軌以無迹，來則幽闇以杳冥，舒則彌綸覆四海，卷
> 則消液入無形，或狎獵鱗次，參差交錯，上捷業以梁倚，
> 下壘砢而相薄，……或粲爛綺藻，或畫或規，……或繡文
> 錦章，依微要妙。（成公綏〈雲賦〉）

> 紺絡頸而成飾，頳點首以表儀，羽凝素而雪映，尾舒玄而
> 參差，趾象虯以振步，形亞鳳以擅奇。（劉義慶〈鶴賦〉）

或依性質作用逐層分敘者：

> 其刃也，則楚金越冶，……鎧則東胡闕鞏，……弩則幽都筋
> 骨，……其弓則烏號越棘，……矢則申息肅慎，……馬則飛
> 雲絕景，……其攻也，則飛梯臨雲，……。（陳琳〈武軍賦〉）

> 章文德于廟堂，協武義于三軍，致子弟之孝養，糾骨肉之
> 睦親，成朋友之懽好，贊交往之主賓，既無禮而不入，又
> 何事而不因。（王粲〈酒賦〉）

> 爾其車也，名稱合于星辰，……爾其利也，天子以郊祀田

伐，……爾其作也，均輕重而攻材，……爾其容也，俟蓋樹之獨立，……及其駕也，堅珊瑚之駐，……及其乘也，或方憂虐暑，……。（甄玄成〈車賦〉）

或依個別特色分別描繪者：

其揚聲發怒，則雷霆之威也，明照遠鑒，則日月之暉也，甄陶品物，則造化之制也，濟育群生，則天地之惠也。（潘尼〈火賦〉）

其在手也安，其應物也誠，其招風也利，其播氣也平。（陸機〈羽扇賦〉）

氣洪細而俱芬，體脩短而必圓，芳郁烈其充堂，味窮理而不餲，德弘濟于饑渴，道殊流于貴賤。（陸機〈瓜賦〉）

轉若驚電，照若澄月，積如累空，泮若墮節。（顧愷之〈冰賦〉）

或將一連串事件連續排列者：

掇以纖手，承以輕巾，揉以玉英，納以朱唇。（鍾會〈菊花賦〉）

爾乃調脣吻、整容止、揚清矑、隱皓齒。（孫楚〈笳賦〉）

其始奏也，寒澄疏雅，若將暘而未越；其漸成也，抑案鏗鏘，猶沈鬱之舒徹。（賈彬〈箏賦〉）

爾乃建將軍、布將士、列兩陣、驅雙軌。（蕭衍〈圍棋賦〉）

六朝小賦排敘情形除上述之隨體應變外，尚有一般通用之定式，即以「或」字連接詞句，以成排敘之勢者：

或蹢躅踟躕，或踥蹀容與，或爬地俯仰，或撫翼未舉，或狼顧鴟視，或鸞翔鳳舞，或佯背而引敵，或畢命于強禦。（傅玄〈鬥雞賦〉）

局則崑山之寶，華陽之石，或煩蜿龍藻，或分帶班駁，或發色玄黃，或皦的鱗白，……或擗拍散爛，……或奮振唐唐，……。（夏侯湛〈彈棋賦〉）

五色比象，殊形異端，或濟貌以表內，或惠心而醜顏，或攄文以抱綠，或被素而懷丹。（陸機〈瓜賦〉）

此種形式之排敘為六朝小賦所普遍運用，數句併列，雖未全或偶對，

亦偶數成章。孫德謙以爲疊用「或」字之法，表示所敍內容特質非同一轍，「若不廣徵博引，則無以見流別，如化散爲整，排比行之，必失之煩冗，故每句祇加一或字，而文氣自然調暢。」（《六朝麗指》）實則加一或字，排比依舊，然益見流暢則洵非虛言。

　　是以不論何種排敍方式，皆以堆砌煩冗爲忌，六朝賦家於此，則頗有可觀也。

第四節　音色相宣以窮文

　　《金樓子・立言篇》云：「至如文者，惟須綺縠紛披，宮徵靡曼，脣吻遒會，情靈搖蕩。」元帝所謂「綺縠紛披」乃指文字之藻繪而言，「宮徵靡曼、脣吻遒會」乃指文字之聲律而言，「情靈搖蕩」乃指文字之情感而言，亦即劉勰所謂形文、聲文、情也。形文、聲文之適當表現，固可使文學形式倍增妍麗曲折，然講究太過則反傷眞美，非文學所尚，孫梅《四六叢話・序》云：「六朝以來，風格相承，妍華務益，其間刻鏤之精，昔疏今密，聲韻之功，舊澀而新諧，非不共欣於斧藻之功，而亦微傷於酒醴之薄矣」。六朝唯美文學初興，形式要求愈趨縝密，限制愈多，形式愈麗，以辭害意自所難免，然得失之間，其所樹立之唯美典範，於中國文學造成之深遠影響，亦已肯定其價值與地位。本節擬由形文與聲文之特色，探討六朝賦家修辭技巧與聲律運用之一般。

一、巧妍煥爛之修辭技巧

　　魏晉以降，會意尚巧，遣辭貴妍，成爲賦家追循之一致標的，修辭之重視，前代莫及，技巧之特出，後世難越，麗辭之風靡，益長其勢，排比鋪敍，更逞其意。至於遣辭用語，以簡淺之字句爲基礎，加以雕琢繪飾之技巧，使辭賦日趨於巧妍煥爛之境。茲由辭句修飾與辭采表現分別觀之。

（一）辭句修飾

　　由於形式技巧之講究，使作品漸由情韻表現之重心移至摹狀傳神之表達，文人好奇尙繁結果，使辭句修飾之技巧務求突越前人，於是在嘔心瀝血、刻意經營下，以事類、比興、夸飾之運用及鍊字精奇爲主之修辭技巧，遂爲六朝辭賦一致之趨勢：

1. 事　類

　　《文心・事類篇》云：「事類者，蓋文章之外，據事以類義，援古以證今者也」，即今所謂之用典隸事。賦家擅用鋪排技巧，化單爲偶，易少成多，亦善以典故敘述，化繁爲簡，賅至富之義於至簡之辭句中，除省文字之累，增章句之美外，尙可藉前言往行之徵驗，加強文辭力量及說明效果。黃季剛先生《文心雕龍札記》云：「道古語以剴今，……取古事以記喩，……意皆相類，不必語出於我；事苟可信，不必義起乎今，……若夫文之以喩人也，徵於舊則易爲信，舉彼所知則易爲從。」此事類之用；至於文人炫才耀識，引以自重之態度，則益長其風，《南齊書・文學傳論》所謂「緝事比類，非對不發，博物可嘉，職成拘制」，實爲事類運用之極端表現。形式堆砌之結果，文章自然殆同書鈔，內容益形空虛矣。〔註38〕

　　至於運典內容可分爲二：「略舉人事以徵義者也」、「全引成辭以明理者也」（《文心・事類》），前者舉以往之故事以應今情，後者引已有之言辭以明此意：

　　（1）略舉人事以徵義者：將歷史事跡融爲典故，運作於賦篇，以發揮題意、曉暢題旨者，如：

　　　　傅說顯殷，四叟歸漢。（嵇含〈槐香賦〉）。

　　舉殷商由傅說之宰輔而顯盛；漢室由商山四皓之擁護而益固，以喩賢士國運之息息相關。

〔註38〕〈詩品序〉云：「大明泰始中，文章殆同書鈔。近任昉、王元長等，詞不貴奇，競須新事，爾來作者，寖以成俗，遂乃句無虛語，語無虛字。」

孟積雪而抽筍，王斲冰以鱠鮮。（謝靈運〈孝感賦〉）

藉二十四孝孟宗孝感竹生與王祥臥冰求鯉之事，以喻純孝動天。

水衡之錢山積，織室之錦霞開。（庾信〈三月三日華林園馬射賦〉）

水衡、織室皆漢帝之私藏，二者以喻後周王室殷富，財帛盈溢。

（2）全引成辭以明理者：將成辭配合題旨，納入文中，或整句不變，或略事更動，融裁入賦，以彰主旨。

毛弗施於器用，肉不登乎俎味，……巢林不過一枝。（張華
〈鷦鷯賦〉）

上句出自《左傳・隱公五年》，臧僖伯曰：「鳥獸之肉，不登於俎，皮革齒牙、骨角毛骨，不登於器」；下句出自《莊子・逍遙遊》：「鷦鷯巢於深林，不過一枝。」

魂十逝而九傷。（江淹〈泣賦〉）

〈九章・抽思〉有「魂一夕而九逝」之語，後人用之極廣，如應瑒〈正情賦〉「腸一夕而九煩」，阮瑀〈止欲賦〉「魂一夕而九翔」，潘岳〈虎牢山賦〉「腸一日而九迴」，曹攄〈述志賦〉「曾一歡而九咽」，蕭子範〈傷往賦〉「魂一逝而莫追」及江淹〈哀千里賦〉「心一夜而九摧」等，殆皆源於〈九章〉。

苗而不秀，頻有所悲。（庾信〈傷心賦〉）

《論語・子罕篇》：「子曰：苗不秀者，有矣夫；秀而不實者，有矣夫！」秀而不實者，乃指顏回早歿一事，〔註39〕苗而不秀者，亦被後人應用為短命而死之謂，《世說》曰：「王戎子萬，有大成之風，苗而不秀」者，與庾信同指。

至於潘岳〈秋興賦〉中「悲哉秋之為氣」一段，全引宋玉〈九辯〉，隻字未改，正全引成辭也。

文章運典之法，《六朝麗指》曰：「文章運典，於駢體為尤要，考之六朝，則有區別焉，……陳古沉今，并以足其文氣也，……借以襯

〔註39〕禰衡〈顏子碑〉云：「秀不實，振芳風」，以悼顏淵早逝也。

托，用彰今美也，……別引他物，取以佐證也，……伸此所以屈服，……無涉本題，盡力描摹者也，開此五例，恐未盡言，而六朝運典之法，其摠具於是乎？」由此五目，當可略窺六朝用典之梗概。

> 重華詠詩以終己，仲尼讀易于終身，原憲潛吟而忘賤，顏回精勤以輕貧，倪寬口誦而芸耨，買臣行吟而負薪，聖賢其猶孳孳，況中才與小人。（束皙〈讀書賦〉）

> 夫以雄才不世之主，猶儲精於沛鄉，奇略獨出之君，尚婉戀於樊陽，潘去洛而掩涕，陸出吳而增傷，況北州之賤士，爲炎土之流人。（江淹〈思北歸賦〉）

> 別有九棘龐眉，三槐暮齒，孔光謝病，袁逢致仕，吳澳不朝，楊彪喪子，明公此贈，或非乖理。（庾信〈竹杖賦〉）

此皆「陳古況今者」。

> 赤松遊其下而得道，文賓飡其實而長生，詩人歌其榮蔚，齊南山以永寧。（左芬〈松柏賦〉）

此藉赤松得道、文賓長生，以美松柏貞靈仙質也。

> 史奉載耡之禮，民奏舉趾之歌，膏壤千畝，與式既同，……提攜丘澤，眺嶺面松。（任豫〈籍田賦〉）

此藉史書民歌之詠，以美藉田躬耕之生活。

> 屈原才華，宋玉英人，恨不得與之同時，結佩共紳。（江淹〈燈賦〉）

此乃「借以襯記，用彰今美」者。

> 感其棄本高崖，委身階庭，似傅說顯殷，四叟歸漢。（嵇含〈槐香賦〉）

> 鍾儀慘而南音，莊舃感而越聲，豈吾人之狹隘，能去心而無營，情戚戚於下國，意乾乾于上京。（棗據〈登樓賦〉）

> 昔武都之一扇，乃銘功以述心，矧元帝之五熟，又刻篆以書音，況茲贈之爲美，而古跡之可尋，聊染翰而操筆，終有愧於璆琳。（蕭綱〈金錞賦〉）

此「別引他物，取以佐證」之例。

> 大禹所忌，文王是艱，暨我中葉，酒流猶多，群庶崇飲，
> 日富月奢。（王粲〈酒賦〉）

> 湯亢陽于七載兮，堯洪汛乎九齡，天道且猶若茲，況人事
> 之不平。（傅咸〈患雨賦〉）

> 似臨淄之借書，類東武之飛翰，軫工遲於長卿，踰巧速於
> 王粲，固乃度平子而越孟堅，何論孔璋與公幹。（陸倕〈感知
> 己賦贈任昉〉）

此「伸此所以屈彼」之類。

> 罄龍圖及鳳書，傾蒼冊與篆字，儲西國之闕文，採東京之
> 逸記，閱歆向之舊旨，闡鍾王之新意，對楚漢之瞻墨，覽
> 魏晉之鴻策。（江淹〈知己賦〉）

> 飾以赤野之玉，文以紫山之金，空青出峨嵋之陽，雌黃出
> 嶓冢之陰，丹石發王屋之岫，碧髓挺青岭之岑，粉則南陽
> 之鉛澤，墨則上黨之松心。（江淹〈扇上採畫賦〉）

> 陽谷之樹，崦嵫之泉，西海之草，炎洲之烟，銀臺之烏，
> 穆王之馬，都廣之國，番禺之野，皆咫尺八極，鏡見四荒。
> （江淹〈空青賦〉）

此「無涉本題，盡力描摹者也」。

用典特色在使文章言簡意賅、辭約旨豐，劉勰以爲「綜學在博，取事貴約」（《文心・事類》），正用典之首要。至其太過，反以餖飣堆砌爲工，則患義礙旨奧，辭溢文繁之弊，《六朝麗指》云：「文章之妙，不在事事徵實，若事事徵實，易傷板滯，後之爲駢文者，每喜使事而不能行清空之氣」，亦隸事太過，損眞害骨也。

2. 比 興

比興者，朱子有云：「比者，以彼狀此」（《詩經集傳》），興者「託物興辭」（《詩經集傳》），「所見在此、所得在彼」（鄭樵《六經奧論》）是也。《文心・比興篇》云：「比者，附也，興者，起也；附理者，切類以指事，起情者，依微以擬議。起情故興體以立，附理故比例以生。」然而賦體本以敷布爲用，若重經營結構之安排，與興本自然，託情於

無意之旨有違，〔註40〕是以《文心・札記》云：「題云比興，實側注論比，蓋以興義罕用，故難得而繁稱，……用比忘興，勢使之然，雖相如子雲，末如之何也。」既然興之性質方法皆不適於辭賦表達，其用亦希矣，今論比興，實以比爲主。

〈比興篇〉云：「夫比之爲義，取類不常，或喻於聲，或方於貌，或擬於心，或譬於事」。此彥和所分比之類別，後人或據以另立名目，要皆不出此疇，試觀六朝小賦用比之例如下：

　　輕如伐鼓，轟若走轍。（李顒〈雷賦〉）

此以伐鼓、走轍狀雷之聲、形也。

　　運重則如陸沈，輕疾則如水深。（孫楚〈笑賦〉）

以陸沈、水深比嘯音輕重遲疾之特色。

　　揮秦箏之慷慨，代晉鼓之嘽嘽。（蕭綱〈金錞賦〉）

卞蘭〈許昌宮賦〉亦云「秦箏慷慨」，是慷慨、嘽嘽乃表箏聲之清越，鼓聲之厚實。

此喻於聲之類也。

　　華面玉粲，韡若芙蓉，膚凝理而瓊絜，體鮮弱而柔鴻。（楊修〈神女賦〉）

燦玉比容光，芙蓉比貌美，瓊玉之潔以比凝脂之膚，柔鴻以狀纖軀，四者皆比擬人之體貌。

　　葩豔挺于碧枝兮，煥若珊瑚之萃英。（傅玄〈紫華賦〉）

以珊瑚之美比紫華之豔。

　　似斷霞之昭彩，若飛鶩之相及。（蕭綱〈舞賦〉）

以霞彩、鶩翔比舞妓豔姿柔態。

此比貌之類也。

　　言如飴蜜，心如蠻屬。（仲長敖〈覈性賦〉）

飴蜜、蠻屬以喻人心詭詐，心口殊途。

〔註40〕參見劉永濟《文心雕龍校釋・比興篇》。

　　我筠心而松性，君金采而玉相。（江淹〈知己賦〉）

以杉竹金玉比心之貞剛俊拔。

　　譬如冬雪既潔，將似秋月至徹。（江淹〈傷友人賦〉）

以多雪素月表心志之皎潔無瑕。

此比心之類也。

　　知己之不可遇，譬河清之難俟。（傅咸〈玉賦〉）。

王粲〈登樓賦〉云：「惟日月之逾邁兮，俟河清其未極」，是以河
清之不可期喻知己之難遇。

　　躍林飛岫，煥若輕電。（謝莊〈赤鸚鵡賦〉）

以輕電比鸚鵡之自在與敏捷。

　　日月飄而不留，命儵忽而誰保，譬明隙之在梁，如風露之
　　停草。（鮑照〈傷逝賦〉）

以明隙照梁之短，風露停草之暫，比時光之易逝，人生之儵忽。

　　比之方式，除以如、似、譬、若等字詞為明喻外，隱喻而不明指
之方式應用亦廣，上述楊修〈神女〉、蕭綱〈金錞〉、江淹〈知己〉三
賦外，他如王粲〈羽獵賦〉之「旌旗雲擾，鋒刃林錯」，夏矦湛〈浮
萍賦〉之「萍出水而立枯兮，士失據而身枉」，與顧野王〈箏賦〉之
「始掩抑于紈扇，時怡暢于升天」等，其為比體亦顯矣。

　　3. 夸　飾

　　「比」之與「飾」，逕同實異，范文瀾云：「蓋比者，以此事比彼
事，以彼物比此物，其同異之質，大小多寡之量，差距不遠，殆若相
等；至飾之為義，則所喻之辭，其質量無妨過實。」（《文心・夸飾篇》
注）蓋夸飾之用，主在摹難摹之形，狀難狀之物，以期傳神而不失其
真，溢美而不害其意，黃季剛先生云：「文有飾詞，可以傳難言之意，
文有飾詞，可以省不急之文，文有飾詞，可以摹難傳之狀，文有飾詞，
可以得言外之情。」（《文心札記・夸飾篇》）尤其賦本以誇張宏鉅為

工，〔註41〕於是「語壞奇則假珍於玉樹，言峻極則顛墜於鬼神」（《文心‧夸飾》）之修辭主張，遂爲賦家所宗，成爲辭賦之一大特色。

　　觀六朝夸飾之運用，言廣則「周九州而騁目，登四岳而永望」（曹攄〈述志賦〉），「淼霧八海，汯汩九河」（陶弘景〈水仙賦〉），「南參差而望越，北邐迤而懷燕」（吳均〈八公山賦〉）。

　　言巨則「下覆靈沼，上蔽高岑」（庾儵〈大槐賦〉），「根龍虯而雲結兮，彌千里而屈盤」（傅玄〈桃賦〉），「結根建本，則固於泰山，兼覆廣施，則均于昊天」（傅玄〈柳賦〉）。

　　言高則「石壁立以切天」（張載〈敘行賦〉），「據重巒之億仞，臨洪溪之萬尋」（潘尼〈琉璃椀賦〉），「屬兔望岡而旋歸，鴻雁覿峯而反翮」（謝靈運〈嶺表賦〉）。

　　言多則「軸轤千里，名卒億計」（王粲〈浮淮賦〉），「干戈森其若林，牙旗翻以如繪，千徒從唱，億夫求和，聲訇隱而動山，光赫奕以燭夜」（陳琳〈武軍賦〉），「爰翔爰集，蓬轉飆迴，紛紅雪亂，混沌雲頹，景翳耀靈，響迅風雷」（郭璞〈蜜蜂賦〉）。

　　言速則「奔電無以追其蹤，逸羽不能企其足」（曹毗〈馬射賦〉），「萬里俄頃，寸陰未改」（謝靈運〈江妃賦〉），「時不留乎激矢，生乃急於走丸」（鮑照〈觀漏賦〉）。

　　言遠則「願浮軒于千里兮，曜華軛乎天衢」（應瑒〈慜驥賦〉），「橫海萬里，踰嶺十億」（潘尼〈瑇瑁椀賦〉），「韻起西國，響流東都，浮江繞泗，屬楚傳吳」（江淹〈橫吹賦〉）。

　　言熱則「患衽席之焚灼，譬洪燎之在床，……重屋百層，垂陰千廡」（王粲〈大暑賦〉），「山泝海沸，沙融礫爛」（曹植〈大暑賦〉），「沸體恕其如鑠，珠汗揮其如雨」（潘岳〈狹室賦〉）。

〔註41〕胡應麟《詩藪》言及騷賦體裁云：「騷以含蓄深婉爲尚，賦以誇張宏鉅爲工」，此非謂騷中無宏誇之辭也，〈離騷〉中「駕八龍之蜿蜿兮，載雲旗之委蛇」等句頗多，是修辭上，騷賦夸飾之使用實無二致。

言光彩則「苞五色之明麗，配皎日之流光」（曹丕〈瑪瑙勒賦〉），「光如激電，影若浮星」（曹植〈車渠椀賦〉），「奪夜月及熒光，掩朝日與爓火」（江淹〈蓮華賦〉）。

言傷感則「意纏綿而彌結，淚雨面而霑衣」（傅咸〈感別賦〉），「望歸雲以歎息，腸一日而九迴」（潘岳〈登虎牢山賦〉），「魂終朝以三奪，心一夜而九摧」（江淹〈哀千里賦〉）。

言體勢則「流沫千里，懸水萬丈」（潘岳〈滄海賦〉），「震響達乎八冥，流光燭乎四裔」（潘尼〈火賦〉），「汩如八風俱臻，隗若崑崙抗嶺」（曹毗〈觀濤賦〉）。

其它如「陸斬犀革，水斷龍舟」（曹植〈寶刀賦〉），乃飾刀之利；「得勢者凌九天，失據者淪九地」（傅玄〈鬥雞賦〉），狀成敗際遇之迥殊；「西戎之蒜，南夷之薑」（潘尼〈釣賦〉），表調料之特殊；「神龍來以育鱗，列仙一漱而雲飛」（江逌〈井賦〉），以夸茲井之奇異；「蒼生非悟而喪魂，龍鬼失據以顛沛」（顧愷之〈雷電賦〉），以飾驚駭之狀，皆由不同角度行其夸飾技巧，各具其趣。

蓋夸飾者，鋪張之形容也，其意在「動人耳目，本不必……盡符於事實，讀者不以文害辭，不以辭害意，斯為得之。」（范文瀾《文心·比興篇》注）《六朝麗指》亦云：「此為形容語，不可遽信其真也，遽信其真，不察其形容之失實，而拘泥文辭，因穿鑿附會以解之，斯真不善讀書矣。……而六朝之文，亦非苟馳夸飾，乃真善於形容者也。」是以形容與夸飾僅一線之隔，夸飾得體，即絕佳之形容也。劉申叔先生云：

> 漢魏詞賦，曲意形容，而誦者稱為絕作，又如庾信〈枯樹賦〉，以桓溫與仲文同時，此立詞之爽實者也，而後世不聞廢其詞，又唐人之詩，有所謂白髮三千丈者，有所謂白頭搔更短者，此出語之無稽者也，而後世不聞議其短，則以詞章之文，不以憑虛為戒。〔註42〕

〔註42〕見《劉申叔先生遺書·論美術與徵實之學不同》一文。

然其間詭濫玄奇之飾，不顧客觀事實，一味虛誕取寵者，亦大有人在。以意釋辭，不以辭害意，亦不必如左思般務求句句徵實矣。

4. 鍊　句

事類與比體之普遍使用，造成「字有常檢」之趨勢，〔註43〕從而使賦家心力，由字之檢搜奇僻擴至句之新巧奇變上，此後賦家作賦「則惟貴鍊句之切，鬬難、鬬巧、鬬新，借如一事他人用過，不過如此，吾之所用，則雖與眾同，其語之巧，迴與眾別，然後爲工也。」〔註44〕如六朝賦家描繪花實之燦爛光彩，庾儵狀安石榴曰：「赫若龍燭耀綠波」，傅玄則曰「奭若燭龍吐潛光」，張協以爲「晃若龍燭」，潘岳轉爲「煥若隨珠耀重淵」，王劭之狀春花亦曰「灼若隨珠之宵列」，類似題材，相同主題，手法却在小別中各見匠心，足見文人鍊句之講究。

至於鍛字鍊句之特色，茲由六方面探述之：〔註45〕

（1）互文：《文心‧定勢篇》曰：「近代辭人，率好詭巧，原其爲體，訛勢所變，厭黷舊勢，故穿鑿取新，察其訛意，似難而實無他術也，反正而已；故文反正爲乏，辭反正爲奇，效奇之法，必顚倒文句，上字而抑下，中辭而外出，回互不常，則新色耳。」如：

　　東都妙姬，南國麗人，蕙心紈質，玉貌絳脣。（鮑照〈蕪城賦〉）

《文選》李善注云：「左九嬪武帝納皇后頌曰：如蘭之茂。好色賦：腰如束素。蘭蕙同類，紈素縑名，文士愛奇，故變文耳。」

　　孤臣危涕，孽子墜心。（江淹〈恨賦〉）

《文選》李善注云：「心當云危，涕當云墜，江氏愛奇，故互文以見義。」

（2）代字：駱鴻凱《文選學》云：「六代好用代語，觸手紛綸，舉「日」義言之，曰曜靈、曰靈暉、曰懸景、曰飛轡、曰陽烏，皆替

〔註43〕參見簡宗梧先生〈漢賦瑋字源流考〉。
〔註44〕引自清吳景旭《歷代詩話》卷廿。
〔註45〕所列六項乃參考陳松雄先生《齊梁麗辭衡論》。文化大學 72 年中研所博士論文。

代之辭也；此外言月則曰素娥、曰望舒、曰玄兔、曰蟾魄，此以典故代也；言山則曰巒、岑、巘、岡、陵；言舟則航、舫、舸、艫；言池塘則曰潴、沼；言車則曰軺、輬，此以訓詁代也，託始於卿、固，中央於潘、陸，顏、謝繼作，綴緝尤繁，而溯其緣起，大抵由於文人厭黷舊語，欲辟陳而趨新，故課虛以成實，抑或嫌文辭之坦率，故用替代之詞，以期化直為曲，易逕成迂，雖非文章之常軌，然亦修辭之妙訣也，安可輕議乎。」駱氏言之頗詳，小賦之例如：

　　傳芳醑。（蕭綱〈對燭賦〉）

此乃以醑代酒。

　　攝提貞乎孟陬。（江淹〈傷愛子賦〉）

此以孟陬代正月。

　　促織兮始鳴。（江淹〈扇上綵畫賦〉）

此以促織代蟋蟀。

　　（3）聯邊：《文心・練字篇》云：「聯邊者，半字同文者也，狀貌山川，古今成用，施於常文，則齟齬為瑕，如不獲免，可至三接，三接之外，其字林乎！」如：

　　躑躅踟躕。（傅玄〈鬥雞賦〉）

　　涇渭汩以阻邁。（孫楚〈登樓賦〉）

　　細核楊梅。（庾信〈春賦〉）

聯邊目的在求目觀之諧和齊致，過多則傷於堆砌晦澀。六朝小賦頗採聯邊以飾辭，然絕少過三，似潘岳〈滄浪賦〉「鷗鴻鸕鶿，駕鷺鳲鳩」連續八字同邊者，亦僅有之例。

　　（4）回文：回文所指，本為詩中字句，回環往復，讀之無不可通者，如王融〈春遊〉：「枝分柳塞北，葉暗榆關東，垂條逐絮轉，落藻散花叢，池蓮照曉月，幔錦拂朝風，低吹雜綸羽，薄粉豔粧紅，離情隔遠道，歎結深閨中。」順讀與倒讀皆成詩句，〔註46〕極錯綜

〔註46〕可參見王昌會《纂輯詩話類編（一）回文格》，頁64，廣文書局。

鍛鍊之能事。賦中回文之作限制頗寬，且以字辭爲單位，非如詩之以章句爲單位，如：

> 秋何興而不盡，興何秋而不傷。（蕭綱〈晚春賦〉）

> 春草暮兮秋風驚，秋風罷兮春草生。（江淹〈恨賦〉）

對偶中之連環對多屬此類。

（5）奇句：奇句所指，乃修辭或構思上與眾不同，別具風格，一洗陳腔，使人耳目一新者，如：

> 押臘雲布，窟咤星羅。（潘岳〈芙蓉賦〉）

> 黃壤哭已親。（江淹〈倡婦自悲賦〉）

> 一叢香草足礙人，數尺遊思即橫路，……釵朵多而訝重，髻鬟高而畏風，眉將柳而爭綠，面共桃而競紅，影來池裏，花落衫中，苔始綠而藏魚，麥纔青而覆雉。（庾信〈春賦〉）

（6）鎔裁：《六朝麗指》云：「六朝文士，引前人成語，必易一二字，不欲有同鈔襲。……蓋引成語而加以翦裁，以見文之不苟作，斯亦六朝所長耳。」此外，爲求辭面對仗，音韻諧和，亦採鎔裁之法以合所需。

> 龍飛九五。（傅咸〈儀鳳賦〉）

取自《易經・乾卦》：「九五，飛龍在天。」

> 絕雲氣而屬響，負青天而撫翼。（江淹〈待罪江南思北歸賦〉）

自《莊子・逍遙遊》：「絕雲氣，負青天」。

> 悲哉秋風，搖落變衰。（庾信〈傷心賦〉）

裁自宋玉〈九辯〉：「悲哉秋之爲氣也，蕭瑟兮草木搖落而變衰。」此類當與事類中「全引成辭」項並觀之。

（二）辭采表現

《南齊書・文學傳論》「雕藻淫豔、傾炫心魂」之雕豔說，雖爲沈約專就南齊文學風格而立論，然此現象，實普遍存於六朝賦中。苟欲文章傾炫心魂，除上述辭句之巧變安排外，設色之渲染，尤能醞釀

出辭章之綺調，孫德謙云：「蓋嘗取喻於畫，駢文如著色山水，非如古文之猶可淡描也」（《六朝麗指》）。觀傅咸〈舜華賦〉，言季節則「應青春而敷藥，逮朱夏而誕英」，言花草則「紅葩紫蔕，翠葉素莖」，光彩鮮豔，何其輝耀。茲由江淹〈赤虹賦〉、〈學梁王兔園賦〉以見六朝繽紛之彩色世界。

言山則：「紅壁千里，青萼百仞」、「水學金波，石似瓊岸」、「艷赫山頂」、「寂火滅於山紅」、「定赤烏之易遺」、「碧山倚巇崎」、「朝日晨霞兮艷紅壁」、「白砂如積雪者焉，碧石如圓玦者焉」、「丹壁四平」。

言雲霞則：「雄虹赫然，暈光曜水」、「手接白雲」、「親弄絳蜺」、「紫霧上河，絳氛下漢，白日無際，碧雲捲半」、「赤蜺電出」。

言草木則：「曜葳蕤而在草，映青蔥而結樹，昏青苔於丹渚，曖朱草於石路」、「金塘涵演，綠竹被坂，繚繞青翠」、「紫蕪丹駮」、「青樹玉葉」、「縹草丹蘅」、「青黏黃粱」、「朱華未希」。

言人物則，「蕙色玉質」、「綺裳下見、錦衣上出」、「碧玉作椀銀為盤」、「綺雲之館、頹霞之臺」。

言獸則：「駢髦四黿之駕」。

絳、朱、赤、丹、紅、艷、黃、綠、青、翠、碧、縹、紫、白等彩色之描繪與金、銀、暈、玉、瓊、蕙、綺、錦、素等意象性色彩之渲染，使全篇光彩耀目，倍覺綺麗。

明爽開朗之篇章，多使用有彩度之色調鋪排；至於黯慘悲傷氣氛之描寫，則多藉意象性語辭以烘托，如裴子野〈臥疾賦〉「凍雨灑塵，涼陰滿室」，五字之間，全篇氣氛於焉形成。茲以鮑照〈蕪城賦〉、〈舞鶴賦〉為例：

澤葵依井，荒葛罥塗，壇羅虺蜮，階鬬麏鼯，木魅山鬼，野鼠城狐，風嗥雨嘯，昏見晨趨，飢鷹厲吻，寒鴟嚇雛，伏虣藏虎，乳血餐膚，崩榛塞路，崢嶸古道，白楊早落，

塞草前衰，稜稜霜氣，蕀蕀風威，孤蓬自振，驚沙坐飛，灌莽杳而無際，叢薄紛其相依，通池既已夷，峻隅又以頹，直視千里外，唯見起黃埃。(〈蕪城賦〉)

厭江海而游澤，掩雲羅而見覊，去帝鄉之岑寂，歸人寰之喧卑，歲崢嶸而愁暮，心惆悵而哀離。於是窮陰殺節，急景凋年，涼沙振野，箕風動天，嚴嚴苦霧，皎皎悲泉，冰塞長河，雪滿群山。既而氛昏夜歇，景物澄廓，星翻漢迴，曉月將落。感寒雞之早晨，憐霜雁之違漠，臨驚風之蕭條，對流光之照灼，唳清響於丹墀，舞飛容於金閣，始連軒以鳳蹌，終宛轉而龍躍。躑躅徘徊，振迅騰摧，……。(〈舞鶴賦〉)

其悽慘悲戚意象之造成，在於字辭之晦澀黯澹：

言心情則：厭、愁、哀、苦、悲、感、憐、傷。

言景致則：澤、雲、風、沙、霧、冰、雪、霜、月、昏、暮、陰、夜、寒、漠、井、塗、埃。

言蟲獸則：虺蜮、麋麑、鬼、魅、鼠、狐、鷹、鴟、鼫、虎、雁、血。

言狀態則：掩、去、覊、歸、窮、殺、凋、急、荒、涼、動、塞、長、歇、迴、落、違、驚、流、唳、蹌、摧、鬪、嘷、嘯、飢、厲、嚇、伏、藏、崩、古、衰、孤、夷、頹、寂。

聯詞則如：岑寂、喧卑、崢嶸、惆悵、蕭條、宛轉、躑躅、徘徊、莽杳、無際、薄紛、相依、嚴嚴、稜稜、蕀蕀。

此種雕飾之豔，雖亦炫人心魄，却與五彩色調形成截然不同之效果；而由字辭之運用，亦可見賦家擇字之精、準、確。雖云「造化自然，非設色之可擬」(劉熙載《藝概》)，華實太過則見淫侈，[註47] 苟以性情為引，庶可免其弊端，益添華實也。

〔註47〕《文心・情采篇》云：「詳覽莊韓，則見華實過乎淫侈。」

二、脣吻遒會之聲律運用

夫音律之始，本乎自然。《文心・聲律篇》云：「言語者，文章神明，樞機吐納，律呂脣吻而已。」先秦諸子論文，韻語間出，聲律自具，乃順乎自然之宮商也，〔註48〕《文心雕龍札記》云：「若夫文章之初，實先韻語」（〈原道篇〉），蓋本乎此。此後由於韻文句式愈趨嚴整，更有助於聲調美之發揮，〔註49〕聲律之講求逐漸爲文人所專矣。蔡寬夫《詩話》云：

> 秦漢以前，字書未備，既多假借，而音無反切，平側皆通用，如慶雲、卿雲，皐陶、咎繇之類，大率如此。……魏晉間此體猶在，……自齊梁後，既拘以四聲，又限以音韻，故大率以偶儷聲響爲工。〔註50〕

魏晉時代，文人對聲律之講求雖不似齊梁以後文人之精究，〔註51〕却已深曉音節之用，此乃受佛教東傳之影響。釋慧皎《高僧傳・十三經師論》云：「始有魏陳思王曹植深愛聲律，屬意經音」，「原夫梵唄之起，亦肇自陳思，始著太子頌及睒頌等，因爲之製聲，吐納抑揚」，魏李登且撰《聲類》十卷，爲韻書之祖，皆魏時文士漸重聲律之證；此後呂靜有《韻集》六卷之作，陸機發音聲迭代、五色相宣之說，范曄倡音韻自然之論，〔註52〕雖有清濁宮商之別，所重仍自然之音調。降及齊梁，周顒《切韻》之作、沈約《聲譜》之出，始有四聲之目、平仄之和，進而運用聲韻學原則，訂定一些積極遵守與消極趨避之規

〔註48〕郭紹虞〈論中國文學的音節問題〉中指出「嚴格地講，人爲的聲律都是有一定規律的，至如散體中的駢語，古詩中的儷語，雖能於錯落中感到平衡之美，然以其都無定則，完全由内容來決定，所以也就不成爲規律。」《文學研究叢編第一輯》，頁43。

〔註49〕參考嚴既澄〈韻文與駢體文〉，《中國文學研究》，頁47。

〔註50〕引自《苕溪漁隱叢話前集》卷第一，「國風漢魏六朝上」，頁2。

〔註51〕《石林詩話》云：「晉、魏間詩，尚未拘聲律對偶，……出於自然。」見《苕溪漁隱叢話前集》，頁4。

〔註52〕《宋書・范曄傳》載曄自序云：「性別宮商、識清濁，斯自然也。」又隋秦王俊《韻纂》，潘徽序云：「李登聲類，呂靜韻集，始判清濁，才分宮商。」

律。《南史・陸厥傳》云：

> 時盛爲文章，吳興沈約、陳郡謝朓、琅邪王融以氣類相推轂，
> 汝南周顒善識聲韻，約等文皆用宮商，將平上去入四聲，以
> 此制韻，有平頭、上尾、蜂腰、鶴膝，五字之中，音韻悉異，
> 兩句之內，角徵不同，不可增減，世呼爲「永明體」。

《南史》將永明體聲韻發明歸功於沈、謝、王三子，鍾嶸亦持此論，
〔註53〕四聲之分，至此大明。至其所以盛行於永明之際，則乃肇因於
佛經轉讀之影響。陳寅恪〈四聲三問〉云：

> 中國入聲較易分別，平上去三聲，乃摹擬當日轉讀佛經之
> 三聲而成，轉讀佛經之三聲，出於印度古時聲明論之三聲
> 也。於是創爲四聲之說，撰作聲譜，借轉讀佛經之聲調，
> 應用於中國之美化文，四聲乃盛行。永明七年二月二十日，
> 竟陵王子良大集沙門於京邸，造經唄新聲，爲當時考文審
> 音一大事。故四聲之成立，適值永明之世，而周顒、沈約
> 爲此新學說之代表人也。（《金明館叢稿初編》）

至於四聲之說助長音律之「宮商相變，低昂舛節」，用之文章則「五
色相宣，八音協暢。……若前有浮聲，則後須切響，一簡之內，音韻
盡殊，兩句之中，輕重悉異。」（《宋書・謝靈運傳論》）詩文中平仄
相間、清濁迭替，音調自然鏗鏘有致，妙句天成，此正沈約所謂「若
得其會者，則唇吻流易；失其要者，則喉舌塞難，事同暗撫失調之琴，
夜行坎壈之地」，影響所及，非但四聲八病之說爲當時文人所準，齊
梁以下，若唐詩、宋詞、元明之曲，旁及律賦四六，無不依循聲律，
構成新制，〔註54〕進而將對偶體制，由意義上之排偶，推至聲音上之

〔註53〕 參見謝鴻軒先生《駢文衡論（二）》，頁 499、501。

〔註54〕 范文瀾《文心・聲律篇》注云：「且齊梁以下，若唐人之詩，宋人之
　　　　詞，元明人之曲，旁及律賦四六，孰不依循聲律，構成新制，徒以
　　　　迂見之流，不瞭文章貴乎新變，笑八病爲妄作，擯齊梁而不說，豈
　　　　知沈約之前，聲律方興而莫阻，沈約之後，腮理剖析而彌精，文學
　　　　通變不窮，聲律實其關鍵。」本小節主在探討聲律之運用，四聲乃
　　　　積極之文學指標，理應括敘；八病，據宋王應麟《困學紀聞》引李
　　　　淑《詩苑類格》，載沈約之言曰：「詩病有八，平頭、上尾、蜂腰、

對仗，﹝註55﹞使聲調美成爲文學不可或缺之一環。

至於聲律之運用，簡言之，可由用韻、音詞兩方面論述。

（一）用韻之方

文學作品，除由字句表面含義得以解其內涵外，音韻之抑揚頓挫亦可使讀者循聲逐意，深入體會作品境界；尤以韻腳之用，非徒使聲律和諧，換韻、選韻之運作，更可輔助文章情境之表達。茲分別論述如下：

1. 押　韻

賦之押韻，可分爲單句押與隔句押，前者如曹植〈秋思賦〉：

> 四節更王兮秋氣悲，遙思惆悵兮若有遺，原野蕭條兮烟無依，雲高氣靜兮露凝衣，野草變色兮莖葉希，鳴蜩抱木兮鴈南飛。

悲、遺、依、衣、希、飛同押平聲脂韻。﹝註56﹞隔句押韻則如江淹〈去故鄉賦〉：

> 於是泣故關之已盡，傷故國之無際，出汀洲而解冠，入溆浦而捐袂，聽蒹葭之蕭瑟，知霜露之流滯，對江皋而自憂，弔海濱而傷歲，撫尺書而無悅，倚樽酒而不持，去室宇而遠客，遵蘆葦以爲期，情嬋娟而未罷，愁爛漫而方滋，切趙瑟以橫涕，吟燕筑而生悲。

際、袂、滯、歲爲去聲祭韻，持、期、滋、悲爲之脂合韻，此種押韻方式較爲普遍。另有交韻，乃首句與第三句韻尾相押，次句與第四句韻尾相押，如潘岳〈懷舊賦〉：

鶴膝、大韻、小韻、旁紐、正紐。惟上尾、鶴膝最忌，餘病亦通。」所指不外消極趨避之則，此本就五言律詩而言，《文鏡祕府論》雖將詩賦頌各體文學兼而論之，然八病說既肇自沈約，是六朝賦作少有符合者，且八病所指，《文鏡祕府論》亦云後四病「但須知之，不必須避」，是以本節不擬探述八病之弊。

﹝註55﹞聲律之對仗，除韻腳之押韻外，尚求平仄之對稱，後者之講究必待梁以後方自成一格，然永明詩人雖重理論，實際作品却少有切合者，降及隋唐方爲詩賦之通例。可參考易蘇民〈辭賦對律詩之影響〉，《現代學苑》，第五卷第 11 期。

﹝註56﹞本篇魏晉之韻部分合，乃以林師炯陽《魏晉詩韻考》爲據。

自祖考而隆好，逮二子而世親，歡攜手以偕老，庶報德之有鄰。

押韻之韻腳，一般均位於句末，然亦有例外者。若句末爲虛字，則韻腳往往位於虛字前端，此乃承襲《詩經》、《楚辭》之用法而來，如鮑照〈蕪城賦〉：「莫不埋魂幽石，委骨窮塵，豈憶同輿之愉樂，離宮之苦辛哉！」塵、辛押平聲眞韻。至於句末爲虛字並爲韻腳之情形，亦偶見之，江淹〈空青賦〉：「若夫邃古之世，汙漫窈微，惟此青墨，所以造之」，之、微通押，正是句末虛字爲韻腳也。然此二式，六朝小賦實不多見，惟古賦、文賦中或頗見之，〔註57〕此六朝小賦押韻之一般情形。

2. 換韻

賦之押韻既多隔句押，是以奇句不押偶句押，遂爲普遍之形式；換韻則隨賦家心意，無固定準則。蓋漢賦篇幅較長，換韻自爲所需，然如賈誼〈弔屈原賦〉，通篇除一次爲四韻一換外，餘皆二韻一換，換韻之勤，亦兩漢以來所僅見。六朝小賦雖短，亦頗樂衷換韻，如梁元帝〈採蓮賦〉，通篇百五十字，三十句，換韻八次，其間二韻一換者三，三韻一換者五，極變化之致。就內容而言，一段之始，韻亦隨之更動，換韻之處，情節往往隨之轉變，此乃六朝小賦之一般現象。至於換韻之要，《文心·章句篇》云：「兩韻輒易，則聲韻微躁，百句不遷，則脣吻告勞。」兩韻輒易者，如：

妖童媛女，蕩舟心許，鷁首徐迴，兼傳羽杯。（蕭繹〈採蓮賦〉）

女、許同押魚韻上聲語韻，迴、杯同押灰韻；兩韻輒易則語氣緊湊，偶爲之，頗收密實之效。至於潘岳〈懷舊賦〉：

余總角而獲見，承戴侯之清塵，名余以國士，眷余以嘉姻，自祖考而隆好，逮二子而世親，歡攜手以偕老，庶報德之有鄰，今九載而一來，空館闃其無人，陳荄被于堂除，舊圃化而爲薪，步庭廡以徘徊，涕泫流而霑巾，宵展轉而不寐，驟長歎以達晨，獨鬱結其誰語，聊綴思于斯文。

〔註57〕參見《古代漢語》第十二單元，「常用詞」部分。

塵、姻、親、鄰、人、薪、中、晨、文皆押眞韻，〔註58〕九韻一貫，文緩氣暢，然亦不免失之單調平直。是以換韻多寡，於文氣促緩影響頗大，《南齊書‧樂志》載永明二年，尚書殿中曹奏定朝樂歌詩云：「尋漢世歌篇，多少無定，皆稱事立文，並多八句，然後轉韻，時有兩三韻而轉，其例甚寡，張華、夏矦湛亦同前式，傅玄改韻頗數，更傷簡節之美，近世王韶之、顏延之並四韻乃轉，得賒促之中。」雖然，六朝小賦換韻，或二韻一轉，或三韻、或四韻，均爲賦家所好，四韻以上僅偶爲之，非小賦謀篇之要。

此外換韻有節，錯落中蘊含規律，音節遞換中益顯調順整暢矣。如庾信〈燈賦〉：

> 九龍將暝，三爵行棲，瓊鉤半上，若木全低，窗藏明於粉壁，柳助暗於蘭閨（以上押齊韻），翡翠珠被，流蘇羽帳，舒屈膝之屏風，掩芙蓉之行障，卷衣秦后之牀，送枕荊臺之上（以上押漾韻）。乃有百枝同樹，四照連盤，香漆然蜜，氣雜燒蘭，爐長宵久，光青夜寒（以上寒桓通押），秀華掩映，蚖膏照灼，動鱗甲于鯨魚，燄光芒于鳴鶴，蛾飄則碎花亂下，風起則流星細落（以上藥鐸合韻），況復上蘭深夜，中山醑清，楚妃留客，韓娥合聲，低歌著節，游絃絕鳴，輝輝朱爐，焰焰紅熒，乍九光而連彩，或雙花而竝明，寄言蘇季子，應知餘照情（以上庚清合韻）。

連續四次三韻一換，末以六韻通押到底，一氣呵成，選聲鍊色、組句連章，可見賦家刻意安排之迹，許槤評其「音簡韻健，光彩煥發，六朝中不可多得」（《六朝文絜》），洵非虛言。

3. 選 韻

選韻首要，當與情趣相配，以達聲情和諧之效。蓋韻字表情雖無定準可循，〔註59〕然由四聲平仄、發音部位、韻尾長短、元音響度等

〔註58〕林師《魏晉詩韻考》以爲晉時眞、文多有合韻現象，故未遽定爲二部，南北朝方分之。

〔註59〕謝雲飛先生於〈韻語的選用和欣賞〉文中曾依韻字特質，將聲義同

種種差異，亦可使情緒表達互有參差，要在依於自然，順於脣吻耳。
如沈約〈傷美人賦〉，首段云：

> 信美顏其如玉，咀清畦而度曲，思佳人而未來，望餘光而
> 躑躅，拂蟏雲之高帳，陳九枝之華燭，虛翡翠之珠被，空
> 合歡之芳褥。

玉、曲、躅、燭、褥乃入聲燭韻字，燭韻收舌根清塞音-k韻尾，為入
聲字，入聲音促，正表其臨室躑躅，內心期盼佳人到來之焦急迫切。
收-k韻尾之聲，音促而短，連續使用五次，已收急切之效，繼之必以
平聲舒緩之：

> 言歡愛之可永，庶羅袂之空裁，曾未申其巧笑，忽淪軀於
> 夜臺。

裁、臺屬咍韻，咍韻乃陰聲韻，收-i韻尾，凡以元音為韻尾之聲，均
可延宕拖長，〔註60〕表現出一股無可奈何之哀怨意味，而平聲「哀而
安」之特色，〔註61〕使作者久盼未果之悵惘情懷委婉漾出。下段韻改，
思緒亦隨之而更易。

> 伊芳春之仲節，夜猶長而未遽，悵悵倚而不眠，往徘徊於
> 故處。

遽、處押魚韻上聲語韻，魚韻主要元音為-o，撮口呼，已非暢順爽朗
之心境，音細而不洪，更將上聲「舒徐和頓」、抑鬱難釋之默默哀情，
表達無遺。

至於江淹〈恨賦〉「或有孤臣危涕，孽子墜心，遷客海上，流戍
隴陰，此人但聞悲風汨起，血下霑衿，亦復含酸茹歎，銷落湮沈。」

源關係舉出八點說明之，然多為歸納之情，界線難分，可供參考，
非為定則。見《文學與音律》一書。

〔註60〕許世瑛先生〈寫在登樓賦之後〉中嘗云：「凡是以元音為韻尾的音，可
以拖長」，聲韻學上，元音發音特色即在氣流發出順暢，不受阻礙，自
然餘音繚繞。另本文擬音部分乃參考陳師伯元《古音學發微》而訂。

〔註61〕唐《元和韻譜》云：「平聲哀而安、上聲厲而舉、去聲清而遠、入聲直
而促。」（《玉篇》神珙序引）明釋真空《篇韻貫珠集・類聚雜法歌訣
第八・訝四聲》曰：「平聲平道莫低昂，上聲高呼猛烈強，去聲分明哀
遠道，入聲短促急收藏。」均言平仄四聲節奏之情感表現。

以心、陰、衿、沈爲韻，屬陽聲侵韻字，收音爲雙脣鼻音-m，士人困頓江湖，不見重用，一腔熱忱無處發揮，抑鬱難解，無處傾吐之情，與雙脣緊閉、氣無由而出之感雷同，徒抱此恨，縣遞終世矣。

相同韻部所可表達之聲情，僅爲大概之範圍，絕非固定而嚴限。如陽唐韻，韻尾收-aŋ，-a 屬洪音，開口大而聲長遠，簡文帝〈採蓮賦〉中「於是素腕舉，紅袖長，迴巧笑，墮明璫，荷稠刺密，亞牽衣而縮裳，人喧水濺，惜虧朱而壞妝。」陽唐合韻，表現出歡樂飛揚之情趣。至於江淹〈泣賦〉「秋日之光，流兮以傷，霧離披而殺草，風清冷而繞堂，視左右而不膩，見衣冠而自涼。」雖亦陽唐合韻，表現卻爲秋高氣爽、秋風蕭殺之傷感，然朗揚之調仍不失爲主體，平聲長揚悠雅之韻貫串其間矣。

四聲相錯，平仄遞用固已見其調和緩促之效，仄聲間巧妙之搭配，更可收高下抑揚之果，清田同之《西圃詞說》曰：「上聲舒徐和輭，其腔低，去聲激厲勁遠，其腔高，相配用之，方能抑揚有效。」蕭繹〈採蓮賦〉云：

> 故以水濺蘭橈，蘆侵羅襱（去聲霰韻），菊澤未反，梧臺迴見（霰韻），荇溼霑衫，菱長繞釧（去聲線韻），泛柏舟而容與（上聲語韻），歌採蓮於枉渚（上聲語韻）。

先仙合韻，賅平以括上去，是以霰線通押。去聲調重，音質清晰，故能產生分明清遠之效；上聲調低，音質圓潤，自然輕輭低迴，二者搭配，蘊藉中頗見跌宕之勢，進而與字面意象配合，極妥貼達情之致。

（二）音詞之用

音詞所指，乃聲律運用於辭句上之表現，即雙聲、叠韻、聯縣複詞、叠句之謂也。

雙聲者，聲母相同也；叠韻者，韻母相同也。雙聲叠韻與音律間關係之體認，自《詩經》首章以來，應用日廣，永明以後，更將出於

自然之**聲韻**栝之以規律，〔註62〕使聲韻之美，無懈可擊。清李重華《貞一齋詩說》云：「**叠韻**如兩玉相扣，取其鏗鏘，**雙聲**如貫珠相聯，取其宛轉」，**雙聲叠韻**之用，在使文句宛轉鏗鏘，如珠玉貫耳，六朝著重聲律之結果，**雙聲叠韻**使用日繁，如：

> **雙聲**者：土田、泥涅、頗僻（阮籍〈元父賦〉），迤邐、周章、翻覆、結角、邊鄙（蕭衍〈圍棋賦〉），擔簦、髣髴、踟躕（丘遲〈懷林賦〉），逸遊、參差（夏侯湛〈觀飛鳥賦〉），蒹葭、零露（鮑照〈遊思賦〉）。
>
> **叠韻**者：沈陰、旋淵、崢嶸、春申、逍遙（阮籍〈元父賦〉），聯（連）翩、翩翩、徘徊、儔佯（夏侯湛〈觀飛鳥賦〉），遠岸、邯鄲（鮑照〈遊思賦〉），白璧、依俙、滄浪（丘遲〈還林賦〉），纏綿（張華〈永懷賦〉）。

雙聲、**叠韻**之使用，聯綿字所佔比例頗重。聯綿字者，單純之複音詞也，〔註63〕組成音詞之二字，僅代表複音詞中兩個音節，二字一體，拆開分述，則失其義。上述**雙聲**、**叠韻**例中，迤邐、周章、髣髴、踟躕、參差、崢嶸、逍遙、徘徊、儔佯、依俙、纏綿等屬於一般形容詞性聯綿字，六朝小賦聯綿字之使用極為普遍，其中有聲韻關聯者，殆泰半矣。至於**雙聲叠韻**，非屬聲之聯屬，便為韻之系連，音律上之悅耳，自不在話下。

　　複字叠句之使用，可造成聲韻上之高潮與字義上強調之效果，並加強情緒之表達，亦廣為六朝賦家鋪辭達意所採。至其使用方式，或單用，如「刺青蠅之營營，……滿堂室之薨薨」（傅咸〈青蠅賦〉），

〔註62〕八病中之傍紐即對雙聲有所限定，《文鏡祕府論》云：「傍紐詩者，五言詩一句之中有月字，更不得安、魚、元、阮、願等之字，此即雙聲，雙聲即犯傍紐。」《蔡寬夫詩話》亦云：「聲韻之興，自謝莊、沈約以來，其變日多，四聲中又別其清濁以為雙聲，一韻者以為叠韻，蓋以輕重為清濁爾。」此皆予原本諸自然之雙聲，附以約束也。

〔註63〕複音詞即雙音詞，由古代漢語之單音詞發展而來。複音詞，又可分為三類，一般複音詞、偏義複音詞與單純複音詞，單純複音詞絕大多數為聯綿字。詳情可參考《古代漢語·古漢語通論（三）》。

或對偶：「營營群眾，蠠蠠亂飛」（成公綏〈蜘蛛賦〉），或兩詞連用：
「煌煌煒煒」（夏侯湛〈安石榴賦〉），或間加虛字：「流漫漫以潺潺，
吁鼜鼜以粲粲」（郭璞〈鹽池賦〉），或數詞連用：「潛空館之寂寂兮，
意遙遙而靡寧，夜耿耿而不寐兮，憂悄悄而傷情」（傅咸〈螢火賦〉），
其中尤以單句對偶最爲普遍，「霧籠籠而帶樹，月蒼蒼而架林」（江淹
〈傷愛子賦〉），籠籠二字，將士人心情之沈鬱包籠於濛濛林霧之中；
蒼蒼二字，將心境之落寞融入寂靜月光之下，音韻於叠字重覆之際自
然流露，語意之形容亦得以盡致。

結　語

　　六朝一代，乃文學自覺之時代。文學觀念自先秦兩漢之推展，至此終告獨立。純粹發抒個人特色之唯美文學，融合屈宋荀漢以來，各家賦體之特色，薈萃成流，再經六朝賦家本身推陳出新，由時代環境之導引，成其情志內涵與寫物技巧之創作極致。

　　自楚騷以降，辭賦之聲，大體不離政治情懷之反應，屈宋之篇，固為政治失意而發詠之心聲；荀卿賦作，亦藉詠物說理明其政教理想；兩漢賦家雖多帝王之近倖陪臣，所述自不離貴冑生活範圍，至其對政治之觀照，社會之關懷，則轉投於微諷辭意中，期由帝王之感悟，以收導政之效。

　　六朝四百年間，政治上顛危相傾，韜隱思想遂應運而生，涉事之辭自為文章所忌，文人過剩之精力乃紛然投注於日常生活周遭景物之鋪敘，然「行有餘力，則以學文」之價值觀念，並不因儒學衰微而起根本動搖，賦家所低迴不已者，仍為冀圖用世之情不遇，尋求出世之懷未果，造成感世之傷縈繞；士人絕望之餘，仍孜孜於修身自持者，豈社會道德之隳廢與冀圖再仕之反響！是以六朝賦篇所表現之情志內涵，幾盡乎全籠罩於悲怨淒楚之氣息下。消極清虛之社會風氣，使士人於默默接受之餘，更無力作進一步之體認。

　　六朝小賦除卻感時傷懷之情志內涵外，騁辭詠物之寫物表現，亦

爲文學所宗。〔註1〕經濟發達情勢下所形成之奢淫生活環境，既爲賦家提供豐富之素材，傳統賦篇「合纂組以成文，列錦繡而爲質」之綺麗風貌，更爲六朝文學「情必極貌以寫物，辭必窮力而追新」之寫物態度，奠定「飾羽尙畫，文繡鞶帨」之雕豓特質，加以《楚辭》章句上之啓發，配合先秦游士言辭技巧與魏晉清談名理之思，使賦篇寫物技巧上呈現多樣外觀；然唯美風格之表現，必待麗辭、聲律充分運用，方得完成其音聲迭代，五色相宣之完整體系。

　　雖然，文體通行既久，染指遂深。六朝小賦雖爲兩漢弘製勸而不止、爲文造情、板重堆砌、瓌怪聯邊、侈靡過實〔註2〕反動下，所形成清麗生動之短篇賦作，至其抒情，騁辭、詠物之際，亦不免有矯情造作、騁辭太過、摹景效物、不及民生之缺憾。辭賦一體，後人多以貴族文學視之，鄙睨有餘而褒顯不及，殆由此乎！

〔註1〕劉申叔先生《論文雜記》將漢代分集之賦復別爲寫懷、騁辭、闡理三類，寫懷以屈宋抒情爲主，騁辭以陸賈富麗爲首，闡理以荀卿詠物爲要；然六朝小賦闡意少而重詠物，是以詠物爲允稱。
〔註2〕引自簡宗梧先生《漢賦源流與價值之商榷》書中〈對漢賦若干疵議之商榷〉篇所舉之五大疵議。

參考書目

1. 《十三經注疏》，藝文印書館。
2. 《毛詩鄭箋》，鄭玄，新興書局。
3. 《詩經通釋》，王師靜芝，輔仁大學文學院。
4. 《論語注釋》，楊伯峻，源流出版社。
5. 《莊子集釋》，郭慶藩，河洛圖書出版社。
6. 《荀子集解》，王先謙，台灣時代書局。
7. 《史記》，司馬遷，藝文印書館。
8. 《漢書》，班固，藝文印書館。
9. 《後漢書》，范曄，鼎文書局。
10. 《三國志》，陳壽，鼎文書局。
11. 《晉書》，房玄齡，鼎文書局。
12. 《南史》，李延壽，鼎文書局。
13. 《北史》，李延壽，鼎文書局。
14. 《宋書》，沈約，鼎文書局。
15. 《南齊書》，蕭子顯，鼎文書局。
16. 《梁書》，姚思廉等，鼎文書局。
17. 《陳書》，姚思廉等，鼎文書局。
18. 《魏書》，魏收，鼎文書局。
19. 《北齊書》，李百藥，鼎文書局。
20. 《周書》，令狐德棻等，鼎文書局。

21. 《隋書》，魏徵等，鼎文書局。

22. 《西京雜記》，明・程榮原刻，新興書局漢魏叢書本。

23. 《晉紀》，干寶，《叢書集成三編・黃氏逸書考第二十函》。

24. 《魏晉南北朝史》，勞榦，中國文代大學出版部。

25. 《國史大綱》，錢穆，商務印書館。

26. 《兩晉南北朝史・上、中、下》，開明書局。

27. 《魏晉南北朝政治史》，張儐生，中國文化大學出版部。

28. 《三國兩晉南北朝紀要》，李秀文，長歌出版社。

29. 《楚辭章句》，王逸，藝文印書館。

30. 《清人楚辭注三種》，王夫之等，長安出版社。

31. 《楚辭概論》，游天恩，商務印書館。

32. 《楚辭論文集》，游國恩，里仁書局。

33. 《欽定歷代賦彙》，陳元龍編。

34. 《古詩十九首集釋》，隋樹森編著，文馨出版社。

35. 《七十家賦鈔》，張惠言編，世界書局。

36. 《全漢三國晉南北朝詩》，丁福保輯，藝文印書館。

37. 《十八家詩鈔》，曾國藩評點，文源書局。

38. 《文選》，蕭統編、六臣注，華正書局。

39. 《漢魏六朝一百三家集》，張溥編，新興書局。

40. 《全上古三代秦漢三國六朝文》，嚴可均輯，世界書局、中文出版社。

41. 《兩漢三國文彙》，林師景伊編，中華叢書編審委員會。

42. 《兩晉南北朝文彙》，巴壺天等編，中華叢書編審委員會。

43. 《韻文論述彙編》，楊家駱主編，鼎文書局。

44. 《庾子山集注》，倪璠注，新興書局。

45. 《中國文學發展史》，劉大杰，華正書局。

46. 《插圖本中國文學史》，鄭振鐸，明倫出版社。

47. 《新著中國文學史》，胡雲翼，北新書局。

48. 《中國文學源流》，胡毓寰，天聲出版社。

49. 《中國文學史》，葉慶炳，廣文書局。

50. 《中國文學流變史》，李曰剛，聯貫出版社。

51. 《中國文學概論》，前野直彬等著，成文出版社。

52. 《中國文學批評史》，郭紹虞，商務印書館。

53. 《中國文學批評史》，羅根澤，明倫出版社。

54. 《中國古代文藝思潮》，青木正兒，莊嚴出版社。

55. 《中古文學史》，劉師培，世界書局。

56. 《漢魏六朝文學》，陳鐘凡，商務印書館。

57. 《中古文學史論》，王瑤，長安出版社。

58. 《中國中古文學七書》，劉師培等，鼎文書局。

59. 《中古文學概論》，徐嘉瑞，莊嚴出版社。

60. 《中國中古文學》，錢用和，中華大典編印會。

61. 《中國駢文史》，劉麟生，商務印書館。

62. 《中國駢文發展史》，張仁青，中華書局。

63. 《中國文學八論》，劉麟生等，文馨出版社。

64. 《賦史大要》，鈴木虎雄，正中書局。

65. 《中國文學理論》，劉若愚，聯經出版事業公司。

66. 《中國詩學》，劉若愚，幼獅文化事業公司。

67. 《談藝錄》，錢鍾書，中華書局香港分局。

68. 《詩詞曲（欣賞作法）研究》，王了一。

69. 《魏晉思想與談風》，何啓民，中華學術著作獎助委員會。

70. 《魏晉玄學論稿》，湯錫予，盧山出版社。

71. 《魏晉的自然主義》，容肇祖，商務印書館。

72. 《魏晉思想論》，劉大杰，中華書局。

73. 《魏晉清談思想初論》，賀昌群，九思出版社。

74. 《中國思想與制度論集》，Helmut Wilhel 等著、劉紉尼等譯，聯經出版事業公司。

75. 《文心雕龍校釋》，劉永濟校釋，正中書局。

76. 《文心雕龍注》，范文瀾註，開明書局。

77. 《文心雕龍札記》，黃侃，文史哲出版社。

78. 《文心雕龍校證》，王利器，明文書局。

79. 《文心雕龍註訂》，張立齋，正中書局。

80. 《文心雕龍選》，劉勰著、邱鎮京主編，文津出版社。

81. 《詩品新注》，鍾嶸著、杜天縻注，世界書局。

82. 《苕溪漁隱叢話前後集》，胡仔纂集，長安出版社。

83. 《藝苑巵言》，王世貞，藝文印書館。

84. 《六朝文絜箋注》，許槤評選，新興書局。

85. 《六朝麗指》，孫德謙，新興書局。

86. 《雨村賦話》，李調元，香港萬有圖書公司。

87. 《賦話六種》，何沛雄，香港萬有圖書公司。

88. 《詩藪》，胡應麟，正生書局。

89. 《藝概》，劉熙載，廣文書局。

90. 《百種詩話類編》，臺靜農，藝文印書館。

91. 《詩話分類纂要》，朱任生編，商務印書館。

92. 《文筆考》（附錄劉天惠〈文筆考〉），阮福，世界書局。

93. 《人間詞話》，王國維，開明書局。

94. 《論文雜記》（見《劉申叔先生遺書（一）》），劉師培，京華書局。

95. 《左盦外集》（見《劉申叔先生遺書（一）》），劉師培，京華書局。

96. 《校讎通義》（見《章氏遺書（上）》），章學誠，漢聲出版社。

97. 《國故論衡》，章太炎，廣文書局。

98. 《兩漢魏晉南北朝文學批評資料彙編》，柯慶明編，成文出版社。

99. 《先秦諸子的若干研究》，杜國庠。

100. 《駢文衡論》，謝鴻軒，廣文書局。

101. 《六朝文論》，廖蔚卿，聯經出版事業公司。

102. 《中國駢文論》，瞿兌之，清流出版社。

103. 《金明館叢稿初編》（見《陳寅恪先生文集》），陳寅恪，里仁書局。

104. 《陳世驤文存》，陳世驤，志文出版社。

105. 《荀子文論研究》，楊鴻銘，文史哲出版社。

106. 《朱自清古典文學論文集》，朱自清，源流出版社。

107. 《六朝詩論》，洪順隆，文津出版社。

108. 《山水與古典》，林文月，純文學出版社。

109. 《漢賦與楚文學之關係》，何廣棪，珠海學院中國（文學歷史）研究所學會。

110. 《由隱逸到宮體》，洪順隆，河洛圖書出版社。

111. 《阮籍詠懷詩研究》，邱鎮京，文津出版社。

112. 《中國的辭賦家》，蔡義忠，南京出版社。

113. 《英美學人論中國古典文學》，香港中文大學。

114. 《漢賦源流與價值之商榷》，簡宗梧，文史哲出版社。

115. 《宋本廣韻》（附切韻系韻書反切異文表），陳彭年等，黎明文化事業公司。

116. 《古代漢語》，王力。

117. 《聲韻學通論》，林師景伊，世界書局。

118. 《古音學發微》，陳師新雄，文史哲出版社。

119. 《文學與音律》，謝雲飛，東大圖書公司。

120. 〈論中國文學中的音節問題〉，郭紹虞，《文學研究叢編》第一輯。

121. 〈魏晉風度及文章與藥及酒之關係〉，魯迅，《文學研究叢編》第一輯。

122. 〈論韋應物的興諷詩〉，湯擎民，《中國文學研究叢編》第二輯。

123. 〈荀子的文學〉，鮑國順，《古典文學》第二集。

124. 〈論古典詩中思古與慕遠情〉，陳器文，《古典文學》第一集。

125. 〈詠物詩的評價標準〉，黃永武，《古典文學》第一集。

126. 〈從文學現象與文學思想的關係談六朝巧構形似之言的詩〉，廖蔚卿，《中國古典文學論叢》冊一。

127. 〈論魏晉遊仙詩的興衰與類別〉，康萍，《中國古典文學論叢》冊一。

128. 〈韻文與駢體文〉，嚴既澄，《中國文學研究》，明倫出版社。

129. 〈中世人的苦悶與遊仙的文學〉，滕固，《中國文學研究》。

130. 〈賦在中國文學的位置〉，郭紹虞，《中國文學研究》。

131. 〈辭賦的流變〉，李師殿魁，《中國文學講話》（一）概說之部。

132. 〈屈原作品中隱喻和象徵的探討〉，彭毅，《文學評論》第一集。

133. 〈楚辭體製結構之辨識〉，張正體，《古典文學》第五集。

134. 〈論美術與徵實之學不同〉，劉師培，《劉申叔先生遺書》。

135. 〈南朝樂府與當時社會的關係〉，廖蔚卿，《中國古典文學論文精選叢刊》。

136. 〈我對洛神賦的看法〉，許世瑛，《中國文學史論文選集》（二）。

137. 〈談談思舊賦的寫作技巧與用韻〉，許世瑛，《中國古典文學研究叢刊》。

138. 〈文心雕龍的文學審美〉，王甦，《文心雕龍研究論文集》。

139. 〈齊梁以前儒學思想對文學理論的影響〉，陳勝長，《聯合書院學報》第 10 期。

140. 〈漢賦的性情與結構〉，吳炎塗，《鵝湖》第三卷 1 期。

141. 〈楚辭在中國文學的位置〉，湘靈，《中央月刊》第十一卷 1 期。

142. 〈辭賦起源〉，萬曼，《國文月刊》第 59 期。

143. 〈司馬相如賦論〉，同前，《國文月刊》第 55 期。

144. 〈楚辭對後世文學的影響〉，王師熙元，《創新周刊》第 169 期。

145. 〈荀卿的韻文〉，張長弓，《嶺南學報》第三卷 2 期。

146. 〈南北朝文學流變綜論〉，林承，《國立編譯館館刊》第四卷 1 期。

147. 〈漢魏六朝文體變遷之一考察〉，王夢鷗，《中央研究院歷史語言研究所集刊》第五十本第二分。

148. 〈文心雕龍所述辭格析論〉，王忠林，《南洋大學學報》第 4 期。

149. 〈對話體韻文的發展〉，羅錦堂，《大陸雜誌》第九卷 9 期。

150. 〈六朝文述論略〉，馮承基，《學粹》第十四卷 2、3 期。

151. 〈論時：屈賦發微〉，陳世驤撰、古添洪譯，《幼獅月刊》第四十五卷 2、3 期。

152. 〈經典對中國文學思想的影響〉，王更生，《孔孟月刊》第十九卷 12 期。

153. 〈魏晉玄學與個人意識醒覺關係〉，逯耀東，《史原》第 2 期。

154. 〈略論魏晉南北朝學術文化與當時門第之關係〉，錢穆，《新亞學報》第五卷 2 期。

155. 〈漢魏之際士之新自覺與新思潮〉，余英時，《新亞學報》第四卷 1 期。

156. 〈魏晉南北朝文學之發展〉，王夢鷗，《中華文化復興月刊》第十四卷 7～9 期。

157. 〈貴遊文學與六朝文體的演變〉，王夢鷗，《中外文學》第八卷 1 期。

158. 〈釋「亂」〉，張長弓，《國文月刊》第 47 期。

159. 〈漢賦與六朝辭賦的形成及其特色〉，王璠，《學風》第四卷 2 期。

160. 〈談談閑情賦〉，許世瑛，《文學雜誌》第五卷 3 期。

161. 〈寫在登樓賦之後〉，許世瑛，《文學雜誌》第三卷 2 期。

162. 〈辭賦對律詩之影響〉，易蘇民，《現代學苑》第五卷 11 期。

163. 〈魏晉風氣與六朝文學〉，朱義雲，《黃埔學報》第 10 期。

164. 〈世說新語新探——從世說新語探魏晉之思想社會與亡國〉，楊美愛，《弘光護專學報》第 6 期。

165. 〈天問文體的源流——發問文學之探討〉，饒宗頤，《台大考古人類學刊》第 39、40 期。